Hanna Linzee
Zartbitterherzen

PIPER

Zu diesem Buch

Als Rosa nach sechsundzwanzig gemeinsamen Jahren plötzlich wieder alleine dasteht, will sie nur noch eines: ihren Ehemann vergessen. Wie sonst soll sie damit umgehen, dass er nun mit einer anderen Frau zusammen ist? Zum Glück ist Rosas bester Freund Tom stets an ihrer Seite und gibt ihr Halt. Ihm gehört das Café Claire in Düsseldorf, das für seinen Streuselkuchen und seine freundlichen Gäste berühmt ist. Als Toms Konditorin ausfällt, springt Rosa kurzerhand ein. Schließlich hat sie schon immer gerne gebacken, und eine bessere Ablenkung gegen ihren Liebeskummer gibt es nicht. Und tatsächlich: Während Rosa die köstlichsten Torten zaubert und mit den Gästen plaudert, schöpft sie neuen Lebensmut. Zwischen ihr und Jacob, einem einfühlsamen Schriftsteller, entwickelt sich sogar eine zarte Freundschaft – und in manchen Momenten klopft Rosas Herz einige Takte schneller. Doch plötzlich steht ihr Mann wieder vor ihr, und die Begegnung reißt schmerzhafte Wunden auf. In ihrer Not wendet sich Rosa an einen Professor der Psychologie, der sich mit einer einzigartigen Methode einen Namen gemacht hat. Denn er ist in der Lage, unerwünschte Gefühle für immer zu löschen …

Hanna Linzee, geboren 1979, wuchs in der Nähe von Münster auf. Heute lebt und arbeitet sie in Düsseldorf. Wann immer ihre Zeit es zulässt, schreibt sie – am effektivsten am Schreibtisch, doch am liebsten auf dem Sofa und manchmal auch in einem von Düsseldorfs bezaubernden Cafés. Dabei haben es ihr besonders moderne Märchen angetan. Denn hier ist eines sicher: Am Ende wird alles gut, und genau darum geht es doch im Leben.

Hanna Linzee

Zartbitterherzen

Roman

PIPER

Mehr über unsere Autoren und Bücher:
www.piper.de

Von Hanna Linzee liegen im Piper Verlag vor:
Für immer auf den ersten Blick
Zartbitterherzen

Originalausgabe
ISBN 978-3-492-31388-9
Oktober 2018

Umschlaggestaltung: zero-media.net, München
Umschlagabbildung: FinePic®, München
Satz: Satz für Satz, Wangen im Allgäu,
Gesetzt aus der Life
Druck und Bindung: CPI books GmbH, Leck
Printed in the EU

Für Leo
In Liebe, Mama

Prolog

Rosa sah dem Professor entgegen, als er in das kleine Gästezimmer mit den Dachschrägen trat, das in den letzten Monaten zu ihrem Zuhause geworden war. Sie hatte auf ihn gewartet, und jetzt, wo er da war, spürte sie, wie der Schmerz in ihrem Inneren nachließ und einem Gefühl der Entschlossenheit wich.

»Ich möchte vergessen, wie sich das Glück anfühlt«, sagte sie anstelle einer Begrüßung.

Der Professor stutzte, dann zog er einen Hocker zu ihrem Bett, setzte sich und musterte sie aufmerksam. »Warum das Glück? Warum nicht der Schmerz? Oder die Angst? Wäre das nicht viel naheliegender?«

Sie schüttelte den Kopf. »Sie haben mir erklärt, dass die Erinnerungen bleiben. Dass Sie nur die Gefühle ausmerzen, die mit ihnen verbunden sind.« Ihr Blick wanderte durch den Raum. »Ich erinnere mich an 26 Jahre mit einem Mann, der mir alles bedeutet hat. Der mir jeden Tag aufs Neue versicherte, wie sehr er mich liebt, und von dem ich heute weiß, dass er mich die ganze Zeit nur belogen hat.« Rosa holte tief Luft, bevor sie erneut das Gesicht des Professors fixierte. »Ich will das Glück, das ich in Svens Nähe empfunden habe, vergessen.« Sie presste die Fäuste gegen ihre Schläfen. »Bitte helfen Sie mir, löschen Sie es aus meinen Erinnerungen. Ersetzen Sie es durch etwas anderes. Etwas, das mich weiterleben lässt.«

»Das ist eine schwerwiegende Entscheidung, die Sie nicht überstürzen sollten«, sagte der Professor. »Ich rate Ihnen dringend, sich Bedenkzeit zu nehmen. Schlafen Sie eine Nacht darüber, reden Sie mit Ihren Freunden.«

Rosa ließ die Arme sinken. »Das würde nichts ändern«, entgegnete sie leise. »Bitte, Professor. Ich bin mir sicher. So sicher wie nie zuvor in meinem Leben.« Sie hielt den Atem an, während sie auf seine Antwort wartete.

Der Professor schwieg eine lange Zeit. Schließlich sagte er: »Also schön, ich werde Ihnen helfen.«

Rosa spürte eine solche Dankbarkeit, dass sie anfing zu zittern.

Der Professor nahm seine Brille ab und massierte mit dem Daumen und Zeigefinger seine Nasenwurzel. Seine Stimme klang mit einem Mal sehr müde. »Ich werde Ihnen nun sagen, was passieren wird, Rosa. Hören Sie mir bitte genau zu. Sie werden schlafen. Und wenn Sie aufwachen, werden Sie nicht mehr wissen, wie es sich anfühlt, glücklich zu sein. Das bedeutet nicht, dass es Ihnen schlecht gehen wird. Sie werden nur fortan alle glücklichen Erinnerungen neutral bewerten. Sie werden Stille fühlen, Leere. Sie werden sich an Ihre Hochzeit erinnern, und es wird sein, als wenn Sie das Leben einer Fremden Revue passieren lassen.« Er setzte seine Brille wieder auf und sah sie an. »Ist es wirklich das, was Sie wollen?«

»Ja«, sagte Rosa und nickte. »Sie nennen es Leere. Für mich bedeutet es Frieden.«

1

Vier Monate zuvor

Die Trennung kam hinterrücks und unerwartet. Rosa hatte im Vorfeld keine Anzeichen wahrgenommen, dass dieser Abend der letzte sein sollte, den sie mit ihrem Ehemann verbringen würde. Sie hatten zusammen Tagliatelle mit frischen Steinpilzen gegessen und dazu den Pinot gris getrunken, den sie bei ihrem Weinhändler auf dem Düsseldorfer Carlsplatz gekauft hatten. Zum Nachtisch hatte Rosa eine Apfeltarte serviert, ofenwarm und mit einer Kugel Vanilleeis. Genau so, wie Sven sie am liebsten aß. Auf dem CD-Spieler lief Adele. Rosa summte die Melodie mit, während sie das Service aus feinem Porzellan stapelte, das sie so liebte, weil es jedes Essen zu etwas Besonderem machte. Sie hatte nie verstanden, warum manche Menschen kostbares Geschirr zurückhielten, anstatt sich an ihm zu erfreuen. Für sie gehörte es zu jeder guten Mahlzeit dazu. Genauso wie Leinenservietten und frische Blumen.

Heute waren es weiße Hortensien aus ihrem Garten, die sie mit ein paar Zweigen Pistaziengrün und Schleierkraut zu einem herbstlichen Strauß arrangiert hatte. Der Anblick war so bezaubernd, dass Rosa zufrieden lächelte.

Ihr Ehemann Sven saß noch immer am Esstisch und blätterte in der Wochenendausgabe der Rheinischen Post. Wie gut er aussieht, dachte Rosa zärtlich. »Liebling«, sprach sie ihn an, »reichst du mir bitte deinen Teller?«

Svens Kopf fuhr hoch. Für einen Augenblick wirkte er erschrocken, so als hätte er vergessen, wo er sich befand.

Geduldig deutete Rosa auf seine Dessertschale, die er wie immer sorgfältig mit dem Löffel ausgekratzt hatte, und streckte ihm ihre Hand entgegen.

»Hast du geträumt?«, neckte sie ihn. Doch das erwartete Lächeln blieb aus. Rosa wollte sich erkundigen, was ihn beschäftigte, als ein Ruck durch seinen Oberkörper ging. Er holte tief Luft, richtete sich auf und griff nach ihrem Handgelenk.

»Setz dich bitte noch mal zu mir«, sagte er. In seiner Stimme schwang ein so ernster Ton mit, dass sich Rosa unwillkürlich verkrampfte.

Hoffentlich ging es nicht um ihr bevorstehendes Hamburg-Wochenende. Eigentlich hatten sie schon vor vierzehn Tagen fahren wollen, doch dann war Sven zu einer Krisensitzung in die Redaktion gerufen worden. Die sündhaft teuren Karten für die Elbphilharmonie hatte Rosa zwar noch über eBay-Kleinanzeigen verkaufen können, das Geld konnte sie jedoch nicht darüber hinwegtrösten, dass sie keine neuen Tickets mehr bekommen hatte. Sich innerlich gegen die Enttäuschung wappnend, schob Rosa das Geschirr beiseite und nahm erneut Platz.

Sven sah sie an, dann fuhr er sich mit beiden Händen durchs Haar und räusperte sich: »Ich habe jemanden kennengelernt.«

In der ersten Sekunde spürte Rosa nichts als Erleichterung. *Gott sei Dank, es ging nicht um ihr Wochenende!* Doch als ihr bewusst wurde, was Sven gesagt hatte, verflog das Gefühl, und sie runzelte verwirrt die Stirn. »Warum sagst du das so bedeutungsvoll? Lernst du nicht dauernd Menschen kennen?«

Sven war Ressortleiter bei »Fakten«, einem deutschlandweit erscheinenden Politmagazin, das er vor vielen Jahren mit aufgebaut hatte. In seinem Arbeitszimmer hingen silbergerahmte Fotos an der Wand, die ihn im Gespräch mit Angela Merkel, Frank-Walter Steinmeier, Dieter Zetsche und anderen Persönlichkeiten aus Politik und Wirtschaft zeigten.

Sven verzog schmerzhaft das Gesicht. »Ich spreche von einer Frau, Rosa.« Er stützte die Ellbogen auf die Tischplatte. »Sie ist Volontärin, in meinem Ressort. Als sie in die Redaktion kam … es war wie ein Blitzschlag. Ich habe so etwas noch nie erlebt.« Sein Blick bekam etwas Trauriges. »Ich hatte nicht vor, mich zu verlieben, das musst du mir glauben. Aber es ist passiert, und ich kann es nicht rückgängig machen. Und um ehrlich zu sein, will ich es auch gar nicht.« Er verstummte und begann, an seinem Ehering zu drehen. Er war aus Weißgold, im Inneren waren ihre Initialen und der Tag ihrer Hochzeit eingraviert, dazu die Worte *Für immer.*

Einen entsetzlichen Augenblick lang glaubte Rosa, er wolle den Ring abziehen und ihr geben, doch dann hielt Sven inne und legte seine Hände flach auf den Tisch. »Ich weiß, was ich dir zumute«, schloss er, »und es tut mir unendlich leid.«

Seine letzten Worte verstand Rosa kaum noch. In ihren Ohren hatte ein Rauschen eingesetzt, das jedes andere Geräusch dämpfte. Sie griff sich an die Stirn, unfähig, einen klaren Gedanken zu fassen. »Wie lange schon?«, hörte sie sich sagen. Sie hob das Kinn, versuchte sich zu konzentrieren.

Sven schwieg kurz. »Fünf Monate«, antwortete er schließlich.

Fünf Monate. Die Worte sickerten in ihr Bewusstsein. Es war so absurd. So lächerlich. Ein furchtbarer Albtraum, aus dem sie hoffentlich jeden Moment erwachen würde. Sven liebte sie doch. Sie waren glücklich miteinander.

Wie aus weiter Ferne hörte sie, wie ihr Ehemann weitersprach. »Für mich ist es auch nicht leicht. 26 gemeinsame Jahre ... die kann ich nicht so einfach vergessen.«

Rosa öffnete den Mund, um etwas zu sagen. Irgendetwas, das den Albtraum beendete. Doch kein Ton kam über ihre Lippen.

Sven zögerte, dann strich er in einer vertrauten Geste über ihre Wange. »Ich rufe Tom an«, sagte er und erhob sich. »Er wird sich um dich kümmern.«

Damit wandte er sich um und verließ das Esszimmer. Im nächsten Moment hörte sie die Haustür zuschlagen.

Eine Stunde später saß Rosa noch genauso da, wie Sven sie zurückgelassen hatte. Auf dem Stuhl im Esszimmer, den Blick auf die Tischplatte gerichtet. Ihre Finger kneteten die weiße Stoffserviette auf ihrem Schoß. Das alles musste ein Irrtum sein, ein unsagbares Missverständnis.

Sie wartete auf das Geräusch des Türschlosses, das Svens Rückkehr ankündigte. Als es schließlich schellte, sprang sie so heftig auf, dass der Stuhl krachend zu Boden fiel. Bestimmt hatte er seinen Schlüssel vergessen. Sie eilte in den Flur.

Doch es war nur ihr bester Freund Tom, der in der Abendkälte stand und sie mit einer Mischung aus Kummer und Besorgnis anblickte. Die Enttäuschung, dass es nicht ihr Ehemann war, traf sie wie ein Schlag in die Magengrube. Schwankend stützte sie sich am Türrahmen ab. Tom machte einen Schritt auf sie zu und zog sie an sich. Sanft strich er über ihren Rücken. »Ich bin bei dir. Alles wird gut.«

Als Rosa in seinen Armen zu frieren begann, führte Tom sie ins Haus, setzte sie auf dem Sofa ab und nahm ihre Hand.

Rosa war schwindelig. In ihrem Kopf drehte sich alles. Sie sah Sven vor sich, sein liebevolles Lächeln, das nur ihr gegolten hatte. Mein Rosa-Lächeln, hatte er es genannt. Das alles *musste* ein Missverständnis sein, eine andere Möglichkeit gab es nicht. Ihr Gehirn wiederholte den Satz in einer Endlosschleife bis sie nur noch einen Gedanken hatte: Sie musste mit Sven sprechen und die Angelegenheit aus der Welt schaffen. Jetzt sofort.

Rosa löste sich von Tom und stolperte zu der Kommode, auf der ihr Handy lag. Mit zitternden Fingern rief sie seine Nummer auf.

Während sie auf das Freizeichen wartete, spürte sie Toms Hände, die sich auf ihre Schultern legten. »Rosa«, sagte er eindringlich. »Das bringt doch nichts. Ich bitte dich, leg auf.« Sie schüttelte den Kopf und wich einen Schritt zurück. Lass mich bitte, formten ihre Lippen.

An ihrem Ohr klingelte es, einmal, zweimal. Sven, hallte es in ihrem Kopf. Ihr Herz klopfte zum Zerspringen. Dann setzte ihr Denken aus, verlor sich im Klang des Besetztzeichens.

Tom senkte den Kopf. »Es tut mir so leid«, flüsterte er.

Rosa hörte ihn nicht, ihr Blick war starr auf das Telefon in ihrer Hand gerichtet, aus dem noch immer das Besetztzeichen drang. Wie ein grausames Spottlied: *Er hat dich weggedrückt, weggedrückt, weggedrückt …*

Erst jetzt brach die Wahrheit über sie herein. Wie eine gewaltige Flutwelle, die sie mit sich riss, ihren Körper herumwirbelte und ihren Kopf unter Wasser drückte, bis sie keine Luft mehr bekam. Sven hatte sie verlassen. Er kam nicht zurück. Er hatte seine Tasche gepackt und war gegangen. Zu einer anderen Frau.

Ganz langsam, wie in Zeitlupe, lösten sich ihre Finger vom Handy. Es fiel zu Boden und schlitterte über das Parkett.

Rosa schlug die Hände vor das Gesicht und begann lautlos zu weinen. Sofort war Tom bei ihr und schloss sie in die Arme, hielt sie so fest er konnte, während ihr Körper unkontrolliert zitterte. Eine Ewigkeit standen sie so beieinander. Als Rosa schließlich sprach, war ihre Stimme kaum mehr als ein Wispern. »Was hat er dir erzählt?«

Tom antwortete nicht, streichelte nur über ihr Haar.

Sie sah zu ihm hoch, schwarze Wimperntusche verschmierte ihre Wangen. »Tom?«

Sein Kiefer verhärtete sich. Er war *ihr* Freund, nicht Svens, war es immer gewesen, seit sie sich mit zehn Jahren im Ferienlager an der französischen Ardèche kennengelernt hatten. Sie sah die Qual und das Mitleid in seinen Augen und spürte, wie er mit sich kämpfte.

»Er liebt sie, Rosa«, brachte er schließlich hervor. Seine Stimme schwankte. »Er will ein neues Leben. Mit ihr und dem Baby.«

»Dem … *Baby*?« Rosa starrte ihn an, eiskalt vor Entsetzen. Im nächsten Moment überfiel sie eine heftige Übelkeit, und sie begann zu würgen. Sie presste ihre Hände vor den Mund und stürzte Richtung Badezimmer, schaffte es aber nicht mehr rechtzeitig.

2

In den nächsten Tagen verlor Rosa jedes Zeitgefühl. Die meiste Zeit schlief sie. Wenn sie aufwachte, saßen oft Tom, ihre Mutter oder ihre Schwester in ihrem Zimmer. Manchmal auch alle drei. Dann flüsterten sie miteinander, warfen sich sorgenvolle Blicke zu oder fragten Rosa nach ihrem Befinden. Dabei wollte sie einfach nur schlafen. Schlafen und nicht mehr aufwachen. Denn aufzuwachen war das Schlimmste. Für eine glückstaumelnde Sekunde war alles gut. Sie waren zusammen, Sven und Rosa. Dann tastete ihre Hand nach seiner Wärme … und griff ins Leere.

»Ich mache mir solche Sorgen. Was sollen wir nur tun?«

Rosa erkannte die Stimme ihrer Mutter Nora, schlug die Augen auf und wandte mühsam den Kopf. Die Sonne fiel schräg durch die Gardinen in ihr Schlafzimmer, es musste später Nachmittag sein.

Nora und Rosas Schwester Miriam saßen in den Sesseln am Fenster und unterhielten sich in gedämpfter Lautstärke miteinander. Nora war 73 Jahre alt, wirkte aber zehn Jahre jünger. Sie war klein und zierlich, hatte die gleiche ovale Gesichtsform und ebenso helle Haut wie Rosa, die einen schönen Kontrast zu dem dunklen Braunton ihrer Haare bildete, den sie regelmäßig beim Friseur auffrischen ließ.

»Wir müssen ihr Zeit geben«, antwortete Miriam. »Sie hat ihn so sehr geliebt. Ich kann nicht fassen, dass Sven ihr das antut.« Sie schnaubte. »Die Neue … sie könnte seine Tochter sein. Und dann das Baby. Wo er doch nie eines haben wollte.«

Rosa spürte, wie die Traurigkeit sie erneut und mit voller Wucht übermannte.

»Ich kann euch hören«, sagte sie leise.

Ihre Schwester zuckte zusammen und warf ihr einen schuldbewussten Blick zu. Miriam war 48 Jahre und damit zwei Jahre älter als Rosa. Mit ihren 1,78 Meter, ihrer athletischen Figur und den grünen Augen war sie das Ebenbild ihres Vaters, der mit seiner zweiten Ehefrau in Salzburg lebte und sich schon vor so vielen Jahren aus ihrer aller Leben verabschiedet hatte, dass es keine Bedeutung mehr hatte. Miriam war Veterinärmedizinerin und führte mit ihrem Mann Björn eine gut gehende Kleintierpraxis in München. Auch wenn die Schwestern über 600 Kilometer voneinander entfernt wohnten, hatten sie das innige Verhältnis ihrer Kindheit bewahrt. Deshalb war Rosa nicht verwundert, dass Miriam sofort nach Düsseldorf gekommen war, um ihr beizustehen. Dennoch wäre sie jetzt lieber alleine gewesen.

Und dann das Baby. Wo er doch nie eines haben wollte … Ein kalter Knoten bildete sich in Rosas Magen.

»Ich will kein Vater sein, der seine Kinder nur am Wochenende sieht«, hatte Sven am Anfang ihrer Ehe gesagt. »Gib mir noch zwei, drei Jahre, bis ich mich beruflich gefestigt habe, dann kann ich ein bisschen kürzertreten.«

Aus den zwei, drei Jahren waren jedoch fünf geworden und schließlich zehn. Immer kam etwas dazwischen – eine Herausforderung im Job, das neue Magazin, das er mit aufbauen sollte. Jedes Mal hatte Rosa Verständnis gezeigt und sich damit getröstet, dass sie noch genügend Zeit hatten. Bis ihre Regel immer unregelmäßiger kam und schließlich ganz aussetzte. Da war sie 34 Jahre alt. »Vorzeitige Wechseljahre« hatte die Diagnose gelautet, die ihre Hoffnung zerstört hatte.

Miriam setzte sich zu Rosa aufs Bett und griff nach ihrer Hand, die klein und schmal auf der Bettdecke lag. »Es tut mir leid, was ich gesagt habe. Das war gedankenlos von mir.«

Rosa biss sich auf die Unterlippe. »Es stimmt ja«, murmelte sie, während sie gegen die Tränen ankämpfte, die ihr erneut in die Augen schossen.

»Hast du eigentlich schon die Dahlien bewundert, die ich dir mitgebracht habe?«, versuchte ihre Mutter sie abzulenken. Sie wies auf den bunten Strauß, der auf dem Nachttisch stand und den Rosa noch gar nicht bemerkt hatte. »Neben Toms Café hat ein neuer Blumenladen eröffnet.«

»Die sind sehr hübsch«, zwang Rosa sich zu sagen.

»Nicht wahr?«, erwiderte Nora und begann von der Besitzerin zu erzählen, einer jungen Frau Anfang 30, die ihren Job als Unternehmensberaterin gekündigt hatte und sich mit dem Blumenladen einen Kindheitstraum erfüllte. Rosa schloss die Augen und ließ sich von der sanften Stimme ihrer Mutter einlullen und davontragen.

3

Zwei Tage später wurde Rosa von einem lauten Geräusch geweckt, gefolgt von Sonnenlicht, das in ihr Zimmer strömte. Sie setzte sich auf und blinzelte. Als sich ihre Augen an die Helligkeit gewöhnt hatten, erkannte sie Tom vor sich, der am geöffneten Fenster stand und in tiefen Zügen die frische Luft einsog. Sie hatte kein Schellen gehört. Seit Sven fort war, hatten Tom und Nora sich angewöhnt, ihre Ersatzschlüssel zu benutzen, um ins Haus zu kommen.

»Hallo, Tom«, begrüßte sie ihn leise. Ihre Stimme klang heiser, eingerostet vom Schweigen.

Tom drehte sich zu ihr um. »Guten Morgen, Rosa«, antwortete er und lächelte sie an. »Wie fühlst du dich? Soll ich das Fenster auflassen? Es ist so stickig hier drinnen.«

»Ja, lass es gerne auf«, antwortete sie, ohne auf seine erste Frage einzugehen. Sie überlegte, warum er um diese Uhrzeit nicht im Café war, doch sie war zu müde, um sich danach zu erkundigen. Sie schloss erneut die Augen und wartete darauf, dass der Schlaf sie übermannte, doch im nächsten Moment wurde die Decke von ihren Beinen gezogen. Ein kühler Luftzug strich über ihre Haut und verursachte ihr Gänsehaut. »Das ist doch kindisch, Tom«, beschwerte sie sich und streckte eine Hand aus. »Gib mir bitte die Decke zurück. Ich möchte mich ausruhen.«

In Toms Gesicht trat ein entschlossener Ausdruck. »Du hast genug geschlafen, Rosa. Es wird Zeit, dass du aufstehst.«

Rosa wandte den Blick ab und rollte sich wie ein Baby zusammen. Sie hörte Tom ausatmen, und der Kummer, der in dem Geräusch lag, drang durch den Nebel aus Ohnmacht und Verzweiflung zu ihr. Sie wusste, dass er recht hatte, sie erkannte sich ja selbst nicht wieder. Es war, als wäre sämtliche Energie aus ihrem Körper gewichen. Selbst die geringste Anstrengung überforderte sie: Morgens aufzustehen und ins Bad zu gehen, sich anzuziehen. Dann die Post aus dem Briefkasten zu holen und das Frühstück zu machen. All die Dinge, die sie sonst automatisch und nebenher erledigt hatte, waren mit einem Mal zu Herausforderungen geworden, die ihre Kräfte überstiegen. Selbst bei der Kirchenbücherei, in der sie an zwei Nachmittagen in der Woche ehrenamtlich arbeitete, konnte sie nicht anrufen. »Was soll ich deinen Kolleginnen sagen?«, hatte Miriam wissen wollen, und Rosa hatte geantwortet: »Sag ihnen, wie es ist. Dass du nicht abschätzen kannst, wann ich wiederkomme.«

Tom schien einen Moment lang zu zögern, dann breitete er die Decke wieder über Rosa aus. Er setzte sich neben sie und strich behutsam über ihr Haar. Wann hatte sie es zum letzten Mal gewaschen? Es musste Tage her sein. Doch vor Tom schämte sie sich nicht. Das war das Besondere an ihrer Freundschaft. Sie musste sich nicht verstellen, er mochte sie, so wie sie war, und stand bedingungslos zu ihr.

Sie kannten einander so lange, dass Rosa sich nicht mehr erinnern konnte, wie ihr Leben vor ihrer Freundschaft verlaufen war. Mit zehn Jahren war Tom mit seinen Eltern von Kiel nach Düsseldorf gezogen. Sein Vater war Mathematikprofessor und hatte einen Ruf an die Heinrich-Heine-Universität erhalten, die damals noch Universität Düsseldorf hieß.

Die Familie bezog ein Haus in der Leostraße in Oberkassel und schickte Tom in die Ferienfreizeit seines neuen Gymnasiums. Und dort, auf einem Campingplatz an der Ardèche, lernte er die gleichaltrige Rosa kennen. Sie saßen beim Abendessen auf Holzbänken unter weißen Zeltplanen nebeneinander, tauschten ihren Nachtisch, weil sie den grünen Wackelpudding lieber mochte und er den roten, und unterhielten sich, als würden sie sich schon ihr ganzes Leben lang kennen.

Rosa gefielen seine Augen, die die Farbe des Abendhimmels hatten. Und sie mochte sein breites Grinsen und die Art, wie er den Kopf schief legte und sie anschaute, wenn sie mit ihm sprach. Er wiederum mochte an ihr, dass sie so feenhaft war. Als sie nicht verstand, was er meinte, borgte er sich den Handspiegel einer Betreuerin und wies Rosa an, hineinzuschauen. Gehorsam musterte sie ihr schmales Gesicht mit den hohen Wangenknochen und dem vorwitzigen Kinn, und es kam ihr vor, als betrachtete sie sich zum ersten Mal. Sie sah große braune Augen, seidig schimmernde Haut, dazu eine Flut dunkelbrauner Haare, die ihr bis zum Kinn reichten und die, widerspenstig geworden von Sonne und Flusswasser, in alle Richtungen abstanden. Sie war ein bisschen verlegen, als sie Tom den Spiegel zurückgab, doch als er sie anlächelte und dabei zufrieden nickte, verflog ihre Scham und machte einem tiefen Freundschaftsgefühl Platz.

Von diesem Moment an verbrachten sie jede Minute zusammen, schwammen im flachen Wasser der Ardèche, ließen sich auf ihren Luftmatratzen von der Strömung treiben, spielten mit den anderen Kindern Volleyball auf dem staubigen Feld über dem Zeltplatz oder lagen nebeneinander im Gras und lauschten dem Summen der Bienen.

Als sie nach den Sommerferien in dieselbe Klasse kamen, war ihr Glück perfekt. Tom tröstete Rosa, als sie sich in der achten Klasse beim Rollschuhfahren das Handgelenk brach, und zwei Jahre später, als ihr erster Freund, Damian aus der 10 b, mit ihr Schluss machte. Und er war bei ihr, als sich im Winter darauf ihre Eltern scheiden ließen und ihr Vater mit seiner neuen Partnerin, einer Österreicherin, nach Salzburg zog. Mit Tom teilte sich Rosa ihre erste Zigarette, eine blaue Gauloises, die sie heimlich auf den Rheinwiesen rauchten, und mit ihm war sie zum ersten Mal betrunken. Mit siebzehn fuhren sie einen Sommer lang mit ihren Interrail-Pässen durch Europa, ließen sich durch die Städte treiben, besichtigten Kirchen und Museen und schwammen in einsamen Buchten. Nachts lagen sie in ihren Schlafsäcken am Strand und schauten in den Sternenhimmel.

Als Rosa Sven heiratete, war Tom ihr Trauzeuge. Und als Tom fünf Jahre später seiner großen Liebe Claire begegnete und sie zur Frau nahm, stand Rosa neben ihnen am Altar.

»Kann ich irgendetwas für dich tun, Fee?«, unterbrach Tom ihre Gedanken und benutzte dabei den Spitznamen, den er ihr in jenem Sommer an der Ardèche gegeben hatte. Er nahm eine ihrer Haarsträhnen und zwirbelte sie um seinen Zeigefinger. »Möchtest du vielleicht, dass ich dir ein Bad einlasse?«

Rosa schnüffelte an dem Ärmel ihres Nachthemdes, roch alten Schweiß und ungewaschene Haut und verzog das Gesicht. Für einen Moment ekelte sie sich so vor sich selbst, dass sie sich trotz ihrer schleppenden Müdigkeit aufsetzte.

Tom versuchte vergeblich, ein Lächeln zu unterdrücken. »Ich ruf dich, wenn es so weit ist.«

Rosa stieg vorsichtig in das warme Wasser. Die Wanne war groß, Sven und sie hatten oft gemeinsam gebadet. Die vertraute Erinnerung jagte wie ein Messer durch ihre Eingeweide und drückte ihr die Kehle zusammen. Sie fragte sich nicht, wann es aufhören würde wehzutun. Sven war ihre große Liebe und damit ein Teil von ihr. Sie konnte nicht ohne ihn leben, und der Gedanke, dass er genau das von ihr erwartete, ließ sie fassungslos zurück. Mehr noch verstörte sie allerdings, dass ihr Herz einfach weitermachte und Blut durch ihren Körper pumpte, als wäre nichts geschehen. Als wäre es unversehrt und nicht der geschmolzene, glimmende Klumpen, der ihr das Atmen unerträglich machte. »Wie ist das möglich«, murmelte sie und legte eine Hand auf ihre Brust.

»Alles in Ordnung bei dir?«

Rosa fuhr zusammen. Sie hatte nicht gehört, dass Tom zurückgekommen war. Sein kluges Gesicht wirkte rührend in dem Bemühen, ihren nackten Körper unter dem Berg aus Schaum zu ignorieren. In einem früheren Leben hätte sie ihn damit aufgezogen. Jetzt war sie über dieses Stadium heraus. »Hör auf, dir um mich Sorgen zu machen«, sagte sie. Ihre Augen trafen sich.

»Erst wenn ich tot bin«, antwortete Tom. Und nicht mal dann, sagte sein Blick. Er räusperte sich, und der ernste Ausdruck verschwand aus seiner Miene. Mit dem Kinn wies er auf die weiß gestrichene Bank neben der Wanne.

»Bademantel und Handtuch liegen bereit. Ich muss jetzt leider wirklich zurück ins Café. Um diese Zeit ist dort die Hölle los, wie du weißt, aber ich komme heute Abend noch mal vorbei. Dann können wir uns zusammen einen Film anschauen.«

Er bückte sich, griff nach ihrem Nachthemd, das zusammengeknäuelt auf dem Boden lag, und hielt es mit übertrieben spitzen Fingern vor sich.

Reflexartig schnippte Rosa ein paar Wassertropfen nach ihm. »Ich glaube, vor der Tür hat jemand nach dir gerufen. Du solltest nachschauen gehen«, meinte sie trocken und war über sich selbst überrascht, dass sie imstande war zu scherzen.

Tom warf sich das Kleidungsstück über die Schulter und grinste. »Ich stell noch schnell die Waschmaschine an, dann bin ich weg. Mach keinen Quatsch ohne mich«, sagte er zum Abschied.

»Nicht mehr als sonst«, wiederholte sie das Ritual, das sie seit Kindertagen miteinander teilten.

Nach dem Bad schlüpfte Rosa in einen frischen Schlafanzug und ihren Bademantel und legte sich im Wohnzimmer auf das Sofa. Und dort lag sie noch immer, als Tom am Abend zu ihr zurückkehrte. Draußen war es bereits stockdunkel, und es regnete in Strömen, als sie seine Schritte im Hausflur vernahm. Schnell setzte Rosa sich auf und nahm das Buch zur Hand, das sie als Alibi neben sich gelegt hatte. Sie wollte nicht, dass Tom sie dabei ertappte, wie sie teilnahmslos zur Decke starrte. Ihr bester Freund sollte sich nicht ständig um sie sorgen müssen. Sie hasste es, ihm eine Last zu sein, auch wenn sie wusste, dass er das niemals so empfinden würde. Es reichte, dass sie sich selbst so sah.

Tom beugte sich zu ihr hinunter und gab ihr zur Begrüßung einen Kuss auf die Wange. Seine Lippen fühlten sich kalt an. »Du liest?«, fragte er, und als sie sah, wie sehr er sich darüber freute, schämte sie sich ein wenig.

»Mhm«, murmelte sie unbestimmt und legte das Buch beiseite. Ihr Blick fiel auf die Papiertüte zu seinen Füßen, und sie hob fragend eine Augenbraue.

Tom lächelte und fuhr sich durch sein Haar, das vor Jahren in einer einzigen Nacht zu eisigem Grau erstarrt war. »Du hast bestimmt noch nichts gegessen. Darum habe ich dir ein Sandwich aus dem Café mitgebracht.«

Das Café Claire im Stadtteil Pempelfort hatte früher Toms Ehefrau gehört. Es war ihr Ein und Alles. Bis zu dem Zeitpunkt, als sie bei einem Autounfall ums Leben gekommen war. Tom hatte kurzerhand seine Kanzlei verkauft und das Café weitergeführt. Anfangs hatte Rosa gedacht, dass er als Jurist der Gastronomie bald überdrüssig würde, doch sie hatte sich geirrt. Bis heute zog Tom eine tiefe Zufriedenheit daraus, für seine Gäste da zu sein und Claires Traum weiterzuleben.

Tom setzte sich neben Rosa auf das Sofa und reichte ihr das Sandwich, das mit Ziegenkäse, Feigen und Pinienkernen belegt war, und dazu eine Serviette. Während sie aß, sah sie immer wieder zu der Uhr auf dem Kaminsims. Es war erst acht, und doch verspürte sie schon wieder die lähmende Müdigkeit, die zu ihrem ständigen Begleiter geworden war. *Schlaf ist die beste Medizin,* hatte ihre Mutter Nora früher immer zu ihr gesagt, wenn sie krank gewesen war. Dann kochte sie ihre Lieblingsgerichte, Marillenknödel, gewälzt in gebräunten Bröseln und mit einer dicken Schicht Puderzucker bedeckt, Milchreis mit Kirschkompott und knusprig-goldene, mit Mascarpone und süßen Himbeeren gefüllte Pfannkuchen, und las ihr Geschichten vor, bis Rosa selig einschlummerte.

Doch der Schlaf im Hier und Jetzt war anders. Er war wie ein dunkler, verstörender Rausch. Der einzige Zustand, in dem sie das, was übrig war, ertragen konnte.

»Dann wollen wir mal sehen«, sagte Tom, nachdem sie aufgegessen hatte, und griff nach der Fernbedienung.

»Such du einen Film aus«, meinte Rosa schnell. Ich werde sowieso nicht viel davon mitbekommen, wollte sie hinzufügen, unterließ es dann aber. Schließlich entschied sich Tom für eine deutsche Verwechslungskomödie, die vor ein paar Jahren sehr erfolgreich im Kino gelaufen war. Die Anfangsmusik war noch nicht verklungen, da war Rosa auch schon eingeschlafen.

1

Heute ist es zwei Wochen her, dachte Rosa, während sie in ihrem Schlafzimmer auf und ab ging. Vierzehn lange Tage und Nächte, seit Sven sie verlassen hatte. Ihr Rücken schmerzte vom vielen Liegen inzwischen so sehr, dass er sie am Schlafen hinderte. Sie streckte sich und machte ein paar Dehnübungen, doch es wurde nicht besser. In Gedanken verfluchte sie ihren Körper, der ihr das antat.

Als sie aus dem Zimmer trat, hörte sie ihre Mutter und ihre Schwester, die sich im Erdgeschoss miteinander unterhielten.

»Und wenn sie sich etwas antut? Schau mich nicht so an, Miriam. Ich habe eine solche Angst, dass ich nicht mehr klar denken kann.«

Die Worte ihrer Mutter hallten zu ihr hinauf, waberten durch den Flur, klingelten in ihren Ohren. Rosa hielt sich am Geländer fest und schluckte betroffen, dann schlich sie zurück in ihr Bett. Natürlich hatte sie gewusst, dass ihre Familie sich Sorgen um sie machte. Nur wie tief ihre Ängste gingen, hatte Rosa nicht geahnt. Sie versuchte, sich mit den Augen ihrer Mutter zu betrachten, und das Bild, das sie vor sich sah, trieb ihr die Schamesröte in das Gesicht. Es zeigte eine Frau von 46 Jahren, die nur im Bett lag, kaum aß und selten sprach. Die Vorstellung, ohne Sven weitermachen zu müssen, lähmte Rosa. Doch in der Stille ihres Schlafzimmers sagte sie sich, dass sie so nicht weitermachen konnte, dass sie sich zusammenreißen musste. Mit dem Gedanken schlief sie ein.

5

Als Rosa am nächsten Morgen aufwachte, hatte sie zum ersten Mal seit Langem wieder ein Ziel vor Augen. Sie zog sich eine Jeans und ein altes T-Shirt an, füllte eine Schüssel mit warmem Wasser und Spülmittel, und begann, die Schränke in ihrem Schlafzimmer auszuwischen. Danach machte sie mit den übrigen Räumen weiter. Anschließend saugte und wischte sie alle Böden, bis ihre Stirn vor Schweiß glänzte.

Die Tätigkeit hatte etwas seltsam Befreiendes, und als Tom an diesem Abend vorbeikam, wie es seine Gewohnheit geworden war, stand Rosa in einer sauber duftenden Küche und hobelte Parmesan. Sie drehte sich zu ihm und lächelte ihn an. »Hallo, Tom. Wie schön, dass du da bist. Hast du Lust auf Pasta?«

Seine Augen weiteten sich vor Überraschung, als er sie so sah. Dann nickte er.

Sie reichte ihm eine Flasche des Bordeaux, den Sven für besondere Anlässe im Keller gelagert hatte. »Wärst du so lieb?«

Rosa sah, wie es hinter Toms Stirn zu arbeiten begann. Sie griff nach seiner Hand und erklärte sich: »Ich weiß nicht, was morgen ist. Aber heute bin ich hier und du bist hier, und ich habe für uns gekocht. Lass uns zusammen zu Abend essen und ein Glas Wein trinken. Bitte.« Sie sah in seine Augen, die ihr so vertraut waren. Für einen Moment lag ihre Hand in seiner. Dann machte sie sich los und ging zum Schrank, um die Weingläser zu holen.

»Vielleicht wäre es leichter für mich, wenn ich einen Beruf hätte, in den ich zurückkehren könnte«, sagte Rosa während des Essens zu ihm.

Tom nahm eine Gabel von seinen Nudeln, die Rosa in Butter und Salbei geschwenkt hatte. »Du arbeitest doch in der Kirchenbücherei.«

»Das meine ich nicht.« Sie nippte nachdenklich an ihrem Weinglas. »Du hast mich damals gewarnt, als ich meinen Job gekündigt habe. Es war das erste und einzige Mal, dass du wütend auf mich warst.«

Tom stieß einen leisen Pfiff aus. »Das ist so lange her. Und eigentlich war ich auch gar nicht sauer auf dich. Ich war wütend auf Sven, weil er dich dazu überredet hat. Du hast so gern im Steigenberger gearbeitet. Du hast das Hotel geliebt.«

Rosa stellte ihr Glas ab. »Das schon. Aber die Arbeitszeiten waren fürchterlich. Wie oft hatte ich abends oder am Wochenende Dienst. Sven und ich waren frisch verheiratet und wir hatten kaum Zeit füreinander. Es war so frustrierend. Er hat mich wirklich nicht überredet. Es war allein meine Entscheidung, zu kündigen und zu Hause zu bleiben. Schließlich hat Sven genug für uns beide verdient.«

Tom warf ihr einen ungläubigen Blick zu. »Du weißt schon, dass Sven deine Loyalität nicht verdient hat, oder?« Als sie nicht antwortete, seufzte er. »Ach, Fee, was soll ich nur mit dir machen?« Wie auf ein geheimes Stichwort hin erhellte sich sein Gesicht. »Natürlich. Das hätte ich beinahe vergessen. Bist du fertig mit essen?«

Als sie erstaunt nickte, räumte er flugs ihre Teller zusammen und brachte sie in die Küche. »Wir brauchen Platz«, erklärte er, nachdem er sich wieder zu ihr gesetzt hatte.

»Wofür?«, fragte Rosa alarmiert.

Tom klopfte mit der Hand auf ein kleines, ledergebundenes Notizbuch, das er neben sich gelegt hatte. »Wir machen eine Liste. Mit all den Dingen, die wir unternehmen werden. Du schreibst. Deine Schrift kann man wenigstens lesen.«

Rosas Brust wurde eng, aber Tom schaute so erwartungsvoll, dass sie es nicht über das Herz brachte, ihm eine Abfuhr zu erteilen. Pflichtschuldig öffnete sie das Büchlein und nahm den Kugelschreiber heraus, der in der Innenseite steckte. Doch sosehr sie nachdachte, in ihrem Kopf herrschte gähnende Leere.

»Wie wäre es mit einem Besuch im Zoo?«, kam Tom ihr zu Hilfe.

Sie schüttelte den Kopf. »Nein. All diese eingesperrten Tiere, das macht mich traurig.«

»Schwimmbad?«

»Zu viele Menschen.«

»Was ist mit Rollschuhfahren? Das hast du früher gerne gemacht.«

»Das ist hundert Jahre her.«

Tom ließ sich nicht entmutigen. »Also schön, wir machen es so. Ich zähle auf, was mir einfällt, und sobald etwas dabei ist, wozu du Lust hast, sagst du *stopp*.«

Sie nickte ergeben und schloss die Augen. Tom sprach langsam und machte nach jedem Vorschlag eine Pause, damit sie darüber nachdenken konnte. Wenn sich in ihrem Gesicht nichts regte, fuhr er fort.

Rosa wurde von Minute zu Minute unglücklicher. Oper, Konzert, Museum … das waren alles Dinge, die sie mit Sven unternommen hatte. Die sie gerne unternommen hatte. Doch jetzt waren es leere Begriffe, abstrakte Wörter, die keinerlei Gefühl in ihr auslösten. Keine Neugierde, kein Interesse, nichts.

Rosa öffnete die Augen. »Das hat keinen Zweck, Tom. Ich fürchte, ich bin ein Mensch ohne Interessen. Ein langweiliger Trauerkloß.«

Tom lächelte. »Das bist du nicht. Aber ich sehe ein, dass wir so nicht weiterkommen.« Er rieb sich über das Kinn, was er schon als Kind getan hatte, wenn er angestrengt nachdachte. Plötzlich hielt er mitten in der Bewegung inne und sah sie an. »Lass uns wegfahren.«

»Wegfahren? Wohin?«

Er zuckte mit den Schultern. »Wohin du willst. In die Berge, ans Meer, in die Wüste. Egal, wohin.«

Sie sah ihm prüfend ins Gesicht. Als sie bemerkte, dass er es ernst meinte, beugte sie sich über den Tisch und stützte beide Hände auf der Kante auf, um ihren Worten Nachdruck zu verleihen. »Dafür habe ich kein Geld, Tom. Vielleicht später, wenn das Haus verkauft ist …«

»War das ein *Ja*?«

Überrumpelt schüttelte sie den Kopf. »Ganz und gar nicht. Ich sagte, ich habe …«

»Kein Geld«, beendete er den Satz. »Ich weiß.« Ein warmer Ausdruck trat in seine Augen. »Und ich habe mehr, als ich ausgeben kann. Damit ist es abgemacht. Wir fahren.«

Rosa hatte auf einmal das Gefühl, keine Luft mehr zu bekommen. Das alles ging ihr viel zu schnell. Sie wollte keine Pläne für die Zukunft schmieden, sie war froh, wenn sie es schaffte, den Tag zu überstehen. »Hör auf damit!«, rief sie in einem Anflug von Panik.

Tom sah sie erschrocken an, und sofort tat er ihr leid.

»Ich bin so dankbar, dass du für mich da bist«, bemerkte sie eine Spur ruhiger, »aber ich möchte nichts machen. Und schon gar nicht wegfahren. Ich will einfach nur trauern.« Sie wandte den Blick ab. Ihr Stimme war jetzt nur noch ein Flüstern. »Lass uns ein anderes Mal darüber sprechen. Wenn das alles nicht mehr so frisch ist. Ja?«

Einen Augenblick lang war es still. Dann beugte er sich zu ihr und gab ihr einen Kuss auf die Wange. »Ja. Entschuldige. Ich wollte dich nicht überrumpeln. Ich habe mich nur daran erinnert, dass es mir nach Claires Tod geholfen hat, dass wir beide so viel unternommen haben.«

Rosa lächelte traurig. Sie dachte an die zierliche Provenzalin mit der schönen Stimme, die Toms Frau gewesen war. Er sprach selten von ihr. Nicht, weil er nicht an sie dachte. Rosa wusste, dass er sie in seinem Herzen trug, wo immer er war. Doch er hatte einen Weg gefunden, ihren Tod zu akzeptieren. Vielleicht, indem er das Café weiterführte, das ihr Leben gewesen war. Ja, Tom hatte gelernt, mit dem Schicksalsschlag umzugehen.

Warum kann Sven nicht auch tot sein?

Der Gedanke kam aus dem Nichts und ließ sie zusammenzucken. So weit war es also mit ihr gekommen. Sie sah zu Tom, und plötzlich überwältigte sie das Bedürfnis zu reden. Die Worte drangen wie von selbst über ihre aufgesprungenen Lippen, und sie wusste, sie würde ersticken, wenn sie sie noch länger zurückhielte.

»Als Sven gegangen ist«, begann sie, »war das so, als wäre mein Innerstes verbrannt. Ich schaute an mir herunter und verstand nicht, wie mein Körper mit diesem geschmolzenen

Klumpen in meiner Brust auch nur eine Sekunde weiter existieren konnte.« Sie schüttelte den Kopf. »Aber er tat es einfach. Und alles, was ich denken konnte, war, warum? Warum hörst du nicht auf damit, so zu tun, als würdest du *leben?«*

Sie suchte seinen Blick. »Und dann wart ihr da«, sagte sie. »Du, Mutter, Miriam. Immer wenn ich aufgewacht bin, war einer von euch in meiner Nähe. Ich wollte allein sein. Ich dachte, wenn ich allein bin, hört es vielleicht auf. Höre *ich* vielleicht auf. Aber ich war ja nie allein.« Tränen stiegen ihr in die Augen. »Ich war ja nie allein.« Ihre Stimme brach. Sie musste ein paar Mal tief durchatmen, bis sie weitersprechen konnte. »Und dann habe ich mitangehört, wie meine Mutter sagte, sie habe Angst, ich könne mir das Leben nehmen.« Rosa erschauderte. »Du hättest hören sollen, wie sie es gesagt hat, Tom. Es war grauenhaft. Erst da ist mir so richtig bewusst geworden, was ich ihr antue. Was ich euch allen antue.«

Tom sah sie an. Ein Meer von Gefühlen glitt über sein Gesicht. Trauer, Begreifen, Furcht. Dann stand er vom Esstisch auf und zog sie in seine Arme. »Rosa«, sagte er. Seine Stimme klang rau. »Ach, Rosa.«

Und so standen sie beisammen, hielten einander fest und weinten über das, was sie verloren hatte.

Als keine Tränen mehr kamen, redeten sie. Sie setzten sich auf das große Sofa im Wohnzimmer, lehnten sich aneinander und zogen die Knie an, so wie früher, als sie Kinder waren. Im Kamin prasselte ein Feuer, und das Knistern des Holzes vermischte sich mit ihrem Flüstern.

»Ich vermisse ihn so«, sagte Rosa und lehnte ihren Kopf an Toms Schulter. »Ich weiß, es gibt keinen Grund dafür.

Sven hat mich hintergangen und betrogen. Doch ich kann nichts dagegen tun.«

Sie schloss für einen Moment die Augen, versuchte die Bilder zu verscheuchen, die unablässig auf sie niederprasselten. Wie sie sich auf einer Party kennengelernt hatten. Der Tag ihrer Hochzeit. Das sonntägliche Frühstück im Bett. Es war zu viel. Von allem zu viel. »Wenn ich könnte«, brach es aus ihr hervor, »würde ich meine Erinnerungen an Sven löschen. Für immer.« Sie spürte, wie sich Tom an ihrer Seite regte.

»Und auf die Hälfte deines Lebens verzichten?«

Sie nickte. »Wenn es dann nicht mehr wehtut. Und ich den Rest behalten darf.«

Tom antwortete nicht. Sie hörte seinen gleichmäßigen Atem. Schließlich legte er einen Arm um sie. »Es müsste einen anderen Weg geben«, sagte er nachdenklich. »Einen, bei dem du deine Erinnerungen behalten kannst. Nur ohne die Gefühle, die daran geknüpft sind. Die sind es doch, die die Erinnerung unerträglich machen.«

Rosa ließ seine Worte auf sich wirken. »Bei mir ist es das Glück«, sagte sie dann. »Ich war so glücklich mit ihm. Meine Erinnerungen an Sven sind Liebe und Freude und Lachen. Ich denke an all das Schöne, das wir hatten, und im nächsten Moment begreife ich, dass es weg ist und nie mehr zurückkommt. In einem Moment habe ich alles, im nächsten nichts. Das ist es, was mein Leben zerstört.« Sie atmete tief durch. »Wenn ich nur vergessen könnte, wie es sich anfühlt, glücklich zu sein.«

Ihre Worte erfüllten den Raum und hallten noch einen Moment lang nach. Rosa spürte, wie Tom sie ansah. Sie betrachtete seine Züge, die ihr ebenso vertraut waren wie ihre eigenen. Reflexartig streckte sie eine Hand aus, um ihm eine eisgraue Strähne aus der Stirn zu streichen.

»Ich will, dass du zu mir ziehst«, sagte er unvermittelt.

Rosa hielt erstaunt inne. »Warum?«

Er suchte ihren Blick und hielt ihn fest, sein Gesicht nur Zentimeter von ihrem entfernt. »Weil du meine beste Freundin bist und hier nicht bleiben kannst. So alleine, in eurem großen Haus, in dem dich alles an Sven erinnert. Daraus kann nichts Gutes erwachsen.«

Er nahm ihre Hand und drückte sie. »Ich kann dir deinen Schmerz nicht nehmen«, sagte er. »Aber ich kann für dich da sein. Dich im Arm halten, wenn du mich brauchst.« Er lehnte seine Stirn an ihre. »Versprich es mir«, bat er.

»Was?«, flüsterte sie.

»Dass du mit mir kommst. Dass du wieder glücklich wirst.«

Ein erstickter Laut drang aus ihrer Kehle. »Wie denn, Tom? Wie soll ich glücklich werden mit dem Wissen, dass Sven mich nicht mehr liebt. Dass er eine andere liebt. Dass er *Vater* wird.« Sie vergrub das Gesicht in ihren Händen.

»Wir finden einen Weg«, hörte sie ihn sagen. »Vertrau mir, Rosa, wir finden ihn. Nur versprich mir, dass du ihn gehen wirst.«

Rosas Gedanken überschlugen sich. Sie war niemand, der Versprechen leichtfertig gab, und Tom wusste das.

Schließlich sah sie auf. Sah die Wärme in seinem Blick, die Zuversicht. »Ich verspreche es«, sagte sie leise. Sie würde es zumindest versuchen.

6

Früh am nächsten Morgen brachen sie auf. Die Sonne war noch nicht aufgegangen. Ohne sich noch einmal umzuschauen, löschte Rosa das Licht im Flur und schloss die Haustür hinter sich. Tom, der im Auto auf sie gewartet hatte, stieg aus und kam ihr entgegen. Er nahm das Gepäck und verstaute es im Kofferraum seines Audis. Dann stiegen sie ein und fuhren schweigend durch Düsseldorfs Straßen. Rosas Hals war wie zugeschnürt, während sie sich immer weiter von dem Haus in Oberkassel entfernten, in dem sie die letzten zwanzig Jahre gelebt hatte.

Zum ersten Mal ließ sie den Gedanken zu, dass sie fortan ohne Sven leben würde, und die Vorstellung, noch einmal ganz von vorne zu beginnen, ängstigte sie so sehr, dass sie kaum atmen konnte. Sie schluckte krampfhaft und versuchte, nicht zu weinen.

Plötzlich spürte sie Toms Hand, die sich auf ihre legte. »Ich bin bei dir, Rosa«, sagte er leise. »Zusammen schaffen wir das.«

Toms Altbauwohnung lag im obersten Stockwerk einer ehemaligen Kaufmannsvilla in Pempelfort. Rosa mochte das Haus. Es hatte etwas Liebenswertes an sich mit seinen Bewohnern, die allesamt aus der Zeit gefallen zu sein schienen, und mit dem zauberhaften Café Claire im Erdgeschoss. Dennoch schauderte sie, als sie die Wohnung betrat. Sie war zwar bereits hunderte Male hier gewesen, aber von nun an würde sie hier leben.

Tom führte sie ins Gästezimmer, einen gemütlichen Raum mit Dachfenster und Schrägen. Seit Claire gestorben war, erschien Rosa die Wohnung mit ihren fünf Zimmern viel zu groß für ihren Freund, doch Tom würde den Ort, an dem er mit seiner Frau glücklich gewesen war, niemals verlassen.

»Komm erst mal an«, sagte er sanft, »ich bin nebenan, wenn du mich brauchst.« Mit einem aufmunternden Lächeln schloss er die Tür hinter sich.

Als Rosa allein im Zimmer war, verließ sie ihre Kraft, und sie überkam das Gefühl, keine Sekunde länger stehen zu können. Ihr Körper fühlte sich schwer an, als würde Blei durch ihre Adern fließen. Sie sank auf ihr neues Bett und starrte zur Decke, unfähig, sich zu rühren.

Das war es also, ihr Leben ohne Sven. Statistisch gesehen lagen noch mehr Jahre vor ihr als die 26, die sie mit ihm verbracht hatte. Die Vorstellung ließ sie vor Einsamkeit frösteln.

In den Stunden, in denen Rosa so dalag, veränderte sich das Licht um sie herum und ging über von dem sanften Rotschimmer des Morgens in ein kaltes, helles, unerbittliches Weiß, das jeden Zentimeter des Raums auszufüllen schien. Rosa dachte daran, aufzustehen und die Jalousien herunterzulassen, doch mit jeder Sekunde, die verstrich, türmte sich das Vorhaben zu einem gewaltigeren Hindernis auf, bis es unüberwindlich vor ihr aufragte und sie aufgab und stattdessen die Augen schloss.

Es dämmerte bereits, als es zaghaft an der Tür klopfte. Rosa neigte den Kopf, Tom trat ein und blieb einen Moment lang im Türrahmen stehen. Dann kam er zu ihr und setzte sich neben sie auf das Bett.

»Kochst du mit mir?«, fragte er leise.

Beinahe hätte Rosa gelächelt. Kochen war Claires Antwort auf alles gewesen. Spaghetti gegen Liebeskummer, Pfannkuchen gegen schlechte Laune, Schokoladenpudding gegen Heimweh. Sie fühlte, wie der Klammergriff, der sie aufs Bett drückte, nachgab. Sie stellte beide Füße auf den Boden, wartete einen Moment lang, bis das Schwindelgefühl, das sie nach dem langen Liegen erfasst hatte, nachließ, und erhob sich. »Gehen wir«, sagte sie.

Toms Küche war gewaltig, mit einem sechsflammigen Gasherd in der Mitte des Raumes und gusseisernen Töpfen und Pfannen, die an Haken an der Wand hingen. Auf dem Fensterbrett standen Töpfe mit allerlei Kräutern: Rosmarin, Basilikum, Thymian und Minze. An einem Regal hingen Zöpfe mit Knoblauch und rotem Chili.

»Stimmt es dich eigentlich traurig, hier zu kochen?«, fragte Rosa, während sie die Maronen für die Suppe hackte. Im nächsten Moment biss sie sich auf die Lippen. Warum hatte sie das gefragt? Sie wollte Tom nicht traurig machen.

»Du meinst, weil es mich an Claire erinnert?«

Sie nickte hilflos. Tom griff nach einer Zwiebel und fing an, die Schale zu entfernen. »Nein«, sagte er dann. »Sie war so glücklich hier, inmitten ihrer Kräuter und Gewürze. Wenn ich hier bin, habe ich das Gefühl, ihr nah zu sein. Als wenn der Raum etwas von ihr behalten hätte.« Er lächelte und widmete sich weiter der Zwiebel.

Rosa sagte nichts. Claire war fort und würde nicht zurückkommen. Genau wie Sven …

Das scharfe Zischen des Olivenöls riss sie aus ihren Gedanken. Mit einem leisen Lachen stellte Tom das Gas kleiner und schwenkte die Pfanne, dass die Zwiebeln nur so tanzten. Als er sich zu ihr umdrehte und ihren kummervollen Gesichtsausdruck bemerkte, wurde er schlagartig ernst.

»Soll ich weitermachen?«, fragte er und wies mit dem Kinn auf das Brettchen vor ihr. Schnell schüttelte sie den Kopf und beeilte sich, die restlichen Maronen zu hacken.

»Tom?«, fragte sie, ohne von ihrer Arbeit aufzuschauen.

»Hm?«

»Auch wenn ich es im Moment vielleicht nicht so zeigen kann, bin ich dir wirklich dankbar. Für alles, was du für mich tust. Das weißt du, oder?«

»Ja.« Er zwinkerte ihr zu. »Dabei bist du diejenige, die mir einen Gefallen tut. Du weißt es nur noch nicht. Oder wer, glaubst du, muss ab sofort die Küche aufräumen, nachdem wir gekocht haben? Hey … das hat wehgetan.« Tom rieb sich die Stelle, an der ihn die Marone getroffen hatte.

»Die«, sagte Rosa, ohne eine Miene zu verziehen, »hebst du ganz alleine auf.«

7

An einem frühen Abend im November fiel der erste Schnee. Zuerst waren es nur einzelne Flocken, die vom Himmel schwebten. Doch es dauerte nicht lange, bis die Luft erfüllt von dichtem Schneetreiben war. Rosa sah zu, wie die Flocken gegen das Fenster von Toms Gästezimmer wirbelten und dort haften blieben, bis die Sicht nach draußen vollständig versperrt war.

Sie war jetzt seit sechs Wochen bei Tom. Ihr gemeinsames Leben verlief mittlerweile nach einer festen Routine. Sie frühstückten zusammen und aßen gemeinsam zu Abend. Nach dem Essen sahen sie sich gewöhnlich einen Film an oder lasen. Sonntags gingen sie spazieren. Rosas Schwester Miriam war längst zurück bei ihrem Ehemann in München, doch ihre Mutter kam jeden Dienstag zu Besuch, brachte Kuchen mit und blieb zwei Stunden. In der übrigen Zeit war Rosa alleine, während Tom im Café arbeitete. Sie hätte nur die Stufen hinuntergehen müssen, um ihn zu sehen, doch der Gedanke an die vielen Menschen und ihr fröhliches Lachen schüchterte sie ein. Auch ihr Ehrenamt in der Kirchenbücherei hatte sie zwischenzeitlich niedergelegt. Sie wollte keinen Nachbarn begegnen, die ihr versicherten, wie leid ihnen die Trennung tue, und die sich nach ihren Plänen für die Zukunft erkundigten.

Und so blieb Rosa in der Stille von Toms Wohnung zurück, schlief oder saß am Fenster und schaute hinaus, ohne irgendetwas wahrzunehmen. Ihr war bewusst, dass sie keine nennenswerten Fortschritte verzeichnete. Sie hatte es in Toms Augen gelesen, als er eines Abends beiläufig erwähnte, dass sich unter seinen Stammgästen ein Professor der Psychologie befinde. Sie hatte nicht gewusst, was sie darauf erwidern sollte. Sie wollte ihrem besten Freund keinen Kummer bereiten, doch nicht einmal ihm zuliebe würde sie zu einem Therapeuten gehen. Sie war traurig, nicht verrückt. Also hatte sie Tom nur unglücklich angesehen, bis er das Thema fallen gelassen hatte.

Rosa sah auf ihre Armbanduhr. Es war schon sieben. Das Café hatte seit einer Stunde geschlossen. Wo blieb Tom? Sie nahm einen Roman zur Hand und blätterte zerstreut darin herum. Dann stand sie auf und ging ins Wohnzimmer. Weil sie nicht wusste, was sie tun sollte, setzte sie sich vor den Fernseher.

Eine weitere Stunde verstrich. Ob sie ihn anrufen sollte? Sofort verwarf sie den Gedanken wieder. Er war erwachsen, sie waren nicht verheiratet, sie hatte kein Recht, hinter ihm her zu telefonieren. Doch die Unruhe blieb. Es wurde halb neun, und noch immer hatte sie nichts von ihm gehört. Rosa wechselte durch die Kanäle, ohne die Inhalte wahrzunehmen. Schließlich gab sie auf, stellte den Fernseher ab und ging in den Flur. Sie hatte gerade das Tischchen erreicht, auf dem das Telefon lag, als die Haustür geöffnet wurde. Im nächsten Moment trat Tom in die Wohnung, und ein Schwall kalter, schneegeschwängerter Luft strömte in den Flur.

Rosa fiel ein Stein vom Herzen, Tom unbeschadet wiederzusehen, und aus einem plötzlichen Impuls heraus umarmte sie ihn stürmisch und küsste ihn auf die Wange.

»Wofür war das denn?«, fragte er erstaunt. »Hast du dir etwa Sorgen gemacht? Tut mir leid, Fee. Ich hätte anrufen sollen.«

Rosa winkte ab. Sie war einfach nur froh, dass er wieder da war. Wie schnell ich mich an das Zusammenleben mit ihm gewöhnt habe, schoss es ihr durch den Kopf. »Komm«, sagte sie, von ungewohnter Energie erfüllt. »Ich mache dir eine Tasse Tee. Du bist ja völlig durchgefroren.«

Tom wand sich aus seinem Mantel, hängte ihn an die Garderobe und folgte ihr in die Küche. Dort ließ er sich schwer auf einen Stuhl fallen.

»Alles in Ordnung?«, erkundigte sich Rosa und musterte ihn besorgt.

Er schüttelte den Kopf und stöhnte. »Lucille ist von der Leiter gefallen und hat sich die rechte Hand gebrochen. Mac und ich sind mit ihr ins Krankenhaus gefahren. Jetzt hat sie einen Gips und fällt für acht Wochen aus.«

Rosa hob erschrocken eine Hand vor den Mund. Sie mochte Lucille nicht besonders. Es war ihr schleierhaft, wie ein vernünftiger Mann wie Tom es seit Jahren mit einer so oberflächlichen Person aushielt, selbst wenn sie noch so gut backen konnte.

»Und jetzt?«, fragte sie. »Kann, wie hieß dein neuer Koch gleich, Mac, ihre Aufgaben übernehmen?«

Tom schüttelte den Kopf. »Nein. Er kümmert sich um das Frühstück, den Mittagstisch und die Nachmittagssnacks. Er kann nicht auch noch backen.« Er rieb sich den Nacken. »Es hilft alles nichts. Ich werde eine Aushilfe einstellen müssen.«

8

Das Café Claire war eine Institution in Düsseldorf, und so mangelte es nicht an Bewerbern für die ausgeschriebene Stelle, doch keiner von ihnen brachte mit, was Tom suchte. Seine Frustration wuchs von Tag zu Tag, und Rosa fiel es immer schwerer, unbeteiligt zu bleiben. Tom und sie waren seit sie Kinder waren beste Freunde. Wie konnte sie beim Abendessen schweigend dasitzen, während es ihm schlecht ging?

Kurzerhand legte Rosa Messer und Gabel beiseite und griff quer über den Tisch nach seiner Hand. »Sag mir, wenn ich dir helfen kann.«

Tom blickte auf. Ein Ausdruck der Erleichterung huschte über sein Gesicht. »Meinst du das ernst?«

Rosa zuckte kaum merklich zurück. Doch bevor sie etwas erwidern konnte, war Tom aufgesprungen, kam zu ihr herüber und umarmte sie fest. »Ich hätte mich nie getraut zu fragen. Ich danke dir«, sagte er. »Darauf stoßen wir an.«

Er drückte sie noch einmal, bevor er zum Kühlschrank ging. Rosa hingegen blieb wie angewurzelt sitzen und starrte auf seinen Rücken. Was genau erwartete er jetzt von ihr? Sie hatte doch lediglich angeboten, ihm zuzuhören und seinen Kummer zu teilen. Ihr wurde eiskalt. Hatte er geglaubt, sie böte ihre Hilfe … im Café an? Rosas Atem wurde flach, ihr Herz begann zu rasen.

»Hör mal«, krächzte sie und räusperte sich. »Hör mal!«, wiederholte sie lauter.

Tom drehte sich zu ihr um, in der Hand eine Flasche Crémant. »Ja?«, fragte er und lächelte breit. Zum ersten Mal seit Langem sah er wieder unbeschwert aus. Er zog den Korken heraus und lachte übermütig, als die Flüssigkeit herausschäumte, am Flaschenhals entlanglief und auf den Boden tropfte. Rosa öffnete den Mund und schloss ihn wieder.

Morgen, dachte sie bei sich, ich werde es ihm dann morgen sagen.

Doch auch am nächsten Morgen fand Rosa keinen passenden Zeitpunkt, um das Missverständnis aufzuklären. Und dann war es auch schon halb acht, und Tom drängte sie sanft, aber unerbittlich Richtung Haustür. Rosa spürte Panik in sich aufsteigen. Ihr Puls jagte unter ihrer Haut, und ihre Finger waren schweißnass. Tom fasste sie an den Schultern und sah ihr ins Gesicht. »Ich kann dir gar nicht sagen, wie dankbar ich dir bin. Ich weiß, wie schwer das für dich sein muss.« Rosa nickte wie betäubt. Dann folgte sie ihm mit weichen Knien in das Erdgeschoss.

Das Café Claire war so wunderhübsch wie immer. Rosas Blick wanderte von den blank gebohnerten Holztischen und ihren bequemen Lederstühlen zur Sitzecke am Kamin, die zum Verweilen einlud. Die lange Bar, hinter der die Kaffeespezialitäten zubereitet wurden, war blitzsauber und wartete nur darauf, in Betrieb genommen zu werden. An den weiß getünchten Wänden hingen Fotografien von süßen Köstlichkeiten – von saftigen Käsekuchen, luftigen Biskuits und cremigen Torten. Und obwohl es dafür eigentlich noch zu früh war, meinte Rosa den Duft des ofenfrischen Blechkuchens zu riechen, den es hier häufig gab. Je nach Jahreszeit mit Äpfeln, Kirschen, Pflaumen oder Erdbeeren belegt, mit Streuseln, die so üppig und knusprig waren, dass einem das Wasser im Mund zusammenlief, wurde er in großen rechteckigen Stücken und auf Wunsch mit einer großen Portion Sahne serviert. Das Rezept stammte noch von Claire. Sie war davon überzeugt gewesen, dass der Kuchen besondere Kräfte besitze. *Schau dich um, Rosa,* hatte sie oft gesagt, *jeder, der davon isst, muss lächeln …* Und Rosa hatte sich umgeschaut und festgestellt, dass Claire recht hatte.

Der Blechkuchen gehörte ebenso selbstverständlich zum Café dazu wie die Blumen auf den Tischen, die in geschmackvollen Glasgefäßen arrangiert waren. Claire hatte Blumen geliebt. Rosa erinnerte sich noch genau daran, wie sie das Café zur Eröffnungsfeier vor nunmehr siebzehn Jahren zum ersten Mal betreten hatte. Es war ein kalter Wintertag und sie begleitete Tom, der als Bewohner des Hauses eine Einladung erhalten hatte. Das Café war bereits gut besucht. Ein fröhliches Stimmengewirr lag in der Luft, und es duftete köstlich nach frisch gebrühtem Kaffee und nach Zimt und Karamell. Rosa hätte den Geruch am liebsten in Flaschen gefüllt, um ihn mit nach Hause zu nehmen. An einer Seite war eine große Tafel aufgebaut. Sie bog sich geradezu unter den Schokoladen- und Mandeltartes, den kunstvoll verzierten Torten und den Blechkuchen mit Äpfeln und riesigen, butterglänzenden Streuseln. Tom und Rosa konnten nicht widerstehen und nahmen sich von allem ein bisschen. Danach gesellten sie sich an einen weiß eingedeckten Stehtisch, der mit einem Gesteck aus Schneeglöckchen und Efeublättern dekoriert war.

Begeistert kommentierte Rosa die liebevollen Details, bis sie bemerkte, dass Tom ihr überhaupt nicht zuhörte. Seine Augen waren auf einen Punkt fixiert, der hinter ihr lag. Irritiert folgte sie seinem Blick. Vor der Kaffeebar stand eine Frau, die so strahlend lächelte, dass sie von innen heraus leuchtete. Sie war ein wenig jünger als Rosa, Mitte zwanzig vielleicht, und hatte eine schlanke Figur und kurzes honigblondes Haar. In ihren meerblauen Augen spiegelte sich der Schein der Kerzen, die überall verteilt auf den Tischen standen. Als sie eine Geste mit den Armen machte, verstummte das Gemurmel augenblicklich.

»Ich bin Claire«, begrüßte sie die Menge, »herzlich willkommen in meinem Café.«

Rosa fühlte eine wohlige Gänsehaut am ganzen Körper. Claires Stimme war unbeschreiblich. Weich, volltönend und doch unendlich zart. Sie blickte zu Tom. Sein Gesichtsausdruck war entrückt. Mit 29 Jahren war die Liebe zu ihm gekommen. Nicht behutsam, nicht schleichend, sondern mit der Gewalt eines Meteoriteneinschlags.

Bei der Erinnerung musste Rosa lächeln. Sie lockerte die Arme und spürte, dass ihre Anspannung ein wenig nachließ. Dennoch blieb sie in der Nähe des Eingangs. So hatte sie das tröstliche Gefühl, sie könne gehen, wenn es ihr zu viel wurde.

Tom verschwand hinter der Theke in die Küche und kehrte Sekunden später in Begleitung eines jungen Mannes zurück, der Rosa freundlich anlächelte. Er war um die dreißig, trug schwarze Jeans und ein schwarzes T-Shirt, das muskulöse Oberarme enthüllte. Seine Haare waren dunkelblond und verstrubbelt, seine Augen von einem klaren Grau.

»Hallo«, begrüßte er sie und reichte ihr die Hand. »Ich bin Mac. Toms Koch.«

»Rosa Simon«, erwiderte sie und schüttelte seine Hand.

»Das klingt so förmlich … Ist es in Ordnung, wenn wir Du zueinander sagen?«

Rosa zögerte kurz, dann zuckte sie mit den Schultern und nickte.

Macs Lächeln wurde breiter. »Na, dann herzlich willkommen, Rosa. Tom hat schon viel von dir erzählt. Ich finde es toll, dass du für Lucille einspringst.« Er sah sich um. »Wo steckt sie überhaupt?«

Rosa runzelte fragend die Stirn und sah zu Tom. War Lucille nicht zu Hause, um sich zu schonen? Darum war es doch schließlich gegangen, oder nicht?

Tom lächelte sie unschuldig an. »Irgendjemand muss dir ja die Rezepte beibringen.«

Aber doch nicht Lucille! Sie wollte ihm gerade sagen, was sie davon hielt, als Lucille zur Tür hereinschlenderte. »Na, habt ihr mich schon vermisst?«, flötete sie, und nur mit Mühe gelang es Rosa, ein Augenrollen zu unterdrücken. Wie sie wieder aussah! Ihr platinblondes Haar war zu einem dramatischen Turm hochgesteckt, die babyblauen Augen ertranken in Lidschatten und Kajal, und ihre Lippen waren knallrot geschminkt. Sie trug einen engen hellblauen Overall, der unterhalb der Knie endete und ihre schlanke Figur betonte, dazu einen breiten roten Gürtel und farblich abgestimmte Pumps. Lucille strahlte, und ihre perlweißen Zähne blitzten auf, als sie Rosa zur Begrüßung ihre gesunde Hand entgegenstreckte. Kaum hatte Rosa sie ergriffen, zog Lucille sie in eine Umarmung und hauchte ihr zwei Küsse links und rechts auf die Wangen.

»Ach, du Süße«, trällerte sie, »wir haben uns so lange nicht gesehen. Ohne Sven macht es keinen Spaß, hier zu sein, was? So ein schöner Mann. Ein Jammer.«

Rosa erstarrte, traute ihren Ohren nicht.

»Ähm, ja«, sagte Tom. »Komm, Rosa, wir gehen in die Küche.« Er legte beide Hände auf ihren Rücken und schob sie quer durch den Raum. Als die Küchentür hinter ihnen ins Schloss fiel, atmete er geräuschvoll aus. »Es ist Lucille«, sagte er entschuldigend. »Sie meint es nicht so.«

Rosa schüttelte den Kopf, während sie langsam aus ihrer Erstarrung erwachte. »Gleich wirst du mir sagen, dass sie ein Herz aus Gold hat.«

»Sie hat ihre gute Seiten.«

Rosa verschränkte die Arme vor der Brust. »Backen zählt nicht.«

»Das meinte ich auch nicht. Lass dich überraschen.«

»Ich kann es kaum erwarten.«

Sie wechselten einen langen Blick. Die Situation hatte etwas so Skurriles, dass Toms Mundwinkel unwillkürlich zu zucken begannen, und auch Rosa spürte, wie sich ganz tief in ihrem Bauch ein Lachen bildete und langsam ihre Kehle hinaufstieg. Beinahe erschrocken schlug sie sich eine Hand vor den Mund.

Tom lächelte. »Ich verrate es keinem«, sagte er. Das war der Moment, in dem Rosa entschied, es zu versuchen.

Tom hängte ein Schild an die Tür, das den Gästen mitteilte, dass das Café heute eine Stunde später öffnete. Anschließend scheuchte er Lucille und Mac in die Küche und setzte sich mit Rosa an einen der gemütlichen Holztische, um ihr alles zu erklären. »Normalerweise öffnen wir um acht Uhr«, begann er und goss ihr ein Glas Orangensaft ein. »Dann kommen die Gäste, die frühstücken wollen. Frisches Brot, Brötchen und Croissants bekommen wir jeden Morgen von einer Bäckerei aus der Nordstraße angeliefert. Alles, was sonst noch zum Frühstück gehört, wie Eierspeisen, Aufstriche,

Joghurt- und Obstvariationen und so weiter, wird von Mac zubereitet. Ich bin für die Getränke zuständig. Neben den üblichen Kaffee- und Teespezialitäten, Kaltgetränken und Fruchtsäften haben wir hausgemachte Limonaden und Smoothies im Angebot. Den Überblick findest du in der Karte.« Er schraubte die Flasche wieder zu und lächelte sie an. »Deine Aufgabe wird es sein, die Bestellungen aufzunehmen, zu servieren und hinterher wieder abzuräumen. Gegen zehn, wenn der erste Andrang vorbei ist, werden die Kuchen und Torten für den Nachmittagsbetrieb gebacken, du wirst dann in der Küche gebraucht. Lucille wird täglich vorbeikommen, um dich anzuleiten. Solange ihr beschäftigt seid, kommen die Gäste zu mir an die Theke, wenn sie etwas bestellen möchten. Keine Sorge«, sagte er, als er ihren angespannten Gesichtsausdruck bemerkte, »keiner erwartet, dass du Lucilles Torten auf Anhieb perfekt hinbekommst. Aber du liebst es zu backen, Rosa, und es schmeckt immer wundervoll bei dir. Wie viele Seiten hast du mittlerweile in deiner Rezeptsammlung mit dem blauen Einband? Hundert?«

Rosa atmete tief durch. Es stimmte, sie backte für ihr Leben gern. Bevor Sven sich von ihr getrennt hatte, hatte sie jedes Wochenende Hefe- und Rührteige zubereitet oder Biskuitböden gebacken, Schokolade und Butter geschmolzen und Mandeln und Macadamianüsse gehackt, löffelweise Erdnussbutter verbraucht oder fruchtige Toppings für Cupcakes zusammengerührt. Die schönsten Rezepte bewahrte sie in einem dicken, ledergebundenen Buch auf, das sie wie ihren Augapfel hütete. Doch bisher hatte sie immer nur für Freunde und Familie gebacken, oder für ihre Kolleginnen in der Kirchenbücherei. Nie für Fremde, und erst recht nicht für Menschen, die dafür bezahlten. Ob ihre Fähigkeiten ausreichten, um dafür Geld zu verlangen? Mit einem Schlag kehrte ihre Unsicherheit zurück. Sie versuchte, sich Mut zuzusprechen und legte ihre Hände in den Schoß, um das leichte Zittern zu verbergen.

»Zum Mittagessen«, fuhr Tom fort, »stehen zwei Tagesgerichte zur Auswahl. Daneben gibt es kleine Snacks und Kuchen, und um 18 Uhr ist Schluss. Unser Ruhetag ist der Sonntag. Aber das weißt du ja.« Er zwinkerte ihr zu. »Das war es auch schon. Hast du alles verstanden?«

Sie nickte.

»Wunderbar«, sagte er. »Dann komm mal mit.« Tom verschwand hinter der Theke und kehrte mit einer cremefarbenen Schürze zurück, auf der mit rosa Garn der Schriftzug »Café Claire« eingestickt war. Er kniete sich vor sie, band die Schürze um ihre Taille und zog sie fest, dann richtete er sich auf. »Schau dir alles in Ruhe an. Das Backen hat auch bis morgen Zeit«, sagte er. »Unsere Gäste sind nett. Viele kommen jeden Tag. Du musst keine Angst haben.«

Rosa war nicht überzeugt. Doch sie war hier, um ihrem Freund zu helfen. Sie hob das Kinn. »Mach dir keine Sorgen um mich. Ich kriege das schon hin.«

Tom lächelte und nickte, dann drehte er sich um und ging zur Tür. Mit angespanntem Rücken beobachtete sie, wie er das Schild umdrehte. Minuten später kamen die ersten Gäste herein und setzten sich fröhlich plaudernd an die Tische.

Rosa holte tief Luft. Dann zückte sie ihren Block und machte sich daran, ihre erste Bestellung entgegenzunehmen. Ihr Gast war eine hübsche Frau Anfang dreißig, die sich ihr als die Besitzerin des Blumenladens vorstellte, der vor Kurzem neben Toms Café eröffnet hatte. Rosa erinnerte sich, dass ihre Mutter ihr von Nicole Weidner erzählt hatte. Die junge Frau hatte ihren gut bezahlten Job als Unternehmensberaterin aufgegeben, weil ihre Leidenschaft den Blumen galt. Und der Strauß Dahlien, den Nora dort gekauft und ihrer Tochter mitgebracht hatte, war in der Tat hinreißend gewesen.

»Ich bekomme bitte ein Croissant mit Erdnusscreme und dazu einen Chai Latte«, sagte Nicole Weidner fröhlich und blies sich dabei eine rotblonde Strähne aus dem Gesicht, die sich aus ihrem kurzen Pferdeschwanz gelöst hatte. Dann wandte sie den Kopf zu der Pinnwand, die hinter ihrem Tisch an der Wand hing. Unzählige Kassenbons waren daran befestigt. »Und dazu einen Caffè sospeso, weil mein Geschäft heute sein zweimonatiges Jubiläum hat und das ein Grund zum Feiern ist«, fügte sie verschmitzt hinzu.

Rosa notierte das Gewünschte. Die Tradition des Caffè sospeso, was so viel wie ein »aufgeschobener Kaffee« bedeutete, hatte Claire aus einem Neapelurlaub mitgebracht und voller Begeisterung für ihr Café übernommen. Damit hatte ein Gast die Möglichkeit, eine zusätzliche Tasse Kaffee für einen Bedürftigen zu bezahlen. Der Bon kam an die Pinnwand und konnte von jemandem, der zu wenig Geld hatte, um sich selbst einen Kaffee zu leisten, heruntergenommen und eingelöst werden. Als Rosa noch als Gast ins Café Claire gekommen war, war sie nie gegangen, ohne einen Caffè sospeso zu bestellen. Denn diese kleinen Gesten waren es, die die Welt ihrer Meinung nach zu einem besseren Ort machten.

Das Café füllte sich rasch. Viele Menschen kamen nur, um bei Tom an der Theke einen Latte macchiato oder einen Cappuccino zum Mitnehmen zu bestellen, bevor sie weiter zur Arbeit eilten, doch die meisten setzten sich an einen der Tische, um in Ruhe das süße oder herzhafte Frühstück zu genießen, das Mac liebevoll für sie zubereitete.

Um diese Zeit waren es überwiegend Senioren und Mütter und Väter in Elternzeit, die plaudernd zusammensaßen und sich jedes Mal freundlich bedankten, wenn Rosa ihnen Körbe mit Brötchen und Croissants und dazu Marmelade und Honig, selbst gemachten Kräuterquark und Rührei mit knusprigem Speck brachte. Nach den Wochen des Herumliegens und Nichtstuns forderte die Tätigkeit Rosas volle Konzentration, und erst als sie nach Caféschluss die letzten Teller und Tassen in die Spülmaschine räumte, wurde ihr bewusst, dass sie nicht einmal zurückgeschrocken war von der Fülle an Menschen.

»Keiner hat mir gesagt, dass es so anstrengend sein würde.« Am Ende des Tages lag Rosa auf dem Sofa in Toms Wohnzimmer und streckte alle viere von sich. Ihre Beine schmerzten, als hätte sie einen Marathon absolviert.

Tom lachte und setzte sich neben sie. »Wir sind eben keine zwanzig mehr. Aber warte ab, bis du dich daran gewöhnt hast. Die acht Wochen bis Lucilles Gips abkommt, werden wie im Flug vergehen.«

Rosa murmelte etwas Unverständliches. Sie war sich da nicht ganz so sicher. In Gedanken ließ sie den Tag Revue passieren. »Mac ist nett«, fasste sie ihre Eindrücke zusammen. »Er hat die Küche toll im Griff, und die Gäste lieben ihn. Wie habt ihr zwei euch eigentlich kennengelernt?«

»Habe ich dir das nicht erzählt?«, wunderte sich Tom, und als sie den Kopf schüttelte, zuckte er mit den Schultern. »Vor ein paar Wochen stand er plötzlich bei mir im Café und fragte, warum wir kein ›richtiges‹ Essen anbieten würden. Ich erkundigte mich, was er darunter verstehe, und er antwortete, wenn ich einverstanden wäre, würde er es mir zeigen. Und dann ging er in die Küche und zauberte die beste Quiche, die ich je gegessen habe, und weil sich Lisa gerade in den Ruhestand verabschiedet hatte und die Arbeit für Lucille und mich allein zu viel war, bot ich ihm den Job an. Seitdem gibt es auch warme Küche im Café Claire.«

»Eine schöne Geschichte. Und wie versteht er sich mit Lucille?« Rosa sprach den Namen aus, als wäre er eine klebrige Süßigkeit, die einem an den Zähnen hängen blieb.

Tom schmunzelte. »Erstaunlich gut. Obwohl, eigentlich ist es nicht erstaunlich. Mit Mac kann man sich gar nicht *nicht* verstehen. Außerdem sind sie in etwa gleich alt.«

»Aber er ist das komplette Gegenteil von ihr!«, warf Rosa ein. »Ruhig, gelassen, vernünftig.«

Tom gab ihr einen Kuss auf die Wange. »Eben«, sagte er und stand auf.

9

Am nächsten Morgen wachte Rosa vom Klingeln des Weckers auf, den Tom ihr auf den Nachttisch gestellt hatte. Blind tastete sie danach, schaltete ihn aus und drehte sich noch einmal auf die Seite. Sie war schon fast wieder eingeschlafen, als es an der Tür klopfte.

»Rosa, aufstehen!«, dröhnte Toms Stimme durch das Holz. Sie stöhnte. Worauf hatte sie sich da nur eingelassen …

Als sie das Café betraten, war Mac bereits da. Aus der Küche war das Klappern von Töpfen und Pfannen zu hören.

»Dann wollen wir mal«, sagte Tom. Er hob die Stühle von den Tischen, Rosa wischte die Holzplatten feucht ab und überprüfte die Blumenarrangements. Um zwei Minuten vor acht banden sie sich gegenseitig die Schürzen fest und tauschten einen letzten stillen Blick. Dann ging es los.

Die nächsten zwei Stunden lief Rosa zwischen den Tischen und der Küche hin und her, nahm Bestellungen auf, servierte Frühstück, Milchkaffee und Tee, heiße Schokolade und frisch gepressten Orangensaft.

»Du machst das toll«, fand Mac, als sie in die Küche kam, um die Bestellung der alten Frau Sievert abzugeben, die in der Etage unter Tom wohnte und Stammgast im Café war. Er ließ ein Omelette mit Tomaten und frischen Kräutern aus der Pfanne gleiten und wischte den Rand des Tellers sauber, bevor er ihn ihr reichte. Es duftete so gut, dass Rosa für einen Moment die Augen schloss. Ihr Magen knurrte vernehmlich. Nach Wochen der Appetitlosigkeit brauchte es nur einen Tag im Café Claire, damit ihr Hunger zurückkehrte.

Mac lachte. »Ich mach dir auch eines«, versprach er. »Wenn du wiederkommst, ist es fertig.«

Um zehn Uhr wirbelte Lucille herein. Heute trug sie eine weiße Caprihose und eine enge rot-weiß gepunktete Bluse. Um ihr hochgestecktes Haar hatte sie ein knalliges rotes Tuch gebunden, das perfekt zur Farbe ihres Lippenstiftes passte. Sie warf Tom, der hinter der Bar stand und mit geübten Griffen die italienische Kaffeemaschine bediente, eine Kusshand zu, dann griff sie nach Rosas Arm, zwinkerte den Gästen zu, deren Getränkewünsche Rosa gerade notiert hatte, und zog sie mit sich fort in die Küche. Widerstrebend ließ Rosa es geschehen. Kann sie nicht kurz warten?, dachte sie bei sich.

»Also«, begann Lucille ihre Einführung, »hier findest du alles, was du brauchst.« Mit ihrer linken Hand öffnete sie nacheinander zwei Oberschränke. Darin befanden sich Mehl, Zucker, Backpulver, Kakao, Mandeln und allerlei weitere Zutaten.

»Die frischen Lebensmittel wie Eier, Milch, Hefe, Quark und so weiter sind im Kühlschrank. Wenn wir irgendetwas Exotisches benötigen, sagen wir Mac Bescheid. Egal, was es ist – er weiß, wo man es bekommt.«

Sie warf einen Blick in seine Richtung, und für einen Moment hatte Rosa den Eindruck, echtes Gefühl in ihren Augen zu entdecken. Sie ist in ihn verliebt, dachte sie überrascht. Rosa sah zu Mac, der an der anderen Seite der Küche stand und konzentriert in einem Topf rührte. Armes Ding, wie soll ein Mann wie er dich jemals lieben können? Auf einmal tat Lucille ihr leid.

»Als Erstes bereiten wir einen Blechkuchen mit Äpfeln und knusprigen Butterstreuseln zu. Danach machen wir einen American Cheesecake.« Lucilles Stimme holte Rosa in die Wirklichkeit zurück. »Den hat Sven doch *geliebt*.«

Rosa biss sich auf die Lippen und nahm sich vor, nie wieder Mitleid mit ihr zu haben.

Die erste Woche verging, und allmählich begann Rosa, sich besser zu fühlen. Die Arbeit lenkte sie ab, sie dachte weniger an Sven, grübelte weniger. Und auch die vielen Menschen schüchterten sie nicht ein. Es war so, wie Tom gesagt hatte. Die Gäste im Café Claire waren durchgehend freundlich, und als die alte Frau Sievert Rosa am Samstag nach dem Rezept für ihre Apfeltarte mit Zimt fragte, errötete sie vor Stolz. Auch ihre Beine taten abends nichts mehr so weh. Sie hatte sich angewöhnt, nach dem Abendessen in die Badewanne zu steigen, was ihre Muskeln lockerte und geschmeidig hielt.

Ihr Verhältnis zu Lucille dagegen hatte sich nicht entspannt. Ihr Trällern, ihre übertriebenen Outfits, ihre taktlosen Bemerkungen, die auf das Fehlen jeglichen Fingerspitzengefühls verwiesen, waren schwer zu ertragen. Zum Glück beschränkte sich ihr Zusammensein auf die zwei Stunden am Vormittag, in denen sie unter Lucilles Anleitung in der Küche arbeitete. Sie hoffte, dass sie bald so weit war, alleine weiterzumachen. Sie lernte die Rezepte schnell, und das Backen bereitete ihr viel Freude. Mehr als das – sie spürte tiefe

Befriedigung, wenn sie die Zutaten zusammenrührte und beobachtete, wie sie sich im Ofen zu etwas Wundervollem entfalteten.

Am Sonntag, ihrem freien Tag, machten Tom und Rosa einen langen Spaziergang an der Rheinpromenade entlang in Richtung Kaiserswerth. Es war kalt, einzelne Schneeflocken trieben durch die Luft. Außer ihnen waren kaum Fußgänger unterwegs. Rosa hakte sich bei Tom unter und sah, wie er lächelte. Sein Atem bildete weiße Wölkchen in der Luft.

»Ich danke dir«, sagte sie unvermittelt und schmiegte ihre Wange an den Ärmel seines Mantels.

»Wofür?«

»Dafür, dass du mich nicht aufgibst.«

Tom blieb stehen. Seine Miene war schlagartig ernst geworden. »Wie könnte ich, Rosa?«, sagte er. Seine Stimme klang bewegt. »Du bist meine beste Freundin, der wichtigste Mensch in meinem Leben.«

Rosa spürte einen dicken Kloß im Hals, den sie hastig herunterschluckte. Sie stellte sich auf die Zehenspitzen und gab ihm einen Kuss auf die Nase.

Zurück in der Wohnung machte es sich Tom auf dem Sofa gemütlich, um Zeitung zu lesen, während Rosa heimlich in die Küche ging. Der Einfall war ihr auf dem Heimweg gekommen. Es gab eine Plätzchensorte, die Tom besonders liebte und nach der er vollkommen verrückt war. Rosa backte sie zu besonderen Anlässen für ihn, zu seinem Geburtstag, zu Weihnachten oder zum Jahrestag ihres Kennenlernens. Manchmal auch zwischendurch, wenn sie das Bedürfnis hatte, ihm eine besondere Freude zu machen. So wie heute. Sie betete, dass sie alle Zutaten dahatten, und sie wurde nicht enttäuscht. Flugs heizte sie den Backofen vor, rührte Mehl, Speisestärke, Salz und Natron zusammen und schlug geschmolzene Butter mit weißem und braunem Zucker, Vanilleextrakt und Eiern schaumig. Nachdem sie beides zu einem Teig vermischt hatte, hackte sie weiße Schokolade und Macadamianüsse und gab die Raspeln darunter. Anschließend löffelte sie die ersten sechs Portionen mit großem Abstand auf ein Backblech. Das war notwendig, damit die Plätzchen zerlaufen konnten.

»Was riecht denn hier so lecker? Sind das etwa …?« Tom trat hinter sie, als Rosa gerade die letzten Kekse aus dem Ofen holte.

Sie lächelte breit und nickte. »Auf dem Küchentisch sind noch mehr. Die hier sind schon abgekühlt und fallen nicht mehr auseinander. Die kannst du probieren.«

Das ließ sich Tom nicht zweimal sagen. Innerhalb von Sekunden hatte er den größten Keks verputzt und griff nach dem zweiten. »Himmlisch«, seufzte er. Schmunzelnd beobachtete Rosa, mit welch kindlicher Freude Tom ihr Gebackenes aß.

»Gibt es einen besonderen Grund hierfür?«, erkundigte sich Tom zwischen zwei Bissen und hob fragend den Rest seines Plätzchens in die Höhe.

Rosa nahm sich nun selbst eines, schmeckte weiße Schokolade und Nüsse, eingebettet in einen herrlich weichen Mantel, der im Mund zu zerfließen begann. »Ich wollte einfach nur mal Danke sagen. Für deine Freundschaft.«

Tom betrachtete sie gerührt. Dann wanderte sein Blick zu dem Backblech auf dem Küchentisch, und ein schelmisches Grinsen glitt über sein Gesicht.

»Kekse für die Freundschaft also … wenn das so ist, muss ich wohl noch einen essen.«

»Kekse für die Freundschaft«, wiederholte Rosa leise und nahm sich vor, das Rezept, das sie seit vielen Jahren schon in ihrer Sammlung mit dem ledernen Einband aufbewahrte, so zu benennen.

10

»Jacob ist wieder da.« Lucille wirkte noch aufgedrehter als sonst, als sie zurück in die Küche tänzelte.

Rosa, die gerade den Blaubeerkuchen in den Backofen geschoben hatte, der heute auf der Karte stand, wischte sich ihre mehligen Hände an einem Küchenhandtuch sauber. »Wer ist Jacob?«, fragte sie genervt.

»Das ist der Typ, der am Kamin sitzt. Der mit dem Laptop. Er ist unglaublich intelligent. Eigentlich kommt er jeden Tag. Keine Ahnung, wo er letzte Woche gesteckt hat. Vielleicht war er auf einer Lesereise. Jacob ist nämlich Schriftsteller, weißt du.« Bei den letzten Worten hoben sich ihre sorgfältig gezupften Augenbrauen bedeutsam in die Höhe. »Er ist ein Intellektueller.«

Rosa war überrascht, dass sie das Wort kannte. Du bist ein Snob, hörte sie Tom in Gedanken sagen. Das bin ich nur bei ihr, verteidigte sie sich stumm.

»Komm«, sagte Lucille und schob sie in Richtung Tür. »Ich stelle dich vor.«

»Was? Nein!« Rosa stemmte sich mit den Fersen in den Boden.

Lucille kicherte. »Jetzt komm schon. Hab dich nicht so. Bist du etwa schüchtern? Eine Frau in *deinem* Alter?«

Rosa warf ihr einen vernichtenden Blick zu, den diese wie

immer fröhlich ignorierte. Und ehe Rosa wusste, wie ihr geschah, stand sie vor der Sitzecke am Kamin und blickte auf einen Mann, der konzentriert auf den Bildschirm seines Laptops sah. Er war schlank, in etwa in ihrem Alter, vielleicht zwei, drei Jahre älter. Sein dichtes Haar war kurz geschnitten und von einem solch dunklen Braun, dass es fast schwarz wirkte. Als er aufblickte, sah sie in die freundlichsten braunen Augen, die sie jemals gesehen hatte. Lucille versetzte ihr einen kleinen Schubs in seine Richtung. Ich drehe ihr den Hals um, dachte sie, bei Gott, ich tue es. Der Mann lächelte sie an und erhob sich.

»H… hallo«, stotterte sie. »Ich wollte nicht stören. Ich … äh … gehe jetzt auch wieder.«

Sie wandte sich um, doch Lucille stellte sich ihr in den Weg. Rosa holte tief Luft. Dann nahm sie sich zusammen, drehte sich noch einmal um und streckte dem Mann die Hand entgegen. »Verzeihung. Ich bin Rosa«, stellte sie sich vor. In ihrer Verlegenheit vergaß sie, ihren Nachnamen zu nennen. Als wäre es selbstverständlich, dass sie sich duzten. Glühende Hitze kroch ihren Nacken hinauf, und ihre Wangen färbten sich rot.

Das Lächeln des Mannes vertiefte sich. »Ich weiß«, sagte er, ohne eine weitere Erklärung zu geben. »Und mein Name ist Jacob.«

Sein Händedruck war fest. Irgendwie beruhigend. »Also dann«, sagte Rosa und wies mit dem Daumen hinter sich, um ihm zu signalisieren, dass sie in der Küche gebraucht wurde. Sie hörte Lucilles theatralischen Seufzer an ihrem Ohr, doch dieses Mal machte sie keine Anstalten, sie aufzuhalten. Rosa drehte sich um und ging mit weichen Knien durch den Raum, wobei sie Jacobs Blick in ihrem Rücken spürte. Als die Küchentür hinter ihr zufiel, atmete sie erleichtert auf.

Mac sah zu ihr. »Alles in Ordnung?«, erkundigte er sich. Sie schüttelte den Kopf, dann nickte sie. Eine Minute später kam Lucille hereingeschlendert, als wäre nichts passiert.

»Was sollte das?«, fauchte Rosa, baute sich vor ihr auf und stemmte die Hände in die Hüften. Lucille starrte sie an. »Wow«, sagte sie langsam, »ich wusste gar nicht, dass deine Stimme *so* klingen kann. Für einen Moment dachte ich, du wärst böse auf mich.«

Dann nahm sie ihren Mantel, den sie achtlos über einen Hocker geworfen hatte, winkte und war verschwunden. Rosa sah ihr fassungslos hinterher.

»Ist das zu glauben?«, fragte sie.

Erst als Mac antwortete, wurde ihr bewusst, dass sie laut gesprochen hatte. »Wenn es Lucille nicht geben würde, müsste man sie erfinden.«

Rosa verdrehte die Augen. Das galt vielleicht für ihn. Und ganz sicher für Tom. Aber Lucille? Sie schnaubte und wartete darauf, dass Mac ihr den Teller reichte, den er gerade mit Honig und Walnüssen verziert hatte.

»Der geht zu Jacob«, sagte er und zwinkerte ihr zu. »Ein Gruß aus der Küche.«

Schon wieder dieser Jacob. »Reden sich hier denn alle mit dem Vornamen an?«, brummelte sie vor sich hin.

Mac musterte sie erstaunt. »Weißt du das denn nicht?«, fragte er.

Sie sah ihn an, und mit einem Schlag kehrte die Erinnerung zurück. Wie Claire jeden geduzt hatte, der in ihr Café kam. Nicht aufgesetzt, sondern freundlich und natürlich. »Das hier ist mein Zuhause«, pflegte sie zu sagen, »ich bin unter Freunden.« Und genau so behandelte sie ihre Gäste. Als Freunde. Kein Wunder, dass alle sie geliebt hatten und ihre Gepflogenheit nur zu gern übernahmen.

»Doch«, sagte Rosa verwundert. »Ich hatte es nur vergessen.«

Ihr Herz fing an zu klopfen, als sie sich erneut Jacobs Tisch näherte. Sie war zurückhaltend und nachdenklich. Nicht das stotternde, ungeschickte Wesen, als das sie sich ihm präsentiert hatte. Sie wusste nicht genau, warum, aber es war ihr wichtig, dass sie diesen Eindruck korrigierte.

Dieses Mal bemerkte er sie sofort. »Wollen wir noch einmal von vorne beginnen?«, fragte er lächelnd, als hätte er ihre Gedanken gelesen. Er klappte seinen Laptop zu und erhob sich. »Ich bin Jacob«, sagte er. Seine Stimme klang angenehm ruhig.

»Rosa«, antwortete sie und erwiderte sein Lächeln. Sie schüttelten sich die Hände.

Jacob wies auf den Sessel neben sich. »Möchtest du dich einen Moment lang setzen, Rosa?«

Unschlüssig sah sie zu Tom herüber, der hinter der Theke stand und eine sattgrüne Flüssigkeit aus einem Shaker in ein hohes Glas füllte. Als sich ihre Blicke trafen, lächelte er und wedelte mit der Hand. Geh schon, übersetzte sie. Sie stellte den Teller vor Jacob ab und setzte sich.

»Lucille hat erzählt, dass Sie Schriftsteller sind«, begann sie das Gespräch, nachdem er sich ebenfalls gesetzt hatte.

Er lächelte. »Du.«

Sie sah ihn fragend an, dann verstand sie. »Dass du Schriftsteller bist«, verbesserte sie sich. Jacob nickte.

»Und woran schreibst du?« Sie legte eine Hand auf den Mund. »Entschuldige bitte, ich wollte nicht aufdringlich sein.« Was ist nur los mit dir, schimpfte sie sich in Gedanken.

Doch Jacob beruhigte sie. »Das bist du nicht. Im Gegenteil, ich freue mich über dein Interesse. Ich schreibe ein Jugendbuch. Eine Art Märchen. Ein ziemlich düsteres allerdings.«

Sie gab ihm mit einer Geste zu verstehen, dass er fortfahren sollte. Er räusperte sich. »Die Geschichte spielt in Deutschland, in einer nicht allzu fernen Zukunft. Kriege und Extremismus haben die Strukturen, die wir kennen, aufgelöst. Millionen von Menschen sind gestorben. Es herrscht eine Regierung, die die Bevölkerung unter dem Vorwand der Terrorbekämpfung kleinhält und unterdrückt. Verhaftungen und brutale Verhöre sind an der Tagesordnung. Nachts treiben Banden ihr Unwesen, die plündern und morden ... willst du mehr hören?«

Rosa brauchte einen Moment, bis sie bemerkte, dass Jacob ihr eine Frage gestellt hatte. Schon jetzt war sie in der Geschichte gefangen, sah zerstörte Straßenzüge und geduckte Gestalten vor sich, die sich in engen Hauseingängen herumdrückten. Menschen, die ihren Familien entrissen wurden. Sie atmete tief durch und nickte.

Ein belustigtes Funkeln trat in Jacobs Augen. »Im Mittelpunkt der Geschichte steht Lily«, sagte er, »ein sechzehnjähriges Mädchen, das nach dem Tod seiner Eltern bei seinem Großvater aufwächst. Der erzählt Lily von einer Zeit, in der Frieden und Wohlstand herrschten. Bis die große Seuche ausbrach, *Durus*. Jeder, der sich mit ihr infizierte, verlor sämtliche Gefühle, bis seine Seele verkümmerte und nur noch die äußere Hülle den Anschein aufrechthielt, es könne sich um ein menschliches Wesen handeln. In der Folge begannen die Menschen zu lügen, zu stehlen und zu morden. Fürchterliche Kriege brachen aus und rissen die Welt in den Abgrund. Dann gelang es einer Gruppe von Wissenschaftlern, ein Heilmittel zu entdecken, doch sie wurden ermordet und die Medizin zerstört. Von wem, wusste niemand, aber es hieß, dass das Rezept in einem geheimen Versteck überdauert habe. Zusammen mit ihrem besten Freund Jem macht sich Lily auf die Suche. Sie meistern viele Gefahren, bis sie schließlich das Heilmittel finden. Die Menschen, die an der Seuche erkrankt waren, werden geheilt, das Land erlebt eine neue Blüte, und endlich gestehen sich Jem und Lily ihre Gefühle füreinander.« Jacob verstummte. Ein merkwürdiger Ausdruck lag auf seinem Gesicht. Schüchternheit vielleicht. Der Gedanke gefiel ihr. »Und?«, fragte er leise, »gefällt dir die Geschichte?«

Rosa nickte. »Sie ist wunderbar«, versicherte sie ehrlich. »Ich danke dir, dass du sie mir erzählt hast.«

Ein erleichtertes Lächeln breitete sich auf seinem Gesicht aus, und er deutete eine kleine Verbeugung an.

»Es war mir ein Vergnügen. Du bist eine der Ersten. Mein Agent kennt sie natürlich und mein Lektor, aber darüber hinaus ...« Er brach ab und sah auf seine Hände.

Sie war eine der Ersten? Unwillkürlich richtete sich Rosa auf ihrem Stuhl auf. »Ich fühle mich geehrt«, sagte sie tief bewegt.

Jacobs Lider flatterten. »Magst du einen Kaffee mit mir trinken?«, wechselte er das Thema.

Sie nickte, doch dann sah sie auf ihre Uhr und erschrak. »Du meine Güte. Ich habe vollkommen die Zeit vergessen. Morgen, ja? Bist du morgen hier?« Sie erhob sich, und er tat es ihr gleich.

»Ich werde da sein«, versprach er.

11

In den nächsten Tagen wurde es Rosa zur Gewohnheit, sich zwischendurch, wenn wenig los war, zu Jacob zu setzen und mit ihm zu plaudern. Ihr war bewusst, wie ungewöhnlich das war. Schon als Kind war sie zurückhaltend und abwartend gewesen. Sie blieb am liebsten für sich oder mit Tom allein. Menschenansammlungen waren ihr ein Graus, und sie machte tunlichst einen Bogen um sie. Als sie Sven kennenlernte, war es mit der Abgeschiedenheit vorbei. Auf einmal war sie Teil eines großen Bekanntenkreises. Sie waren ständig zum Essen oder zu irgendwelchen Wochenendaktivitäten eingeladen. Doch die Bekanntschaften blieben an der Oberfläche. Mussten an der Oberfläche bleiben, denn Rosa investierte nicht in sie. Es war ihr nie leichtgefallen, Freundschaften zu schließen. Und wenn sie ehrlich war, hatte sie sich auch nie darum bemüht. Sie hatte Tom, das war genug. Als Sven sich abwandte und ging, blieben auch die Freunde fern. Kein einziger hatte sie in den letzten Wochen angerufen. Aber sie hatte sich nichts vorgemacht; sie wusste, dass es *seine* Freunde waren, und sie vermisste keinen von ihnen.

Doch mit Jacob war es anders. Sie mochte ihn. Mochte sein ruhiges, überlegtes Naturell, das ihrem eigenen so ähnlich war. Gleichzeitig trat, wenn er erzählte, eine Leidenschaft in seine Augen, die sie mitriss und ihr ein Lächeln auf das Gesicht zauberte, das ganz tief aus ihrem Inneren zu kommen schien. Und obwohl sie ihn erst so kurz kannte, vertraute sie ihm. Er hatte eine Offenheit an sich, die sie gleichermaßen erstaunte und bezauberte.

Während sie an ihrem Milchkaffee nippte, berichtete er ihr, dass er seit über fünfzehn Jahren ins Café Claire komme, um zu schreiben. »Ich mag die Atmosphäre und die netten Menschen. Ist dir aufgefallen, dass es hier nur freundliche Menschen gibt?«

Rosa nickte. »In der Tat. Frau Sievert ist eine Wucht und Nicole Weidner sowieso. Dann der alte Mann, der immer mit seinem Dackel kommt und die schwierigsten Kreuzworträtsel löst. Sein Name ist Ferdinand. Hast du dich einmal mit ihm unterhalten? Er weiß wirklich alles. Die Senioren, die jeden Samstag bei uns frühstücken, und die beiden Studentinnen mit ihren Cellokästen sind auch ganz reizend.« Sie hielt inne und wartete auf seine Reaktion. Doch Jacob schmunzelte nur. Plötzlich kam ihr ein Gedanke. »Wie kommt es eigentlich, dass wir uns nie über den Weg gelaufen sind? Bevor ich hier angefangen habe zu arbeiten, meine ich?«

Jacob sah sie an. Sein Lächeln wirkte mit einem Mal gezwungen. »Aber das sind wir, Rosa.«

Ihre Augen weiteten sich. »Wirklich?« Sie kam sich dumm vor.

Er nickte. »Du hast mich nur nicht bemerkt. Du warst in … Gesellschaft.«

Rosa schwieg. In Gesellschaft bedeutete, dass sie mit Sven da gewesen war.

»Ich verstehe«, sagte sie leise.

Jacob nahm einen Schluck von seinem inzwischen kalt gewordenen Kaffee und verzog das Gesicht. Wie ein kleiner

Junge, der aus Versehen eine dicke Fliege verschluckt hatte. Rosa konnte sich ein Lächeln nicht verkneifen.

»Das ist nicht lustig«, brummelte er, woraufhin Rosa laut lachen musste.

Seine Mundwinkel kräuselten sich. »Na gut«, räumte er ein. »Vielleicht ein bisschen.«

Das Lachen tat gut, es vertrieb die unangenehme Stimmung, die für einen Moment zwischen ihnen aufgekommen war. Rosa beugte sich vor und stellte ihre Kaffeetasse auf den Tisch. »Wir sind nicht mehr zusammen«, vertraute sie Jacob an. »Sven hat mich vor über zwei Monaten verlassen.« Es war das erste Mal, dass sie darüber sprechen konnte, ohne zu erstarren oder in Tränen auszubrechen.

Jacob tastete nach ihrer Hand und drückte sie. Eine Geste, die gleichermaßen beruhigend und tröstlich wirkte. »Du bist anders, wenn du allein bist«, sagte er. Seine Worte drangen in ihr Bewusstsein.

»Wie meinst du das?«, fragte sie.

Er ließ sich Zeit mit seiner Antwort. »Ich kann es nicht erklären. Du hast so ein … Leuchten in dir. Es ist klein und zart, und man muss hinschauen, um es zu erkennen. Aber wenn man es einmal gesehen hat, vergisst man es nicht mehr.« Er schwieg. Seine Lider flatterten. Es war eine Geste der Verlegenheit, wie sie inzwischen wusste.

»Wenn du mit *ihm* hier warst«, fuhr er fort und sah in ihre Augen, »hast du nicht geleuchtet. Es war, als hättest du dich … zurückgenommen. Damit er noch heller strahlen konnte.« Ihre Blicke trafen sich.

In dem Moment kam Tom an ihren Tisch und legte eine Hand auf Rosas Schulter. »Wir schließen gleich. Mac fragt, ob wir mit ihm im Café zu Abend essen wollen. Es sind so viele Reste übrig. Du bist natürlich auch eingeladen, Jacob.«

Jacob wirkte, als wäre er aus einem tiefen Traum erwacht. Er richtete sich auf. Ein Ausdruck von Bedauern legte sich auf sein Gesicht. »Ich würde gerne, Tom, vielen Dank, aber ich bin mit meinem Agenten verabredet.«

»Schade«, fand Tom. »Aber dann das nächste Mal.«

»Ganz bestimmt«, erwiderte Jacob und sah Rosa dabei an.

»Du magst ihn«, stellte Tom fest, als sie beim Nachtisch saßen. Mac war in die Küche gegangen, um noch eine Flasche Wein zu holen.

»Wen?«, fragte Rosa, um Zeit zu gewinnen.

Tom lachte und aß von dem köstlichen Mousse au Chocolat, das Mac zubereitet hatte. »Du weißt wen.«

Sie zögerte. »Jacob ist ein interessanter Mann«, sagte sie schließlich. »Er kann wunderbar erzählen und ist ganz und gar liebenswert.« Sie hielt inne. »Aber er ist nicht Sven.«

Tom stöhnte. »Zum Glück!«

Rosa schüttelte den Kopf. »Das meinte ich nicht«, sagte sie. »Ich verkläre Sven nicht, bestimmt nicht. Er bekommt ein Baby mit einer Frau, die seine Tochter sein könnte. Mit mir wollte er keine Kinder. Er hat mich vertröstet, immer und immer wieder, bis es zu spät war.« Sie sah auf ihren Teller. »Manchmal stelle ich mir vor, wie es gewesen wäre. Ein Kind zu haben, ein kleines Mädchen, das seine Ärmchen um meinen Hals schlingt, sein warmes Gesicht an meines drückt und Mama zu mir sagt.« Ihr Herzschlag beschleunigte sich, und sie spürte heiße Tränen ihre Kehle hinaufsteigen. »Ich vermisse dieses Kind, Tom. Jeden Tag. Denn ich weiß, ich hätte es lieben können wie sonst nichts auf dieser Welt.«

Aus den Augenwinkeln sah sie Toms betroffenen Blick.

»Vielleicht hätte es auch nicht geklappt, wenn wir es früher versucht hätten.« Sie hob die Schultern. »Das weiß ich nicht. Aber das spielt auch keine Rolle. Wahr ist, dass wir es nie versucht haben. Weil Sven es so wollte. Weil wir immer getan haben, was Sven wollte. Trotzdem habe ich ihn geliebt und tue es noch immer. Er ist mein Leben. Ist es immer gewesen. Und sosehr ich es mir wünschen würde – niemand kann die Lücke füllen, die er hinterlassen hat. Ich mag Jacob sehr.« Sie lächelte traurig. »Aber er ist nicht Sven.«

Als wäre das Thema damit beendet, nahm sie einen Löffel von ihrem Mousse. »Davon abgesehen«, sagte sie, »glaube ich nicht, dass er an mir interessiert ist. Auf diese Weise, meine ich.«

Tom lachte auf. »Glaub mir, Fee«, behauptete er und tippte mit seinem Zeigefinger auf ihre Nasenspitze, »er ist auf *jede* Weise an dir interessiert.«

Rosa spürte, wie ihr das Blut in die Wangen stieg. »Woher willst du das wissen?«

»Ich habe Augen im Kopf.«

»Sprecht ihr von Jacob?«

Rosa und Tom schauten auf. Vor ihnen stand Mac, eine weitere Flasche von dem vorzüglichen Primitivo in der Hand, den sie zum Abendessen getrunken hatten. Tom nickte, und Rosa schüttelte den Kopf.

Mac lachte leise, nahm Rosas Glas und schenkte ihr ein. »Normalerweise kommt Jacob um halb neun«, sagte er. »Er frühstückt, trinkt einen Kaffee und beginnt zu schreiben. Um 12.30 Uhr macht er eine Pause, um etwas zu essen. Dann schreibt er weiter, ohne auch nur einmal aufzublicken. Zwischendurch bringt Lucille ihm Tee und Gebäck, doch davon bekommt er nichts mit. Der Mann arbeitet wie ein Besessener.«

Mac stellte Rosas volles Glas ab, dann füllte er Toms Glas und zuletzt sein eigenes. »Das war früher«, fuhr er fort und stellte die Flasche auf den Tisch. Er zog einen Stuhl zu Rosa heran, setzte sich rittlings darauf und stützte die Ellbogen auf der Rückenlehne ab. »Heute«, sagte er und sah ihr fest in die Augen, »schaut er als Erstes, ob du da bist. Dann lächelt er. Und *dann* beginnt er zu schreiben. Merkst du den Unterschied?«

Rosa wandte den Blick ab. Sie war verwirrt. Wollte er damit sagen, dass Jacob in sie verliebt war? Müsste sie nicht spüren, wenn es so war? Sie rief sich ihre letzten Gespräche ins Gedächtnis. Es stimmte, Jacob sah sie voller Wärme an. Und er war aufmerksam, auf eine entspannte, unaufdringliche Weise. Sie spürte ein leichtes Kribbeln im Bauch, das sie nicht einordnen konnte. Eine Möglichkeit, die so vage war, dass sie sich gleich wieder verflüchtigte.

Plötzlich kam ihr in den Sinn, dass sie nichts über Jacobs Privatleben wusste. Ob er verheiratet war oder geschieden. Verwitwet womöglich. Ob er Kinder hatte.

»Rosa?«

Sie schreckte auf und blickte in ein Paar graue Augen. Sie räusperte sich. »Hast du etwas gesagt?«

Mac schmunzelte. »Nicht so wichtig«, sagte er. »Du wirst schon selbst darauf kommen.«

12

»Was ist denn heute mit dir los?«

Rosa schrak zusammen und starrte auf den Zuckerberg, der sich vor ihr auftürmte. »Oh nein!« Schnell setzte sie die Packung ab und griff nach der Küchenrolle. Dabei machte sie es nur noch schlimmer. Der Zucker rieselte von der Arbeitsfläche auf den Boden und verteilte sich zu ihren Füßen. Wie ein weißer, glitzernder Teppich.

Lucille lachte. »Komm, lass mich das machen, Süße.« Mit ihrer gesunden Hand schob sie Rosa zur Seite. Dann holte sie ein Kehrblech und einen Handfeger aus dem Schrank und machte sich umständlich an die Arbeit. Rosa sah aus sicherem Abstand zu. Wo war sie nur mit ihren Gedanken? Die Antwort war einfach. Sie hatte an Jacob gedacht. An gestern Abend, als Tom und Mac behauptet hatten, er würde etwas für sie empfinden.

»So, das war's«, sagte Lucille, und Rosa bedankte sich bei ihr.

Bald dachte Rosa an nichts anderes mehr als an die Erdnuss-Karamell-Schokoladentorte, die unter ihren Händen Gestalt annahm. Als sie die süße Creme in den Tortenring füllte und mit dem obersten Boden bedeckte, fühlte sie sich gleichzeitig erschöpft und beschwingt. Lucille holte einen großen Löffel aus der Besteckschublade und kratzte die Reste aus der Schüssel zusammen. Sie betrachtete den Löffel von allen Seiten und schob ihn sich dann vorsichtig in den Mund. »Hmmmm«, sagte sie und schloss genießerisch die Augen. »Du hast den Dreh raus.«

Rosa war erstaunt, wie sehr sie sich über das Lob freute. Lucille leckte den Löffel ab, bis kein Klecks Erdnuss-Schokoladencreme mehr zu sehen war. »Aber du hattest ja auch genügend Zeit zu üben. So ohne einen richtigen Job, meine ich. Du hast bestimmt oft für Sven gebacken, oder?«

Rosa hörte den herablassenden Tonfall in der Stimme der Jüngeren und fühlte einen schmerzhaften Stich in ihrem Inneren. Sie wollte sich schweigend abwenden, so wie sie es immer tat, wenn Lucille sie, wissentlich oder nicht, verletzte, doch dann überlegte sie es sich anders und straffte die Schultern.

»Hör mal«, sagte sie. Ihre Stimme bebte. »Wahrscheinlich ist es dir nicht bewusst. Bestimmt bemerkst du es nicht einmal. Aber es macht mich traurig, wenn du so mit mir redest. Ja, du hast recht. Ich habe meinen Job gekündigt, um mehr Zeit für Sven zu haben. Im Nachhinein war das ziemlich dämlich, aber ich kann es nicht rückgängig machen, und ich finde nicht, dass dir ein Urteil darüber zusteht. Und ich verstehe auch, dass du Sven magst. Aber deswegen musst du nicht ständig von ihm sprechen. Nicht in meiner Gegenwart. Das ist rücksichtslos von dir und boshaft.« Rosa brach ab.

Eine Weile war es totenstill. Rosas Herz pochte gegen ihre Rippen. Sie traute sich nicht, Lucille ins Gesicht zu schauen. Wollte nicht den Spott sehen, der ihr dort unweigerlich begegnen würde. Als sie schon dachte, Lucille würde überhaupt nichts sagen, drang ihre Stimme an ihr Ohr.

»Okay«, sagte sie schlicht. Mehr nicht, nur dieses eine Wort. Dann drehte sie sich um und ging davon.

Rosa sah ihr nach, wie sie die Küchentür hinter sich zuzog. Plötzlich hörte sie ein Räuspern aus der anderen Ecke des Raumes. Oh Gott. Mac, schoss es ihr durch den Kopf. Ihr wurde übel. Er bewegte sich so leise und geschmeidig, dass sie seine Anwesenheit vollkommen vergessen hatte. Sie bereute nicht, Lucille angesprochen zu haben. Doch ihr die Meinung zu sagen, während Mac zuhörte, war ihr unangenehm. Sie lehnte sich mit dem Rücken gegen die Arbeitsplatte und schloss die Augen.

Plötzlich spürte sie, wie Mac kurz ihren Arm drückte. »Sie wird darüber hinwegkommen«, versicherte er. »Lucille ist … vieles. Aber sie ist nicht nachtragend. Schon gar nicht, wenn du recht hattest. Und das hattest du.«

»Meinst du?« Rosa klang unsicher.

Mac nickte. Dann ging er zurück an den Herd, um das Risotto für das Mittagessen fertig zu kochen. Rosa sah ihm nach. Ihre Hände zitterten immer noch. Sie war jemand, der Harmonie brauchte, der geradezu danach lechzte und jeder Konfrontation aus dem Weg ging. Normalerweise.

Heute ist nicht mein Tag, dachte Rosa, als sie am Nachmittag die beiden Frauen am Ecktisch bemerkte, die tuschelnd die Köpfe zusammengesteckt hatten. Es war die Art von Frauen, in deren Gesellschaft sich Rosa augenblicklich unbehaglich fühlte. Sie waren Anfang 30 und teuer gekleidet. Ihr Schmuck und die Handtaschen waren viel zu luxuriös für einen Cafébesuch abseits der Königsallee, und die Frisuren und das Make-up mussten Stunden in Anspruch genommen haben. Rosa presste die Lippen zusammen und näherte sich dem Tisch. Als die Frauen aufsahen, blieb ihr Herz für einen Moment stehen. Sie kannte eine von ihnen.

»Hallo, Trixi«, sagte sie nervös. Trixi war die zweite Ehefrau von Michael Hinrich, Svens langjährigem Squashpartner. Sie waren erst seit Kurzem verheiratet, sodass Rosa sie kaum kannte. Sie waren sich bei ein oder zwei Gelegenheiten über den Weg gelaufen, doch mehr als eine Begrüßung und ein paar Worte über das Wetter hatten sie nicht ausgetauscht.

»Hallo, Rosa«, erwiderte Trixi, riss theatralisch die Augen auf und warf ihrer Freundin einen vielsagenden Blick zu. Die kicherte hinter vorgehaltener Hand. »Ich hatte mich schon gefragt, was du so tust, aber *darauf* wäre ich im Leben nicht gekommen.« Sie machte eine vielsagende Geste mit dem Arm.

Rosa atmete tief durch. »Was kann ich euch bringen?«, fragte sie.

Trixi sah sich nach allen Seiten um und senkte ihre Stimme zu einem Flüstern, das noch immer bis in die hintersten Winkel zu hören war. »Du kannst doch nicht als *Bedienung* arbeiten. Ich bitte dich, meine Liebe. Sven und du seid getrennt, aber du bist immer noch mit ihm verheiratet.«

Sie machte eine Pause und musterte Rosa von oben bis unten. »Stell dir vor, das spricht sich herum! Wie sieht das denn aus, in Svens Position?« Sie schnalzte missbilligend mit der Zunge. »Weißt du was, ich ruf ihn jetzt an. Das ist schließlich ein Notfall.« Sie griff nach ihrem Handy, das in einer glitzernden Hülle vor ihr auf dem Tisch lag. »Sven ist so ein wunderbarer Mann, so großzügig und verantwortungsbewusst. Er wird nicht zulassen, dass du vor die Hunde gehst.«

Rosa starrte auf Trixis rot geschminkte Lippen, die sich unablässig weiterbewegten, doch sie hörte keinen Ton. In ihren Ohren rauschte das Blut. Ihr Blickfeld verengte sich, schwarze Punkte tanzten auf ihrer Netzhaut, in ihrem Nacken bildete sich kalter Schweiß. Und dann war Lucille da. Mit ihren 1,75 Meter baute sie sich vor den beiden Frauen auf, ihren Gipsarm drohend erhoben. Man konnte von ihr halten, was man wollte, aber unter ihrer Kleidung und der Schminke war sie eine imposante Erscheinung, die jetzt unverkennbar wütend war. Mit der linken Hand zog sie die Speisekarte weg, die Trixis Bekannte gerade studierte, und warf sie auf den Tisch.

»Abflug!«, sagte sie mit einer solchen Kälte in der Stimme, dass Rosa aus ihrer Erstarrung erwachte.

»*Wie* bitte?«, fragte Trixi pikiert.

Lucille musterte sie, als sei sie ein Insekt, das unter einem modrigen Stein hervorgekrochen war. Ihre Nase kräuselte sich. »Ich sagte«, wiederholte sie, »dass ihr beide jetzt einen Abflug macht. Aber ein bisschen dalli.«

Trixi lachte laut und schrill. Als sie bemerkte, dass ihre Freundin peinlich berührt auf die Tischplatte starrte und auch Rosa keine Anstalten machte, ihr zu Hilfe zu eilen, verstummte sie. Ihr Selbstbewusstsein bröckelte, und sie geriet ins Stottern. »D… das lasse ich mir nicht gefallen. Ich m… möchte sofort den Verantwortlichen hier sprechen!«

»Der ist schon da«, sagte Tom, der wie aus dem Nichts aufgetaucht war. Trixi taxierte ihn, seine große, unerschütterliche Gestalt, und ein hinterhältiges Glitzern trat in ihre Augen. »Ihre Angestellte«, sagte sie laut und wies auf Lucille, »hat mich angegriffen und beleidigt. Einfach so, ohne Grund. Wie eine Furie. Ich erwarte, dass Sie sie vor die Tür setzen.« Zufrieden mit sich, lehnte sie sich auf ihrem Stuhl zurück und verschränkte die Arme vor der Brust. Im Café war es totenstill. Die Gespräche an den übrigen Tischen waren verstummt, alle warteten gespannt darauf, was als Nächstes passieren würde. Rosa wusste nicht, wo sie hinschauen sollte. In ihrem Bauch rumorte es. Ihr war die Situation so unangenehm, dass sie am liebsten geflüchtet wäre. Doch ihre Beine waren wie festgefroren.

Tom lächelte. »Ich kann verstehen, dass Sie verärgert sind«, sagte er ruhig. Trixi nickte heftig und warf Lucille einen triumphierenden Seitenblick zu. »Doch ich muss Sie trotzdem bitten zu gehen.«

Trixi entglitten sämtliche Gesichtszüge. Ihr Mund klappte auf und zu. Wie bei einem Goldfisch, der sich plötzlich und unerwartet auf dem Trockenen wiederfindet. Ihre Freundin hatte nun endgültig genug. Sie sprang auf, wobei die Speisekarte zu Boden segelte, und zerrte an ihrem Arm. Doch Trixi reagierte nicht. »Haben Sie nicht gehört, was ich gesagt habe?«, fragte sie, nachdem sie sich wieder gefangen hatte. Ihre Stimme klang schrill. »Sie hat mich beleidigt! Mich! Wenn hier jemand gehen muss, dann wohl *sie*.«

Wieder wies sie mit dem Finger auf Lucille. Die bleckte die Zähne, als wollte sie jeden Moment zuschnappen. Erschrocken zog Trixi ihre Hand zurück, was die alte Frau Sievert am Nachbartisch mit einem heiseren Lachen quittierte.

Tom seufzte. »Hören Sie, *Trixi*. Das hier ist das Café meiner verstorbenen Frau. Und sie hatte einen Grundsatz, der bis heute gilt: Hier darf nur Gast sein, wer freundlich ist.« Er lächelte traurig. »Es tut mir leid, das in aller Deutlichkeit sagen zu müssen, aber Sie benehmen sich gerade nicht freundlich. Und deshalb bitte ich Sie zu gehen.«

Trixi sah ihn an, als hätte er sie in aller Öffentlichkeit

geohrfeigt. Alle Farbe war aus ihrem Gesicht gewichen. Mit einer fahrigen Bewegung griff sie nach ihrer Tasche. Dabei fielen ein Chanel-Schlüsselanhänger und ein strassbesetztes Feuerzeug heraus. Mit rotem Kopf stopfte sie alles wieder zurück, sprang auf und stolperte gemeinsam mit ihrer Freundin Richtung Ausgang.

Nachdem die Tür hinter ihnen ins Schloss gefallen war, drehte sich Lucille zu Rosa um. »Du irrst dich«, sagte sie. »Ich habe Sven noch nie gemocht.« Dann schlenderte auch sie davon.

Mit offenem Mund blickte Rosa ihr hinterher und folgte ihr schließlich in die Küche. Mac hielt in seiner Arbeit inne und sah von ihr zu Lucille. »Zeit für eine Pause«, stellte er fest, schnappte sich seine Jacke, warf sie sich über die Schulter und ging hinaus.

Rosa und Lucille sahen sich an. Um ihre Mundwinkel zuckte es, und plötzlich fingen beide gleichzeitig an zu lachen. »Trixis Gesichtsausdruck«, keuchte Rosa, als sie wieder sprechen konnte. »Ich dachte, sie fällt gleich in Ohnmacht.«

Lucille grinste. »Sie benehmen sich nicht freundlich«, imitierte sie Toms ruhigen Tonfall und prustete. »Eines steht fest: Das hat noch keiner zu ihr gesagt. Gut, dass Tom beim Personal ein Auge zudrückt. Sonst hätte ich ebenfalls gehen müssen.«

Sie lachten erneut. Rosa wischte sich über die Augen. »Trinkst du einen Tee mit mir?«, fragte sie. »Ich brauche etwas zur Beruhigung.«

Es war offensichtlich, dass Lucille eine freche Bemerkung auf den Lippen lag, doch sie schluckte sie herunter und nickte. Rosa nahm den Kessel vom Herd und füllte ihn mit Leitungswasser. Danach holte sie zwei Tassen aus dem

Schrank. »Du mochtest Sven also nicht«, wiederholte sie mit dem Rücken zu Lucille.

»Nein.«

Rosa drehte sich zu ihr um. »Entschuldige, wenn ich nachfrage. Ich bin nur erstaunt. Du bist die Erste, die das sagt. Bisher hatte ich immer den Eindruck, dass ihn alle mögen. Und dass sie sich verrenken, damit er sie auch mag.«

Sie gab einen Teebeutel in jede Tasse. Lucille zuckte mit den Schultern. »Mag sein. Er benimmt sich jedenfalls so, als hätte er ein Recht darauf, von allen geliebt zu werden.« Sie spielte mit dem Bändchen ihres Teebeutels. »Weißt du«, sagte sie unerwartet, »mein Leben war nie besonders leicht. Meine Mutter verließ uns, als ich vier war, mein Vater hat sich einen Dreck um mich gekümmert. Mit fünfzehn bin ich von zu Hause weg. Ich wollte nach London und Schauspielerin werden.« Sie lächelte. »Gekommen bin ich bis Calais. Am Hafen fragte ich einen nett aussehenden Familienvater, ob er mich für die Überfahrt ›adoptieren‹ könne. Er rief die Polizei. Den Gesichtsausdruck meines Vaters, als mich zwei Polizisten nach Hause brachten, werde ich nie vergessen. Er hat gar nicht gemerkt, dass ich weggelaufen war.« Sie machte eine kurze Pause. »Weißt du, Menschen, denen alles auf dem Silbertablett gereicht wird, die nie für etwas kämpfen müssen, solche Menschen haben oft keinen … Tiefgang. Und den hat Sven auch nicht.«

Rosa schwieg. Sie kannte Lucille, seit diese bei Claire das Konditorhandwerk gelernt hatte. Tom hatte ihr einmal erzählt, was Claire alles auf sich genommen hatte, um Lucille als Lehrling ausbilden zu dürfen. Und sie erinnerte sich, wie erstaunt sie selbst darüber gewesen war. In ihren Augen war Lucille eine freche, vorlaute Göre. Sie konnte nicht verstehen, warum Claire so viel Aufsehen um das Mädchen machte.

Jetzt allmählich begann Rosa zu begreifen, was Claire in ihr gesehen hatte …

Das durchdringende Pfeifen des Kessels gellte durch den Raum. Schnell nahm ihn Rosa vom Herd und goss das kochende Wasser in die Tassen.

»Ich habe nie verstanden, was du von jemandem wie Sven wolltest«, sagte Lucille. »Du bist doch viel zu schade für ihn.«

Statt einer Antwort schloss Rosa sie in die Arme und drückte sie für einen Moment ganz fest an sich. Sie konnte nicht sagen, wer darüber mehr verwundert war. Lucille oder sie selbst.

»Nur eines verstehe ich nicht«, sagte Rosa, nachdem sie sich voneinander gelöst hatten. »Warum hast du mir gegenüber immer so getan, als ob du ihn mögen würdest?«

Lucille wiegte den Kopf hin und her. »Ich weiß nicht. Wahrscheinlich wollte ich dich aus der Reserve locken.« Sie nahm einen Schluck von ihrem Tee und stellte die Tasse schnell wieder ab. Dabei verzog sie das Gesicht, als hätte sie sich verbrannt. »Ich meine, er hat dich betrogen, Rosa. Wenn Sven mein Ehemann wäre, wüsste ich, was ich mit ihm anstellen würde.« Sie hob ihren Gipsarm und deutete eine kräftige Backpfeife an.

Rosa kicherte. »Das klingt verlockend. Ich verspreche, ich werde darüber nachdenken.«

»Mach das«, antwortete Lucille. »Und wenn es so weit ist, verhauen wir Trixi gleich mit.« Sie grinste. »Apropos Trixi – wo war Jacob eigentlich vorhin? Ich habe ihn gar nicht gesehen.«

Beim Klang von Jacobs Namen stieg ein warmes Gefühl in Rosa auf.

»Er ist heute in der Bibliothek, er wollte etwas für sein neues Buch recherchieren.«

»Der Arme. Er wird sich solche Vorwürfe machen, dass er nicht da war, als dieses kleine Biest auf dich losgegangen ist.«

»Du warst doch da«, sagte Rosa und zwinkerte ihr zu. »Das war mehr als genug.«

13

Gespannt beobachtete Rosa am nächsten Tag, wie Jacob den Mandarinen-Schmand-Kuchen probierte, den sie nach einem eigenen Rezept gebacken hatte und der ein ganz besonderer Kuchen für sie war. Denn genau wie Claire war auch Rosa davon überzeugt, dass jede Leckerei ihre Zeit und ihre Bestimmung hatte. Diesen Kuchen hatte Rosa, die eine begeisterte Romanleserin war, den Büchern gewidmet, und sie bereitete ihn immer dann zu, wenn sie eine Geschichte las, die ihr besonders zu Herzen ging. Sobald sich Rosa dem Ende des Buches näherte, machte sie eine Pause und begann zu backen, bis die herrlichsten Düfte durchs Haus zogen. Dann lud sie das erste Stück Kuchen auf ihren Teller, machte es sich auf dem großen Bett in ihrem Schlafzimmer gemütlich und widmete sich voller Vorfreude den letzten Seiten des Romans. Zusammen mit den fruchtig-cremigen Bissen in ihrem Mund war das Genuss pur – und ein ganz besonderer Moment.

Nachdem Sven gegangen war und sie nach 26 gemeinsamen Jahren alleine zurückließ, hatte Rosa jedoch aufgehört zu lesen. Ihre Trauer lähmte sie, und sie war unfähig, sich zu konzentrieren. Sobald sie einen Roman zur Hand nahm, verirrten sich ihre Gedanken, und die Buchstaben vor ihren Augen verschwammen. Und so war ihr lieb gewonnenes Ritual beinahe in Vergessenheit geraten. Doch dann war Jacob in ihr Leben getreten, und mit ihm hatte sie sich wieder an den Kuchen erinnert. Ein besonderer Kuchen für ein besonderes Buch.

»Hervorragend«, lautete Jacobs Urteil. »Diese Mandarinen in der Creme und dazu das leckere Vanillearoma … köstlich! Der Geschmack erinnert mich an ein Eis, das ich als kleiner Junge geliebt habe.« Er verzog genussvoll den Mund. »Hebst du mir bitte noch ein zweites Stück für später auf?«

Rosa lächelte erfreut. »Natürlich«, versprach sie und erzählte ihm, was es mit dem Kuchen auf sich hatte. Jacob war begeistert. Und gerührt, dass Rosa so viel Potenzial in seiner Geschichte sah.

»Im Moment komme ich allerdings nur mühsam voran«, gestand er ihr und legte seine Stirn in Falten. »Ich beschreibe gerade das Wiedersehen von Jem und seiner Mutter. Weißt du, die beiden haben sich seit fünfzehn Jahren nicht gesehen. Er dachte, sie wäre tot. Und jetzt sehen sie sich wieder, und es liest sich, als wäre sie nur mal eben im Supermarkt gewesen, um Brot für das Abendessen zu kaufen.« Er stöhnte und rieb sich mit den Händen durchs Gesicht. »Es ist wie verhext. Normalerweise habe ich keine Probleme, mich in die Gefühlswelten meiner Figuren hineinzuversetzen, aber bei diesen beiden funktioniert es einfach nicht. Vielleicht weil ich selbst keine Kinder habe.«

Rosa sah ihn aufmerksam an. Es war das erste Mal, dass er etwas derart Persönliches von sich erzählte. Sie hatte bemerkt, dass er keinen Ehering trug, und war zu der Erkenntnis gelangt, dass er vermutlich geschieden war.

»Ich habe auch keine Kinder«, sagte sie. »Ich wollte immer welche, aber es hat nicht geklappt. Was ist deine Ausrede?«

»Mir fehlte die Mutter zu den Kindern.«

Rosa war verblüfft. »Du warst nie verheiratet?« Die Möglichkeit war ihr gar nicht in den Sinn gekommen. Jacob war äußerst attraktiv, dazu freundlich, aufmerksam, gebildet. Wahrscheinlich auch erfolgreich, so genau wusste sie das nicht. Was war passiert? Oder war er etwa … Sie hielt inne, erschrocken über den Aufruhr, den der Gedanke in ihrem Inneren verursachte. Sie hatte sich immer für einen toleranten, weltoffenen Menschen gehalten. Warum schockierte sie die Vorstellung so sehr, er könnte homosexuell sein?

Jacobs lautes Lachen riss sie ins Hier und Jetzt zurück. »Hat dir schon einmal jemand gesagt, dass man in deinem Gesicht lesen kann wie in einem offenen Buch?«

Rosa spürte, wie ihr die Hitze in die Wangen kroch. »Schon oft«, gab sie kleinlaut zu. Sie war nie besonders gut darin gewesen, ihre Gefühle zu verbergen.

»Ich habe nicht geheiratet, weil ich nicht heiraten wollte«, stellte Jacob klar. »Als ich jung war, hatte ich die eine oder andere längere Beziehung. Zu Frauen«, fügte er hinzu und grinste wie ein Schuljunge. Rosa schlug die Augen nieder. »Aber ich war nicht verliebt. In keine von ihnen. Am Anfang war das in Ordnung, meine Freundinnen waren klug, amüsant, schön. Doch irgendwann reichte das nicht mehr. Je älter ich wurde, desto mehr begriff ich, wie oberflächlich meine Beziehungen waren. Ich sehnte mich nach jemandem, mit dem ich mein Innerstes teilen konnte. Der meine Gedanken füllte. Tja«, sagte er und lächelte schief, »das Ende ist schnell erzählt. Ich war 34 Jahre alt, als ich die Frau traf, mit der ich mir ein Leben hätte vorstellen können. Sie ist es oder keine, das wusste ich sofort. Nur leider war sie bereits glücklich verheiratet. Und so bin ich heute, fünfzehn Jahre später, noch immer alleine.«

Rosa sah ihn an. Sie wusste nicht, was sie erwidern sollte.

»Das tut mir leid«, murmelte sie und biss sich im selben Moment auf die Zunge. Er hatte ihr die Tragödie seines Lebens erzählt, und ihr fiel nichts Besseres ein als ein lahmes *Das tut mir leid*.

Jacob winkte ab. »Das muss es nicht. Ich habe mich damit abgefunden. Und jetzt zurück zu Jem. Du hast nicht zufällig eine Idee, wie ich mehr Tiefe in dieses verflixte Wiedersehen bekomme?«

Dankbar nahm Rosa den Faden auf. »Ich muss noch ein bisschen arbeiten«, sagte sie, »aber wenn du wartest, bis ich Feierabend habe, helfe ich dir.« Sie hatte nicht die geringste Idee, wie sie ihn unterstützen sollte, aber in diesem Moment hätte sie ihm alles versprochen.

Jacob nickte erfreut. »Das wäre toll!«

Eine Stunde später war Rosa in der Küche dabei, die Weingläser trocken zu reiben. Gedankenverloren schaute sie zu Tom und Mac, die in stillem Einverständnis die Spülmaschine ausräumten. *Ihr habt euch geirrt. Jacobs Herz ist längst vergeben.* Bei dem erneuten Gedanken daran überkam sie ein merkwürdiges Gefühl, eine Mischung aus Bedauern und Erleichterung. Schnell machte sie sich daran, die restlichen Gläser abzutrocknen.

Jacob wartete an der Kaffeebar auf sie, die schwarze Laptoptasche lässig über seine rechte Schulter gehängt. Rosa nickte ihm zu, und gemeinsam verließen sie das Café und stiegen die Stufen zu Toms Wohnung hinauf.

In den nächsten Stunden saßen sie an dem alten Holztisch im Esszimmer und diskutierten über das Kapitel, das Jacob zu schaffen machte. Über Gesten und Blicke und die Herausforderung, Gefühle in Worte zu fassen. Über Reaktionen und was es bedeutete, wenn sie ausblieben. Ihre lebhaften Diskussionen erhitzten Rosas Wangen, und sie fühlte sich so lebendig wie schon lange nicht mehr. Sie hatte bereits als Kind gerne gelesen, doch das hier war besser. Jacob zu helfen, Geschichten und Figuren zu formen.

Sie bewunderte ihn. Er schaffte Welten und Charaktere, die einem unter die Haut gingen, Handlungsstränge, die einen nicht mehr losließen, Worte, die nachhallten. Rosa musterte ihn verstohlen. Sein dunkles, fast schwarzes Haar war etwas zerzaust, seine braunen Augen leuchteten vor Freude.

»Fertig«, sagte er schließlich und klappte den Laptop zu. Er lehnte sich zurück, verschränkte die Hände hinter seinem Kopf und lächelte zufrieden.

Wenn ich ihn jetzt in diesem Augenblick fotografieren könnte, schoss es Rosa durch den Kopf. Sie schmunzelte. Dann streckte sie sich und sah auf ihre Armbanduhr. Es war Mitternacht! Verblüfft tippte sie mit dem Zeigefinger gegen das Glas. Hatten sie wirklich fast sechs Stunden zusammengesessen?

Jacob nickte, als hätte er ihre Gedanken gelesen. »So ist das beim Schreiben. Gerade ist es noch Morgen, und im nächsten Moment stellst du fest, dass die Sonne untergeht. Ich danke dir für deine Hilfe, Rosa. Du hast ein natürliches Gespür für Sprache. Du wärst eine gute Schriftstellerin.«

Rosa winkte verlegen ab, aber insgeheim freute sie sich sehr über sein Lob.

Jacob sah sie weiter an. »Ich habe morgen Abend eine Lesung«, erzählte er unvermittelt. »Nichts Weltbewegendes, ich lese nur zwei, drei Kapitel aus meinem letzten Roman. Magst du kommen? Es würde mir viel bedeuten.« Er lächelte unsicher.

Rosa fühlte sich geschmeichelt, dennoch fielen ihr tausend Gründe ein, warum sie nicht kommen konnte. Der Gedanke, unter fremde Leute zu gehen, ängstigte sie. Was, wenn sie Bekannte von Sven traf? Die Begegnung mit Trixi hatte ihr gezeigt, wie dünn ihre neue Hülle war, wie zerbrechlich. Andererseits, die Vorstellung, Jacob mit seiner ruhigen, angenehmen Stimme lesen zu hören, seinen Blick aufzufangen, ihn anzulächeln …

»Ich komme gerne«, hörte sie sich sagen.

14

Der Samstag war der betriebsamste Tag im Café Claire. Ab spätestens neun Uhr war jeder Tisch besetzt. Da war die Gruppe Senioren aus der Nachbarschaft, die sich vor Jahren im Café kennengelernt hatte und seitdem jeden Samstagmorgen zusammen frühstückte und sich unter lautem Gelächter über die Ereignisse der vergangenen Woche austauschte. Der junge Vater, der in aller Ruhe die Zeitung las, während das Baby im Tragegurt an seiner Brust friedlich schlummerte. Gut gekleidete Ehepaare, die nach ihren Besorgungen auf der Nordstraße zum Mittagessen kamen, Teenager mit Baseballcaps und Jogginghosen, die aussahen, als wären sie einem Hip-Hop-Video entsprungen, nur um sich dann heiße Schokolade mit Sahne zu bestellen. Familien mit kleinen Kindern und alleinstehende alte Menschen, die sich inmitten der wuselig-heiteren Atmosphäre pudelwohl fühlten und Rosa ein strahlendes Lächeln schenkten, wann immer sie an ihren Tisch kam. Es war diese bunte Mischung, die das Café Claire ausmachte, dachte Rosa versonnen, während sie ihren Blick über die Menschen schweifen ließ. Hier war es egal, was jemand beruflich machte, ob er Geld hatte oder nicht. Wer hier hereinkam, war einfach nur Gast.

Plötzlich stürmte Lucille durch die Eingangstür und riss Rosa aus ihren Gedanken. Sie trug einen taillierten, dunkelroten Mantel und ihr kunstvoll geflochtenes Haar war voller Schneeflocken. »Ich habe die Zartbitterschokolade bekommen, die du haben wolltest!«, rief sie Rosa quer durch das Café zu und hielt eine Papiertüte mit dem Logo der kleinen Chocolaterie hoch, die in der Nähe des Medienhafens lag. Nachdem Lucille von Rosas Mandarinen-Schmand-Kuchen gestern so begeistert gewesen war, hatte Rosa ihr von ihrer Rezeptsammlung erzählt, woraufhin Lucille heute unbedingt ein weiteres daraus ausprobieren wollte.

»Ist es das?«, fragte Lucille ehrfürchtig, als sie kurze Zeit später in der Küche standen und Rosa das in nachtblaues Leder gebundene Buch auf die Arbeitsplatte legte, in dem sie ihre Rezepte aufbewahrte. Lucille strich mit der Hand über den Einband. »Ich finde, es hat etwas von einem Zauberbuch. Darf ich?«

Als Rosa nickte, schlug Lucille das Buch auf und blätterte durch die Seiten. »*Kekse für die Freundschaft*«, murmelte sie. »Wie schön. Jedes Rezept hat also seine eigene Bedeutung. Erinnerst du dich, Claire hat es genauso gemacht. Mit zwanzig war ich einmal sehr unglücklich verliebt. Da hat sie eine riesige Portion Spaghetti gekocht. Mit gebratenen Garnelen, Sahne, Weißwein, ganz viel Knoblauch und einem Hauch Chili. Es war ihr Rezept gegen Liebeskummer. Wir haben sie direkt aus dem Topf gegessen. Danach ging es mir viel besser.«

Rosa lächelte. Sie zog das Buch zu sich, schlug die richtige Seite auf und deutete auf die Überschrift.

»Rosas Schokoladentarte«, las Lucille laut vor. »Das beste Rezept gegen Liebeskummer.« Verblüfft sah sie auf. »Ist das nicht sogar der Kuchen, den wir heute backen wollten?«

»Ganz genau«, erwiderte Rosa.

Die beiden Frauen tauschten ein Lächeln. Dann machten sie sich ans Werk und arbeiteten zusammen, als hätten sie ihr ganzes Leben nichts anderes getan.

Während Lucille Butter und Zartbitterschokolade im Wasserbad schmelzen ließ und dabei mit ihrer gesunden Hand immer wieder umrührte, schlug Rosa Eier, Vanilleextrakt, Puderzucker und Salz zu einer lockeren Masse auf. Sobald die Schokoladen-Butter-Masse abgekühlt war, gab Rosa sie zum Teig dazu und hob anschließend gehackte Schokolade unter. Lucille stibitzte einen Schnitz und steckte ihn sich in den Mund. »Diese Schokolade ist so lecker«, seufzte sie und leckte sich mit der Zungenspitze über die Mundwinkel.

»Der erste Bissen gebührt dir«, meinte Rosa feierlich, nachdem sie den Kuchen gebacken und alles wieder aufgeräumt hatten.

Lucille betrachtete das Kunstwerk von allen Seiten. Die mit Puderzucker bestäubte Schokoladentarte glänzte verführerisch. Sie zögerte kurz, dann schob sie ein Stück auf ihre Gabel und führte es zum Mund. Dabei schloss sie die Augen, kaute und schluckte. Als sie sie wieder öffnete, lächelte sie entzückt. »Es schmeckt göttlich.«

Rosa nahm nun ebenfalls eine Gabel zur Hand. Und so standen sie zusammen, mit vollem Mund und zufriedenem Grinsen, und naschten mit einer Wonne, die keinen Raum für andere Gefühle ließ.

Später am Tag wartete Rosa mit dem Rücken gegen den Tresen gelehnt darauf, dass Tom die heiße Milch mit Honig für die junge Frau mit den blonden Haaren fertig machte, die an einem Zweiertisch in der Ecke saß und traurig ihr Smartphone studierte. Sie wirkte verloren. Rosa hatte sie noch nie gesehen.

In diesem Moment bimmelte das Glöckchen an der Eingangstür, und Vera Merten schlenderte herein. Als sie Rosa erblickte, lächelte sie und steuerte schnurstracks auf sie zu. Vera war Anfang sechzig, hatte ein offenes, wettergegerbtes Gesicht und einen grauen Kurzhaarschnitt, den sie heute unter einer grob gestrickten Pudelmütze verborgen hatte. Ihr gehörte der Käsestand auf dem Rheinischen Bauernmarkt, der zweimal in der Woche nur einen Steinwurf vom Café Claire entfernt am Kolpingplatz stattfand. Sie kam regelmäßig nach Verkaufsschluss vorbei, um Kuchen für ihre Familie zu kaufen, bevor es nach Hause auf ihren Hof bei Dormagen ging.

»Hallo, Rosa«, begrüßte Vera sie und rieb ihre Hand an ihrer grünen Schürze sauber, unter der sie dicke Thermokleidung trug, bevor sie sie Rosa reichte. Ihre Haut war schwielig, der Händedruck fest und herzlich.

»Grüß dich, Vera. Wir haben heute unter anderem den Kirschstreusel auf der Karte, den du so gerne isst. Vier Stück wie immer?« Als Vera nickte, wandte sich Rosa Tom zu und bat ihn, das Gewünschte einzupacken.

»Kommt sofort«, versprach er in Veras Richtung. Dann schob er Rosa das Tablett mit der heißen Milch mit Honig zu. Rosa hatte schon halb danach gegriffen, als ihr ein Gedanke kam.

Die junge Frau hob den Kopf, als Rosa den Becher mit der dampfenden Flüssigkeit vor ihr abstellte.

»Vielen Dank«, sagte sie schüchtern. Ihr Blick fiel auf den Teller mit dem großen Stück Schokoladentarte, den Rosa ihr ebenfalls hinhielt.

»Den Kuchen habe ich nicht bestellt.« Sie klang verwirrt.

»Der geht aufs Haus«, meinte Rosa freundlich. »Probieren Sie bitte. Er ist ganz saftig und schokoladig. Das beste Rezept gegen Liebeskummer.«

Die junge Frau riss die Augen auf, und Rosa ahnte, dass sie mit ihrer Vermutung ins Schwarze getroffen hatte.

»Ein Kuchen gegen Liebeskummer«, wiederholte sie. Vorsichtig knabberte sie ein Stück ab. Ganz langsam, wie in Zeitlupe, breitete sich ein Lächeln auf ihrem Gesicht aus. Sie teilte ein weiteres Stück ab, dieses Mal ein großes, und führte es mit der Gabel zum Mund.

»Mhm«, seufzte sie und nahm direkt den nächsten Bissen. Rosa, die sie amüsiert beobachtete, deutete auf ihren Mundwinkel, worauf die Frau eilig nach ihrer Serviette griff und ihre Lippe betupfte. Dann sah sie zu Rosa auf. »Der Kuchen schmeckt wundervoll. Einfach fantastisch.« Sie legte die Serviette beiseite, griff nach ihrem Handy und verstaute es in ihrer Handtasche. »Das«, sagte sie mit fester Stimme, »brauche ich jetzt erst mal nicht mehr.«

»Hier, Rosa, gibst du den bitte Mac?«, fragte Vera, nachdem Rosa zum Tresen zurückgekehrt war. Die Marktfrau reichte ihr einen quadratischen Plastikbehälter. »Da ist Ziegenkäse von unserem Hof drin. Als Dankeschön für die köstliche Pastete, die er mir letztes Mal mitgegeben hat. Am Mittwoch bin ich wieder in der Stadt. Es reicht, wenn er mir die Box dann zurückgibt.« Sie kramte ein Zwei-Euro-Stück aus ihrer Geldbörse, steckte es in die Trinkgeld-Spardose auf der Theke und verabschiedete sich mit einem fröhlichen Winken.

Rosa sah ihr hinterher. Während sie so dastand und einen Moment der Ruhe genoss, wanderten ihre Gedanken zu Jacob. Samstags arbeitete er nicht, und so würde sie ihn erst zu ihrer Verabredung um sieben sehen. In ihrem Bauch setzte ein Flattern ein, und sie realisierte, wie sehr sie sich auf ihn freute.

15

Der Abend war kalt, vereinzelt trieben Schneeflocken umher. Rosa stand auf dem Bürgersteig vor dem Café und wartete. Die Aufregung hatte sie zehn Minuten vor der Zeit aus der Wohnung getrieben. Unter ihrem schweren Wintermantel trug sie eine dunkelblaue Stoffhose mit dem dazu passenden Blazer und darunter ein weißes Top. Handtasche, Gürtel und Pumps hatten einen warmen Cognacton. Rosa trat von einem Bein aufs andere. Ihre Füße froren in den feinen, hauchdünnen Strümpfen, die sie nach dem Baden übergestreift hatte. Nervös ertastete sie die zarte Goldkette an ihrem Hals, die sie zu ihrem letzten Geburtstag von ihrer Schwester Miriam geschenkt bekommen hatte.

Plötzlich hörte sie das leise Brummen eines Motors. Ein schwarzer BMW bog in die Straße ein und hielt direkt neben ihr. Die Fahrertür öffnete sich und Jacob stieg aus. »Ich freu mich so, dass du mitkommst!«, sagte er und umarmte sie fest.

Im Inneren des Autos war es angenehm warm, und es roch wunderbar frisch, nach Duschgel und Shampoo. Jacob startete den Motor. Dann atmete er geräuschvoll aus und stellte ihn wieder ab. Er wandte den Kopf und sah Rosa an. In dem Dunkel des Wagens konnte sie seinen Gesichtsausdruck nicht erkennen. »Ich habe dir nicht die ganze Wahrheit gesagt«, bekannte er. Seine Stimme klang zerknirscht.

Rosas Mund wurde trocken. »Was ist denn die ganze Wahrheit?«

Jacob legte seine Hände auf das Lenkrad. »Die Veranstaltung ist recht groß. Wir haben die Plätze beschränkt, aber es kommen immer noch«, er zögerte einen Moment lang, »500 Leute.«

Rosas Kiefer klappte herunter. Sie war sprachlos. Sie schüttelte den Kopf, um ihre Gedanken zu ordnen. »500 Leute?«

»Ich weiß«, sagte er unglücklich. »Ich hätte es dir gestern sagen müssen, aber ich hatte Angst, dass du dann nicht mitkommen würdest. Und wenn du das jetzt nicht mehr möchtest, verstehe ich das natürlich. Die vielen Menschen, das Gedränge …« Er senkte den Kopf. »Es tut mir leid.«

Rosa schluckte und kämpfte den Anflug von Panik nieder, der sie zu überwältigen drohte. *Du kannst dich nicht dein Leben lang verstecken*, hörte sie plötzlich Lucilles Stimme in ihrem Kopf.

Sie reckte das Kinn. »Du hast recht«, sagte sie langsam. »Du hättest es mir sagen müssen.« Sie bemühte sich um ein Lächeln. »Nur hätte ich es dir nicht geglaubt. 500 Leute, Jacob!«

Jacob sah sie einen Moment lang an. Dann lachte er, laut und befreit. »Dann kommst du also mit?«, fragte er, und als sie nickte, küsste er sie zart auf die Wange. Rosas Gesicht kribbelte an der Stelle, an der sein Mund sie berührt hatte, und sie war froh über die Dunkelheit, die sie umgab.

16

Die Lesung fand in der Alten Federnfabrik auf dem Areal Böhler statt, an der Stadtgrenze zu Meerbusch. Rosa war noch nie dort gewesen, umso beeindruckter war sie nun, als sie auf das riesige Industriegelände fuhren.

»Das Gebiet wurde 1915 erbaut und erstreckt sich über 230000 Quadratmeter«, erzählte Jacob, während sie einen Kreisverkehr umrundeten und in eine lange Straße einbogen, zu deren Seiten große Produktions- und Lagerhallen aufragten. »Die Alte Federnfabrik wurde ursprünglich als Tiegelgussstahlhütte errichtet. Seit 2011 wird sie für Events genutzt.«

Jacob fuhr langsamer. Zu ihrer Linken lag ein großer Parkplatz, dessen Einfahrt durch Leitkegel blockiert war. Er bremste. Aus der Dunkelheit kam ein Mann in einer gelben Warnweste auf sie zu. In der Hand hielt er eine Taschenlampe. Jacob öffnete das Fenster.

Eiskalte Luft strömte herein und kühlte ihre Gesichter. Der Mann beugte sich zu ihnen herunter. »Tut mir leid«, brummte er. »Hier ist schon alles voll. Sie müssen weiterfahren.«

Jacob lächelte ihn spitzbübisch an. »Das ist sehr schade. Ich soll nämlich etwas vorlesen.«

Der Gesichtsausdruck des Mannes veränderte sich schlagartig. »Herr Maybach?«, fragte er und nahm Haltung an. Rosa hätte sich nicht gewundert, wenn er die Hacken zusammengeknallt und salutiert hätte. »Für Sie ist selbstverständlich ein Parkplatz reserviert. Folgen Sie mir bitte.«

Er räumte die Leitkegel beiseite und lotste sie zu einem Parkplatz direkt vor dem Eingang.

Maybach?, dachte Rosa. Es war das erste Mal, dass sie Jacobs Nachnamen hörte. Irgendetwas löste er in ihr aus, doch sie kam nicht darauf, was es war.

Als sie ausstiegen, bemerkte Rosa einen großen kräftigen Mann, der im Schein einer Laterne an der Hauswand lehnte und telefonierte. Mit seiner dunkelblauen Wollmütze wirkte er wie ein Seemann. Trotz der kalten Temperaturen trug er keinen Mantel. Er sah in ihre Richtung, und plötzlich erhellte sich sein Gesichtsausdruck.

»Jacob!«, rief er vergnügt. Mit zwei großen Schritten war er bei ihnen.

Rosa betrachtete die bärenhafte Gestalt des Fremden, die mächtigen Schultern, den rotblonden Bart. Er sieht aus wie Henning Baum, schoss es ihr durch den Kopf. Die beiden Männer grinsten einander an. Ihr Umgang wirkte vertraut und entspannt, so als würden sie sich schon seit Jahren kennen.

»Und wer ist deine charmante Begleitung?«, fragte Henning Baum und lächelte Rosa neugierig an.

»Natürlich, entschuldigt bitte.« Jacob wandte sich ihr zu. »Rosa, das ist Carl Weber, mein Agent und gleichzeitig mein bester Freund. Carl, das ist … Rosa. Rosa Simon.« Er verstummte abrupt.

Carl hob eine Augenbraue. Er wechselte einen raschen Blick mit Jacob, doch der zuckte nur mit den Schultern und lächelte verlegen. Bevor sich Rosa einen Reim auf das merkwürdige Verhalten der Männer machen konnte, hatte Carl sich wieder gefangen.

»Freut mich sehr«, sagte er und schüttelte Rosa kräftig die Hand. »Dann kommt mal mit, ihr beiden. Wir schleichen uns rein.«

Er führte sie an einer Türsteherin vorbei, und sie betraten eine große Halle, die durch mächtige Stahlträger geteilt wurde. An den Decken verliefen Rohre und Gitterwege, die in ein kaltes blaues Licht getaucht waren. Rosa sah sich um. Der industrielle Charme des Gebäudes gefiel ihr. Sie hatte angenommen, Jacob würde in einer Buchhandlung lesen, oder, nachdem er mit der Besucherzahl herausgerückt war, in einem Theater. Mit einem solchen Ambiente hatte sie nicht gerechnet. Sie gingen seitlich an den Stuhlreihen vorbei in Richtung Bühne. Obwohl es noch eine halbe Stunde dauerte, bis es losging, war schon jetzt beinahe jeder Platz besetzt.

Ein aufgeregtes Summen lag in der Luft, das Rosa an einen Schwarm Bienen erinnerte. Verblüfft stellte sie fest, wie jung die meisten Besucher waren. Nicht älter als 18, schätzte sie. Sie lachte über sich selbst. Jacob schrieb Jugendbücher, was hatte sie erwartet? Im nächsten Moment spürte sie die Erleichterung. Es war mehr als unwahrscheinlich, dass sie hier Bekannten über den Weg laufen würde …

»Frau Simon?«, sagte Carl Weber und sah sie entschuldigend an. »Jacob muss nun hinter die Bühne. Sie können sich hierhin setzen, wenn Sie möchten.« Er rückte ihr einen Stuhl in der ersten Reihe zurecht. »Die Bedienung bringt Ihnen gleich etwas zu trinken. Was möchten Sie, ein Glas Wein, Champagner?«

Rosa bestellte ein stilles Wasser, umarmte Jacob und wünschte ihm viel Erfolg. Dann ballte sie ihre Hände zu Fäusten und hob sie in die Luft. »Toi, toi, toi.«

Carl zog seinen Freund mit sich fort, doch nach wenigen Schritten drehte Jacob sich noch einmal um und winkte ihr zu.

Während Rosa auf ihr Wasser wartete, ließ sie ihren Blick erneut durch den Raum schweifen. Die Plätze in der ersten Reihe waren als einzige noch frei. Sie sah auf ihre Uhr. Noch fünfzehn Minuten. Sie spürte ein Kribbeln in ihrem Bauch.

Ein junger Kellner trat zu ihr und reichte ihr eine kleine, elegant geformte Glasflasche, in der ein orange-weiß geringelter Strohhalm steckte. Dankbar nahm Rosa das Wasser entgegen und trank einen großen Schluck. Jetzt füllten sich auch die Plätze neben ihr. Die Nachzügler schienen mit Jacob in Verbindung zu stehen, sie waren älter und um einiges eleganter gekleidet als der Rest des Publikums. Als letztes erschien Carl Weber.

»Alles in Ordnung bei Ihnen?«, erkundigte er sich, und als sie nickte, setzte er sich neben sie. Seine Stimme wirkte ruhig und gelassen, doch an seinen Händen, die immer wieder über den Stoff seiner Jeans strichen, konnte sie sehen, dass er angespannt war.

Das Licht wurde gedämpft, ein aufgeregtes Raunen lief durch die Halle, das schließlich abebbte und einem erwartungsvollen Schweigen Platz machte. Nur hier und da war ein unterdrücktes Husten zu hören. Rosa saß wie elektrisiert auf ihrem Stuhl, ihr Atem ging schnell und flach. Gleich würde Jacob auf die Bühne kommen und lesen. Sie war furchtbar nervös. Deckenlampen beleuchteten das Szenario auf der Bühne, das aus einem einzelnen Tisch und einem Stuhl bestand. Dahinter war eine riesige weiße Leinwand aufgebaut. Dann setzte Musik ein. Ein schnelles, mitreißendes Stück, das Rosa aus dem Radio kannte.

»Es geht los«, flüsterte hinter ihr eine aufgeregte Jungenstimme. Die Musik schwoll an, die Erregung im Raum war beinahe greifbar. Ein Paukenschlag ertönte, und auf der Leinwand erschien die Abbildung eines Filmplakats. Es zeigte eine Gruppe attraktiver, schwarz gekleideter Jungschauspieler, die mit düsteren Mienen vor der Kulisse einer brennenden Stadt posierten. Die Erkenntnis traf Rosa wie ein Schlag. Sie hatte von dem Film gehört. Er hieß »Feuerreiter« und beruhte auf einem Bestseller, geschrieben von einem Autor namens Jacob Maybach. Als sie die Erkenntnis traf, hätte sie sich am liebsten mit der flachen Hand vor die Stirn geschlagen.

Tosender Applaus setzte ein. Füße, die auf den Boden stampften, Hände, die ineinander klatschten, begeisterte Pfiffe.

Carl Weber sprang mit einem Satz auf die Bühne. Er hob die Hände, und augenblicklich wurde es still im Raum. »Einhunderttausend verkaufte Bücher.« Seine Stimme, verstärkt durch ein Funkmikrofon, drang durch die Halle. »Der erfolgreichste deutsche Kinofilm des Jahres. Meine Damen und Herren, begrüßen Sie mit mir den Autor des ›Feuerreiters‹. Jacob Maybach!«

Wieder setzte donnernder Applaus ein. Carl Weber deutete klatschend auf den Vorhang. Der öffnete sich, und Jacob trat hervor. Groß und ruhig stand er in der Mitte der Bühne und blickte in die Halle. Sein Gesichtsausdruck war nicht zu deuten. Der Lärm schwoll weiter an, als Jacob die Hand zu einem kurzen Gruß hob.

Allmählich sackte die Erkenntnis, dass Jacob einen Bestseller geschrieben hatte, der sogar verfilmt worden war. Rosa machte ihm keinen Vorwurf, dass er ihr nicht davon erzählt hatte. Er war durch und durch bescheiden. Aber Tom hätte etwas sagen können. Oder Mac. Oder Lucille. Sie wussten doch bestimmt davon. Dann sah Jacob sie an, und sie vergaß, was sie gerade gedacht hatte. In seinem Blick lag eine unausgesprochene Frage. *Bist du böse auf mich, weil ich nichts gesagt habe?*

Sie schüttelte den Kopf und sah, wie er erleichtert ausatmete. Ein Lächeln stahl sich in seine Augen, so sanft und glücklich, dass es ihr den Atem raubte. Dann trat er einen Schritt vor. »Guten Abend«, erfüllte seine angenehme Stimme den Raum. »Ich freue mich, dass ihr alle gekommen seid.«

»Wir freuen uns auch!«, rief ein Mädchen, und die Zuschauer lachten.

Jacob grinste. »Das ist gut«, fand er und setzte sich an den Tisch. Er richtete sein Mikrofon, nahm das Buch in die Hand, das vor ihm lag, und schlug es auf. Dann blickte er auf und sah Rosa an. »Das hier ist für dich«, sagte er und begann zu lesen.

Das hier ist für dich. Jacobs Worte gingen Rosa nicht aus dem Kopf. Sie musterte ihn, wie er da saß, den Kopf gesenkt, Glanzlichter im dunklen Haar. Was war sie für ihn? Eine Freundin, mit der er sich austauschen konnte? Ihr wurde schwindelig, und ihr Herz pochte wie wild, als sie sich daran erinnerte, dass er ihr die Handlung seines neuen Buches verraten hatte. *Du bist eine der Ersten. Mein Agent kennt sie natürlich und mein Lektor, aber darüber hinaus …*

Ihre Gedanken überschlugen sich. Sie sah sich selbst, wie sie mit Jacob am Esstisch saß und diskutierte. Der Autor und die verlassene Hausfrau. *Du wärst eine gute Schriftstellerin.* Ein bitteres Gefühl breitete sich in ihrem Magen aus. Hatte er sich über sie lustig gemacht? Nein, schalt sie sich im selben Moment, das würde er nicht tun. Was war es dann gewesen?

Lauter Applaus und Jubelrufe rissen sie aus ihren Gedanken. Sie sah auf und erblickte Jacob, der sich von seinem Platz erhoben hatte und eine elegante Verbeugung andeutete.

»Zu-ga-be! Zu-ga-be!«, brüllte das Publikum. Jacob lächelte wie ein kleiner Junge.

Carl Weber sprang abermals auf die Bühne. Er umarmte Jacob, dann wandte er sich an die Menge. »Mit Rücksicht auf die Eltern müssen wir leider pünktlich Schluss machen«, sagte er und erntete dafür gutmütiges Gelächter und Ausrufe der Enttäuschung. »Aber wir haben noch Zeit für ein paar Fragen an Jacob Maybach. Wer macht den Anfang?«

Sofort schossen dutzende Hände in die Höhe. Ein bärtiger Mann in Jeans und Sakko erschien mit einem Mikrofon. »Das dunkelhaarige Mädchen da vorne in der zweiten Reihe, mit dem roten T-Shirt«, sagte Carl Weber, und der Mann trabte in die angewiesene Richtung.

Das Mädchen war spürbar aufgeregt. »Haben Sie Niklas getroffen?«, quiekte es atemlos. Der Saal kicherte.

Rosa, die sich von ihrer Neugier anstecken ließ, wandte sich an die elegant gekleidete ältere Dame, die links neben ihr saß. »Wissen Sie, von wem das Mädchen spricht?«, erkundigte sie sich.

Ihre Sitznachbarin nickte. »Das ist der junge Mann, der den Aiden spielt, der männliche Hauptdarsteller.« Rosa bedankte sich für die Information und blickte gespannt zur Bühne.

»Ja, das habe ich«, antwortete Jacob. »Er hat mich in Düsseldorf besucht, um mit mir über seine Rolle zu sprechen.«

Das Mädchen riss die Augen auf und wedelte mit den Händen vor dem Gesicht herum, als wollte es sich Luft zufächeln. Eine Frau Mitte vierzig, der Haarfarbe nach die Mutter des Mädchens, fasste es sanft am Arm und zog es zurück auf seinen Stuhl.

In den nächsten zehn Minuten überschlugen sich die Fragen. Wie war er auf die Idee zum »Feuerreiter« gekommen, wie lange schrieb er an seinen Romanen, was sagte er zu der Besetzung der Rollen. Irgendwann sah Carl auf seine Armbanduhr. »Letzte Frage!«, rief er laut. Er ließ seinen Blick über das Meer von ausgestreckten Zeigefingern wandern und entschied sich für eine rundliche junge Frau mit kurzen dunkelblonden Locken, die in der letzten Reihe saß. Sie stand auf, um das Mikrofon entgegenzunehmen. Ihre Stimme war erstaunlich klar.

»Die Liebe zwischen Aiden und Mia ist so … einzigartig. So wahrhaftig. Gibt es dafür ein Vorbild?«

Die Menge hielt den Atem an. Rosa sah, wie Carl die Stirn runzelte. Er warf Jacob einen schnellen Blick zu. Doch der nickte nur, worauf sich sein Agent in den Schatten der Bühne zurückzog.

»Ja«, sagte Jacob. »Es gibt ein Vorbild.« Er wandte den Blick ab und sah zu Boden. »Diese Liebe steht für eine Beziehung, die seit fünfzehn Jahren existiert, aber nie stattgefunden hat. Nur in meinem Kopf.«

Im Saal war es jetzt so still, dass man eine Stecknadel hätte fallen hören können. Die Frau mit den Locken räusperte sich. »Haben Sie es ihr je gesagt? Dass Sie sie lieben?«

Jacob hob den Kopf. Er suchte Rosas Blick und hielt ihn fest. In diesem Moment gab es nur sie beide. »Nein«, bekannte er leise.

17

Wie betäubt erlebte Rosa mit, wie Jacob, begleitet vom bewegten Applaus der Zuschauer, von der Bühne trat. Sie erwartete nicht, dass er nach seinem Geständnis zu ihr kommen würde, dennoch schmerzte es sie, als er wortlos an ihr vorbeiging. Während sie ihm nachsah, überfordert von der neuen Situation, legte sich Carl Webers Hand auf ihren Arm. »Er schützt Sie, Rosa«, sagte er sanft. »Kommen Sie, ich bringe Sie zum Wagen.«

Dankbar für den Halt, den er ihr gab, ließ sie sich durch die Halle führen. Dabei schüttelte sie immer wieder den Kopf. Zu schwer waren die Gedanken, die von allen Seiten auf sie einströmten.

Jacob liebte sie – seit er sie zum ersten Mal gesehen hatte. An einem Tag vor fünfzehn Jahren. Die tiefen Gefühle in seinen Augen, in seiner Stimme, als er ihr von der Begegnung erzählt hatte … sie galten *ihr*. Rosa bemühte sich, diese Neuigkeiten zu verarbeiten und dabei ruhig zu atmen, doch stattdessen stiegen ihr Tränen in die Augen. Hastig blinzelte sie sie weg. Wie war das möglich? Was hatte er in ihr gesehen, das ihn nicht mehr losgelassen hatte? Und wie nur konnte sie ihn nicht bemerkt haben, seine Blicke, die ihr durch das Café gefolgt waren? Wenn sie sich doch nur an die Begegnung erinnern könnte. Ein leises Zittern durchlief ihren Körper.

»Ich habe es mir gedacht, als ich Sie gesehen habe. Schon bevor Jacob Sie vorgestellt hat«, drang die Stimme von Carl Weber an ihr Ohr. Er klang gedankenverloren, fast so, als würde er mit sich selbst sprechen. »Sie sind die erste Frau, die er je zu einer Lesung mitgebracht hat.«

Rosa blieb stehen und sah ihn an. Sie erinnerte sich an seinen merkwürdigen Gesichtsausdruck, als Jacob ihm vorhin ihren Namen genannt hatte. »Sie wussten von seiner Liebe zu mir, oder?«

Carl zögerte. In seinem Gesicht spiegelten sich widerstreitende Gefühle. Die Furcht, zu viel zu verraten, gegen den Wunsch, ihre Frage zu beantworten. Schließlich siegte das Bedürfnis zu reden. »Ja«, gab er zu und stieß einen tiefen Seufzer aus. »Jacob und ich sind seit dem Kindergarten beste Freunde. Ich schätze, es gibt nicht viel, das wir nicht voneinander wissen.« Sein Blick verschwamm. »Es geschah in einer Winternacht vor ungefähr 15 Jahren. Wir waren 34. Ich hatte gerade geheiratet, Jacob war mein Trauzeuge. Er arbeitete damals noch für den Westdeutschen Rundfunk, weil er noch nicht vom Schreiben leben konnte. In jener Nacht hatte es wie aus Eimern geschüttet. Meine Frau und ich lagen bereits im Bett. Ich wurde wach, weil jemand von draußen Steinchen gegen das Schlafzimmerfenster warf. Ich blickte hinaus, und da stand Jacob in unserem Vorgarten. Nass bis auf die Haut und halb erfroren. Ich holte ihn herein. Regentropfen liefen über sein Gesicht, und ich gab ihm ein Handtuch und trockene Kleidung. Dann setzten wir uns an den Küchentisch. *Bist du betrunken?*, fragte ich, denn so aufgewühlt hatte ich ihn noch nie erlebt. Er nickte und schüttelte gleichzeitig den Kopf. Und dann erzählte er mir von Ihrer Begegnung im Café. Für Jacob war es Liebe auf den ersten Blick. Deshalb war es ein Albtraum für ihn, dass Sie vergeben waren. Ich weiß noch, wie ich dachte, dass er Sie schon irgendwann vergessen würde. Doch das ist nie passiert. Bis heute nicht.« Er atmete geräuschvoll aus. »Kommen Sie, meine Liebe. Ich bringe Sie zum Wagen. Jacob wartet bestimmt schon auf Sie.«

Die Kälte draußen traf Rosa wie ein Schock. Sie schlang die Arme um ihren Oberkörper, ihr Atem bildete weiße Dampfwölkchen in der Luft. Jacob stand gegen seinen Wagen gelehnt und blickte in den nachtschwarzen Himmel, an dem kaum Sterne zu sehen waren. Mit Carl an ihrer Seite ging Rosa langsam auf ihn zu. Ihre Knie waren weich, und sie wusste nicht, wohin sie schauen sollte.

»Seien Sie bitte gut zu ihm«, flüsterte Carl an ihrem Ohr. »Er hat es verdient.« Er verabschiedete sich mit einer Umarmung von ihr, klopfte seinem Freund auf die Schulter und wandte sich wieder dem Eingang zu.

Das Schweigen wog schwer zwischen ihnen, dehnte sich aus, bis es den ganzen Wagen erfüllte. Als Rosa das Gefühl hatte, es keine Sekunde länger ertragen zu können, ergriff Jacob das Wort. »Ich möchte dir so viel sagen«, begann er. Seine Stimme klang belegt. »Aber ich weiß nicht, wie. Wenn es für dich in Ordnung ist, fange ich einfach an. Vielleicht kommt etwas Sinnvolles dabei heraus.«

Rosa spürte sein kleines Lächeln, ohne dass sie es sah. »In Ordnung«, flüsterte sie.

Jacob räusperte sich. »Ich hatte es nicht geplant. Weder mich in dich zu verlieben, noch es dir zu sagen. Schon gar nicht so.« Seine Hände legten sich fester um das Lenkrad. Rosa konnte sehen, dass seine Finger zitterten.

»Als ich dich zum ersten Mal gesehen habe, kamst du

alleine ins Café Claire. Ich saß auf meinem Platz am Kamin, den Computer auf den Knien, und grübelte über meinem Manuskript. Als sich die Tür öffnete und du hereintratst, sah ich nur kurz auf, doch mein Blick blieb an dir hängen. In deinem kurzen dunklen Haar funkelten Schneeflocken, und du hast leise gelacht und den Kopf geschüttelt, um deine Frisur zu ordnen. Mein Herz blieb stehen. Ich sah dein liebes Gesicht zum allerersten Mal, deine großen braunen Augen, deinen lachenden roten Mund, deine weiße Haut …«

Er schluckte, als ob etwas Schweres in seiner Kehle feststeckte. »Ich konnte einfach nur dasitzen und dich anstarren. Tom kam zu dir und nahm dir den Mantel ab. Darunter hast du ein langes schneeweißes Kaschmirkleid getragen, das sich um deinen zierlichen Körper schmiegte und mir den Atem nahm. Ich weiß es noch genau …«

Auch Rosa erinnerte sich jetzt. Wenn auch nur an das Kleid, das sie getragen hatte. Es war neu, und sie hatte sich schön und begehrenswert darin gefühlt. Deshalb hatte sie es direkt angelassen, nachdem sie es in der kleinen Boutique in der Altstadt gekauft hatte. Sie wusste nicht mehr, dass sie danach im Café Claire gewesen war, doch Svens Reaktion, als sie ihm das Kleid am Abend vorgeführt hatte, stand ihr deutlich vor Augen. Er hatte die Stirn gerunzelt und gesagt: »Das bist doch nicht du, Rosa.« Daraufhin hatte sie es, traurig und beschämt, im Schlafzimmer gegen die elegant-unauffällige Kleidung getauscht, die sie normalerweise trug. Rosa knetete ihre kalten Hände. Das also war der Tag gewesen, an dem sich Jacob in sie verliebt hatte.

»Ich wünschte, ich könnte mich an dich erinnern«, sagte sie leise. Ihr Herz wurde schwer, und sie fühlte ein Bedauern, wie sie es noch nie empfunden hatte.

Jacob schwieg einen Moment lang. Als er weitersprach,

war seine Stimme verzerrt. »Ach, Rosa«, sagte er, und erst jetzt wurde ihr klar, wie sehr ihn ihre Bemerkung verletzt haben musste. Fieberhaft suchte sie nach einer Entgegnung, mit der sie ihre Worte ungeschehen machen konnte.

»Schon okay«, unterbrach Jacob ihre Gedanken. »Du kannst nichts dafür, dass ich mich in dich verliebt habe.« Er atmete geräuschvoll aus. Dann fuhr er fort. »Nachdem du gegangen warst, fragte ich Claire nach deinem Namen. Sie muss mir angesehen haben, wie es um mich stand, denn ihre Stimme war voller Mitleid. *Ihr Name ist Rosa*, sagte sie, *und der von ihrem Ehemann lautet Sven.*« Jacobs Lachen klang unendlich traurig.

Rosa biss sich auf die Unterlippe und sah aus dem Fenster. Schneeflocken stoben gegen die Scheibe. »Es tut mir so leid«, sagte sie leise. Plötzlich fragte sie sich, wie ihr Leben verlaufen wäre, wenn sie frei gewesen wäre, damals im Café. Frei, um Jacobs Blicke zu spüren und sich zu ihm umzudrehen. Ob sie sich in ihn verliebt hätte? Sie dachte an seine freundlichen Augen, sein schönes Lächeln. Wie bedächtig er war, wie klug und aufmerksam, wie leidenschaftlich, wenn er von seinen Geschichten erzählte. Rosas Bauch zog sich zusammen. Ja, dachte sie überrascht, in einem Leben ohne Sven hätte ich mich in ihn verliebt.

Sie spürte, wie sich Jacobs Hand auf ihren Arm legte. Ganz kurz nur, dann zog er sie zurück. »Wir sind da«, sagte er unvermittelt und fuhr auf einen freien Parkplatz vor dem Café. »Rosa, ich erwarte nicht, dass du meine Gefühle erwiderst. Ich bin einfach nur froh, dass du es jetzt weißt. Ich erhoffe mir nichts von dir und verlange nichts. Das sollst du wissen. Und ich hoffe, dass der heutige Abend nichts an unserer Freundschaft ändert.«

Rosa betrachtete Jacobs Gesicht, das im schwachen Licht

der Straßenlaterne ernst und beherrscht wirkte. »Das wird er nicht«, versprach sie ihm. Sie schluckte den dicken Kloß herunter, den sie im Hals verspürte, und lächelte ihn an. »Du bist ein so wunderbarer Mann, Jacob. Ich weiß gar nicht, was ich sagen soll. Das alles kommt so plötzlich für mich. Nach der Trennung von Sven dachte ich, nie wieder lächeln zu können. Es war, als hätte ich es verlernt. Doch dann trittst du in mein Leben, und plötzlich merke ich, dass es doch geht.« Sie umklammerte die Tasche auf ihrem Schoß. »Aber es ist noch viel zu früh, um Pläne für die Zukunft zu schmieden. Ich liebe Sven immer noch, und vermutlich werde ich niemals damit aufhören. Ich bin nicht die Frau, die du dir erhoffst, Jacob. Sosehr ich es mir wünschen würde. Ich bin es nicht. Aber es wäre mir eine Ehre, weiterhin deine Freundin sein zu dürfen.«

18

Am Montagmorgen wartete Rosa mit klopfendem Herzen darauf, dass Jacob erschien. Sie hatte in der Nacht wenig Schlaf gefunden, zu schwer waren die Gedanken, die in ihrem Kopf herumgewirbelt waren. *Jacob liebte sie.* Dieser wunderbare, einfühlsame Mann hatte ihr sein Herz geschenkt. Wie gerne würde sie seine Gefühle erwidern. Es wäre so einfach, ihn zu lieben, und doch war es ein Ding der Unmöglichkeit. Sven war der Mann ihres Lebens, daran ließ sich nicht rütteln.

Rosa sah auf die Wanduhr über der Kaffeebar. Es war Viertel nach neun. Jacob kam spät heute. Kein Wunder, dachte sie traurig. Auf dem Parkplatz hatte er ihr versichert, dass er mit der Situation umgehen könne. Dass ihm ihre Freundschaft genüge. Vielleicht hatte er sich geirrt? Bei dem Gedanken wurde ihr das Herz schwer.

»Ist irgendetwas mit dir?«

Rosa fuhr zusammen. Sie erblickte Tom, der hinter der Theke stand und ihr ein Tablett zuschob, auf dem zwei Tassen heiße Schokolade mit Sahne darauf warteten, von ihr serviert zu werden. Er sah sie besorgt an. »Du stehst seit einer Ewigkeit da, ohne dich zu bewegen.«

Rosa strich ihre Schürze glatt und setzte ein Lächeln auf. »Nein«, versicherte sie ihm, »es ist alles in Ordnung. Ich habe nur geträumt.« Sie bemerkte den zweifelnden Ausdruck in seinem Gesicht und floh in die Küche, bevor er nachfragen konnte.

Reiß dich zusammen, schalt sie sich selbst, während sie ihre Hände in der Spüle unter kaltes Wasser hielt. Jacob wird gute Gründe haben, warum er nicht da ist.

Als Jacob am Nachmittag immer noch nicht aufgetaucht war, ertappte sich Rosa dabei, wie sie jedes Mal wie elektrisiert zur Eingangstür blickte, wenn das Glöckchen ertönte, nur um dann voller Enttäuschung den Kopf zu senken, weil es nicht Jacob war, der hereingekommen war.

Und als sie später am Abend mit Mac die Stühle auf die Tische stellte, fragte sie sich voll schlechtem Gewissen, ob sie zu wenig einfühlsam gewesen war. Hatte sie vielleicht etwas Unbedachtes gesagt, das Jacob ihr übel nahm?

»Das war's für heute«, drang Macs Stimme in ihr Bewusstsein. »Ich gehe nach Hause.« Er nahm seine schwarze Lederjacke, die er über einen Barhocker geworfen hatte, und schlüpfte hinein. »Wo war eigentlich Jacob heute?«, erkundigte er sich beiläufig, während er seinen Reißverschluss zuzog. »Ich habe ihn gar nicht gesehen.«

»Das wüsste ich auch gerne«, murmelte Rosa traurig.

Überrascht hielt Mac inne. »Alles in Ordnung mit dir?«, fragte er.

Sie schloss für einen kurzen Moment die Augen, um sich zu sammeln. »Ja, entschuldige. Ich bin nur ein bisschen durcheinander. Muss am Wetter liegen.«

Mac warf ihr einen prüfenden Blick zu. Er sah aus, als wollte er etwas entgegnen, doch dann zuckte er nur mit den Schultern. »Mach nicht mehr so lange«, sagte er sanft.

Gedankenverloren sah sie zu, wie er durch die Tür in die winterliche Kälte verschwand. Weil sie nichts mit sich anzufangen wusste, beschloss sie kurzerhand, einen Mürbeteig für den nächsten Tag vorzubereiten. Doch auch dabei gelang es ihr nicht abzuschalten.

Als Jacob auch am nächsten Tag nicht erschien, nahmen Rosas Sorgen überhand. Sie war fahrig und nervös, verwechselte bei der Zubereitung einer Himbeerfüllung Zucker mit Salz, weswegen sie noch mal von vorne beginnen musste, und hörte nicht richtig zu, wenn die Gäste ihre Bestellungen aufgaben.

»Wo bist du nur mit deinen Gedanken?«, fragte Tom sie am Nachmittag. Kopfschüttelnd sah er auf den Teller, den die alte Frau Sievert mit einem verlegenen Lächeln zur Theke zurückgebracht hatte. »Der Kuchen sieht wirklich sehr lecker aus, aber ich bin doch allergisch gegen Nüsse. Deshalb hatte ich ein Stück von der köstlich aussehenden Himbeertorte bestellt.«

Rosa gab nur ein unbestimmtes Murmeln von sich, denn sie konnte an nichts anderes denken als an Jacob. Was, wenn er einen Unfall hatte?, schoss es ihr durch den Kopf. Ihr Magen verkrampfte sich.

In dem Moment erklang das Eingangsglöckchen. Rosa blickte zur Tür und sah Carl Weber hereinkommen, begleitet von einem Schwall eiskalter Luft. Ihr Herz zog sich vor Aufregung zusammen, und so schnell sie ihre Füße trugen, eilte sie auf ihn zu.

»Vielen Dank«, rief er erfreut, als sie ihn begrüßte und ihm aus seinem Mantel half.

Es kostete sie all ihre Selbstbeherrschung, nicht sofort nach Jacob zu fragen.

Carl Weber schaute sich suchend im Café um. »Ist Jacob nicht da?«, fragte er und runzelte die Stirn.

Rosas Mund fühlte sich mit einem Mal sehr trocken an. »Waren Sie verabredet?«

Carl nickte. »Ich dachte eigentlich, dass wir uns bei mir im Büro treffen. Aber Jacob kam nicht, und bei seinem Handy ging nur die Mailbox an. Zu Hause war er auch nicht. Also blieb nur noch dieses Café.« Er zuckte mit den Schultern. »Aber wenn er sich nicht gerade unter dem Sofa versteckt …«

Alarmiert sah Rosa ihn an. »Und jetzt?«

Carls Gesicht verzog sich zu einem Lächeln. »Jetzt trinke ich erst mal eine Tasse Kaffee und esse ein Stück von Ihrem fantastischen Kuchen, von dem Jacob immer so schwärmt, und dann sehen wir weiter.«

Rosa brauchte einen Moment, um zu begreifen, dass er gerade eine Bestellung bei ihr aufgegeben hatte. »Natürlich«, beeilte sie sich zu sagen. »Gerne.«

Ihre Finger zitterten, als sie ihm Minuten später ein großes Stück Himbeertorte mit Sahne und den gewünschten Kaffee brachte. »Kommt es eigentlich häufiger vor, dass Jacob so …«

»Unzuverlässig ist?«, beendete Carl Weber ihren Satz. Sie nickte.

»Überhaupt nicht.« Er rührte zwei gehäufte Teelöffel Zucker in seinen Kaffee. »Jacob ist die Zuverlässigkeit in Person.« Er nahm einen Schluck und sah sie über den Rand seiner Tasse hinweg an. »Ich dagegen«, gestand er, »weiß gerade nicht mehr, wo mir der Kopf steht.« Er zuckte mit den Schultern. »Wahrscheinlich habe ich mich schlicht im Datum geirrt.«

Rosa biss sich auf die Unterlippe. »Bestimmt haben Sie recht«, sagte sie, während kalte Angst nach ihrem Herzen griff.

Ich werde noch verrückt, dachte Rosa, als sie mit Tom beim Abendessen saß und noch immer nichts von Jacob gehört hatte. Geistesabwesend zerpflückte sie eine Scheibe Toastbrot.

»Was ist denn los, Rosa?«, drang Toms Stimme an ihr Ohr. »Was machst du mit deinem Toast?« Ihr bester Freund legte sein Messer auf den Teller und sah sie an. »Was bedrückt dich? Ist es wegen Jacob?«

Sie ließ den Kopf hängen. »Ist es so offensichtlich?«

Er lachte leise. »Jedes Mal, wenn sich die Tür zum Café öffnet, zuckst du zusammen. Erschrocken und doch voller Erwartung.« Er verschränkte die Arme vor der Brust. »Das geht jetzt seit zwei Tagen so.«

Rosa fuhr sich mit beiden Händen durchs Gesicht. Sie sehnte sich nach Toms Rat, seiner Versicherung, dass sie sich umsonst Sorgen mache, dass es eine Erklärung dafür gebe, dass Jacob nicht mehr ins Café Claire kam.

Leise und stockend begann sie zu erzählen. Von dem Abend der Lesung. Von Jacobs Geständnis. Von seiner Beteuerung, dass er glücklich über ihre Freundschaft sei und nichts von Rosa erwartete. »Trotzdem ist er nicht gekommen.« Sie schluckte, hinter ihren Augenlidern brannten Tränen. »Was, wenn ihm etwas passiert ist?«

»Rosa«, sagte Tom mit ernster Miene und griff nach ihrer Hand. »Keinem Mann, der eine Frau liebt, ist es egal, wenn seine Liebe nicht erwidert wird.«

Sie sah ihn an, Verzweiflung im Blick. »Also hält er sich mit Absicht von mir fern.«

Tom nickte. »Versetz dich in seine Lage. Er ist in dich verliebt, seit er dich zum ersten Mal gesehen hat. Er hätte um dich kämpfen können, aber er hat es nicht getan. Denn da war Sven, und Jacob hätte blind und taub sein müssen, um nicht zu erkennen, wie sehr du ihn geliebt hast.« Er fuhr mit dem Daumen über ihren Handrücken. »Doch die Dinge haben sich geändert. Sven ist aus deinem Leben verschwunden. Mit Jacobs früheren Beziehungen hat es auch nicht geklappt, und dann hat sich für ihn auf einmal eine Chance ergeben, mit der er nicht mehr gerechnet hat. Er sieht, wie gern du Zeit mit ihm verbringst. Wahrscheinlich hat er geglaubt, du könntest seine Gefühle erwidern.« Er verstummte.

Rosa fühlte sich wie vor den Kopf geschlagen. Nach fünfzehn Jahren hatte Jacob sein Schweigen gebrochen, um ihr seine Liebe zu gestehen. Nur um mit Anlauf gegen die Wand zu laufen. Sie schloss für einen Moment die Augen. Verzweifelt überlegte sie, was sie hätte anders machen können.

»Mach dir keine Vorwürfe, Rosa«, sagte Tom so sanft, als spräche er zu einem Kind. »Dich trifft keine Schuld. Ihm Hoffnung zu machen, wo es keine gibt, wäre grausam gewesen.« Er lächelte. »Lass ihm ein bisschen Zeit. Er wird zurückkommen. Du gehörst nun zu seinem Leben dazu. So etwas ändert sich nicht über Nacht.«

Doch Jacob kam nicht zurück. Nicht am nächsten Tag und auch nicht an den Tagen darauf. Rosa rief ihn an, aber als sie zum zehnten Mal die Mailboxansage hörte, gab sie auf. Sie riss sich zusammen, so gut sie es vermochte, plauderte mit Mac und kreierte neue Rezeptideen mit Lucille, um sich abzulenken. Die Schokoladentorte mit Whiskey-Sahne-Likör und die Bananen-Nutella-Brownies sahen köstlich aus, aber Rosa konnte sich nicht an ihnen erfreuen. Sie war liebenswürdig zu den Gästen, doch in ihrem Inneren fühlte sie sich wund und aufgeschürft. Sie vermisste Jacob, vermisste seine braunen Augen, sein leises Lachen, seine warme Stimme. Seine Begeisterung, wenn er von seiner Arbeit erzählte, seine ruhige Konzentration, wenn er schrieb. Wann immer Rosa aus der Küche ins Café trat, huschten ihre Blicke zu dem Platz an dem Kamin, in der stillen Hoffnung, seinen dunkelbraunen Schopf zu sehen, der sich über den Laptop beugte. Vergeblich.

19

Der Sonntag kam und ging, ohne dass Rosa die Wohnung verlassen hatte. Inzwischen war es Dezember geworden. Draußen war es klirrend kalt, und die Wege waren so glatt, dass nicht einmal Tom Lust verspürte, auf ihren üblichen Spaziergang zu beharren. Stattdessen stapelte er Holzscheite im Kamin und entzündete ein Feuer. Sie machten es sich gemütlich, tranken Tee, aßen dazu die Mandelplätzchen, die Rosa in Toms Küche gebacken hatte, und spielten Schach.

Einmal fing Rosa Toms mitfühlenden Blick auf. Sofort begannen ihre Augen zu brennen, und sie musste ein paar Mal tief durchatmen, bis sie sich wieder unter Kontrolle hatte. »Schachmatt«, sagte Tom und stand auf. »Ich hole uns noch die restlichen Kekse aus der Küche, die bringen dich auf andere Gedanken.«

Als Rosa an diesem Abend im Bett lag, sagte sie sich, dass es Zeit war abzuschließen. Sie kannte Jacob doch erst seit Kurzem, und ihr Kummer stand in keinem Verhältnis dazu. Es ist nur wegen Sven, dachte sie und ballte ihre Hände zu Fäusten. Wenn er mich nicht zurückgelassen hätte, hätte ich mich niemals in diese Freundschaft hineingestürzt und ihr keine so große Bedeutung zugeschrieben.

Am nächsten Morgen war Rosa entschlossen, sich nichts mehr anmerken zu lassen. Sie betrat das Café Claire, band sich ihre Schürze um die Taille und begrüßte die ersten Gäste. Sie brachte gerade Frau Sievert ihr Frühstück, bestehend aus einer Kanne Earl Grey und buttrig-warmen Croissants, als hinter ihr Jacobs Stimme ertönte.

»Rosa …«

Erschrocken fuhr sie zusammen. Da stand er, mit seinen braunen Augen und einem zaghaften Lächeln in den Mundwinkeln.

»Wo warst du, Jacob? Warum hast du nicht auf meine Anrufe reagiert?«

Die Worte waren heraus, bevor sie es verhindern konnte. Sie hielten nichts zurück, wogen bleischwer vor Emotionen. Da waren Vorwurf, Wut und Verletzlichkeit, aber auch Freude und vor allem Erleichterung.

Jacob hielt ihrem Blick stand. Auf sein Gesicht trat ein Ausdruck, den sie nicht deuten konnte. »Ich bin zurück«, sagte er. »Genügt das nicht?«

Eine Ewigkeit lang sahen sie einander in die Augen. Blind für alles, was um sie herum vorging. Schließlich senkte Rosa den Kopf.

»Doch«, flüsterte sie.

Oberflächlich betrachtet, war Rosas Welt wieder in Ordnung. Mit Jacob, der in seinem Sessel saß und schrieb. Aber in Wahrheit war sie es nicht, denn auf einmal herrschte zwischen ihnen verlegenes Schweigen. Ein paar Mal war Rosa versucht, zu ihm zu gehen und ihn in ein Gespräch zu ziehen, doch jedes Mal verwarf sie den Gedanken wieder, weil sie nicht wusste, wie sie beginnen sollte.

Während sie darauf wartete, dass Tom den frisch gepressten Orangensaft für die Familie an Tisch vier vorbereitete, lehnte sie sich mit dem Rücken gegen die Theke und schielte zu Jacob. Plötzlich hob er den Kopf, und ihre Blicke trafen sich quer durch den Raum. Für einen Moment schien die Zeit still zu stehen. Rosa hielt den Atem an, dann lächelte sie scheu und wandte den Kopf ab. Sie wollte nicht sehen, ob er ihr Lächeln erwiderte. Sie hatte Angst, er könnte es nicht tun.

Um Punkt zehn verschwand Rosa in die Küche, um mehrere Bleche Streuselkuchen zu backen, die sie mit Äpfeln und Kirschen belegen wollte. Lucille schien zu spüren, dass sie nicht reden mochte und bedrängte sie nicht. Doch mehr als einmal bemerkte Rosa, wie sie und Mac sich einander fragende Blick zuwarfen. Ihr war bewusst, wie merkwürdig sie sich benahm, doch sie konnte es nicht ändern. Jacob nahm so viel Platz in ihren Gedanken ein, dass für andere Dinge keiner mehr übrig war.

Während Rosa dicke Streusel über den Teig bröselte, sah sie sein Gesicht vor sich, und als sie das fertige Blech in den Ofen geschoben hatte, meinte sie, sein leises Lachen hinter sich zu hören. Mit angehaltenem Atem drehte sie sich um, doch da war niemand. Rosa schüttelte den Kopf über sich selbst. Warum konnte sie sich so schlecht konzentrieren? Machte sie sich womöglich etwas vor? War es doch mehr als Freundschaft, das sie für Jacob empfand? Nein, das konnte nicht sein. Denn dann wäre sie nicht besser als Sven, der ihre Liebe so schnell vergessen hatte. Eine Liebe, die ein halbes Leben gewährt hatte … Aber warum war sie dann bloß so durcheinander?

»Rosa?«

Rosas Kopf fuhr hoch. Vor ihr stand Mac. Lächelnd hielt er ihr einen Teller hin, auf dem zwei Sandwiches aus knusprigem Landbrot, Tomaten und grünem Pesto angerichtet waren. »Ich wusste gar nicht, dass du so eine Träumerin bist. Bringst du unserem Schriftsteller sein Mittagessen?«

»Natürlich«, beeilte sie sich zu sagen und nahm den Teller entgegen.

Auf dem Weg zu Jacob beschleunigte sich ihr Puls. Schweigend stellte sie den Teller vor ihm ab. Dabei streiften sich aus Versehen ihre Hände. Rosa zuckte zurück. Ihr Herz schlug ihr bis zum Hals, und ihre Wangen glühten. Sie murmelte etwas Unverständliches, dann machte sie auf dem Absatz kehrt und ergriff die Flucht.

Ich brauche frische Luft, dachte sie und lief zu dem Fenster in der Ecke, vor dem kein Tisch stand. Sie öffnete es, stützte die Handballen auf, lehnte sich hinaus und genoss die kalte Brise, die ihr um die Nase wehte. Langsam beruhigte sich ihr Atem.

Es war ein schöner Tag. Die Sonne schien vom blauen Himmel herab und brachte den Schnee in den Bäumen und Sträuchern ringsherum zum Glitzern. Menschen, dick eingemummelt mit Mütze, Schal und Handschuhen, eilten geschäftig vorbei, und irgendwo in der Ferne war das Lachen eines Kindes zu hören. Bei dem Anblick eines jungen Paares, das mit Papiertüten mit weihnachtlichen Motiven beladen war, kam Rosa in den Sinn, dass es nur noch drei Wochen bis Weihnachten waren, doch schnell schob sie den Gedanken beiseite. Sie hatte jetzt keine Zeit, um darüber nachzudenken, sie musste weiterarbeiten. Rosa machte sich daran, das Fenster zu schließen, doch sosehr sie auch ruckelte und zerrte, der Riegel ließ sich nicht herunterdrücken. Plötzlich spürte sie eine Bewegung hinter sich. Ohne sich umzudrehen, wusste sie, dass es Jacob war. Sie bildete sich ein, seinen warmen Atem in ihrem Nacken zu spüren, und ein kleiner, unerwarteter Schauer lief über ihren Rücken.

Jacob schob sie sanft beiseite. Er drückte das Fenster mit Schwung zu und verriegelte es.

»Ich danke dir«, sagte sie in die Stille hinein.

»Dafür nicht«, erwiderte er.

Sie sahen einander an, um Worte verlegen.

Jacob lächelte. »Wir benehmen uns ziemlich albern, oder?«

Rosa hob das Kinn. »Ein bisschen vielleicht.«

Er räusperte sich. »Aber wir sind doch noch Freunde?«, fragte er.

Rosa sah auf seine ausgestreckte Hand. Sie schluckte, dann schlug sie ein. »Freunde«, wiederholte sie.

Feierlich schüttelten sie einander die Hände, und es war, als würden sie all das Unausgesprochene, das zwischen ihnen lag, in die Berührung hineinlegen.

Du verstehst, dass ich Zeit brauchte?

Ich verstehe dich. Und ich bin froh, dass du wieder da bist.

Dann verzeihst du mir?

Es gibt nichts zu verzeihen.

»Du strahlst so«, sagte Tom, als Rosa an die Kaffeebar kam, um für Jacob und sich eine heiße Schokolade mit Sahne und Zimt zu bestellen. »Habt ihr euch ausgesprochen?«

Rosas Blick wanderte zu Jacob, der wieder in seinem Sessel saß und darauf wartete, dass sie zu ihm zurückkehrte. »So etwas in der Art.« Sie lächelte.

Tom nickte zufrieden. »Wurde auch Zeit.«

Er stellte die beiden Tassen auf ein Tablett. Rosa bedankte

sich und machte sich auf den Weg zu Jacob. Sie schwebte beinahe, so erleichtert war sie, dass sie ihn nun wieder an ihrer Seite hatte.

Plötzlich bemerkte sie aus dem Augenwinkel die junge Frau mit den blonden Haaren, die bei ihrem letzten Besuch so traurig auf ihr Handy gesehen hatte. Sie hatte gerade das Café betreten und sah sich nun suchend nach einem freien Tisch um. Als sie feststellte, dass alle Plätze besetzt waren, spiegelte ihr Gesicht eine Enttäuschung wider, die Rosa zu Herzen ging. Schnell stellte sie das Tablett auf dem Tisch ab und gab Jacob mit einem Zeichen zu verstehen, dass sie sofort zu ihm zurückkehren würde. Dann eilte sie der Frau hinterher, die sich bereits wieder zum Ausgang gewandt hatte. »Warten Sie!«, rief sie.

Die junge Frau drehte sich um. Als sie Rosa erkannte, lächelte sie. Rosa erwiderte ihr Lächeln und wies mit der Hand auf einen Zweiertisch, an dem ein Paar im mittleren Alter saß.

»Die beiden dort haben bereits bezahlt. Der Tisch wird bestimmt gleich frei. Wenn Sie mögen, setzen Sie sich doch so lange an die Kaffeebar und bestellen sich etwas zu trinken.«

Die Frau zögerte. Ihr Blick streifte die Hocker. Der Gedanke, sich alleine dorthin zu setzen, schien ihr Unbehagen zu bereiten. Das Gefühl konnte Rosa gut nachvollziehen. Sie selbst hatte noch nie alleine an einer Theke gesessen. Andererseits war das hier keine Kneipe, sondern das Café Claire, in dem sich kein Gast unwohl fühlen musste. Die junge Frau war offensichtlich zu dem gleichen Schluss gekommen. Sie zuckte mit den Schultern. »Ja, gerne«, meinte sie. Ihr Mund verzog sich zu einem verschmitzten Grinsen. »Es wird schon niemand denken, dass ich auf Männerfang bin.«

»Und selbst wenn Sie es wären«, erwiderte Rosa leichthin. »Sie können tun und lassen, was Sie wollen.«

Die junge Frau schien über Rosas Bemerkung nachzudenken.

»Sie haben vollkommen recht«, sagte sie schließlich. Dabei klang ihre Stimme ein wenig verwundert, so als ob das ein neuer Gedanke für sie wäre. Sie reichte Rosa ihre rechte Hand. »Ich bin übrigens Claudia.« Ihre Miene spiegelte Verlegenheit. »Ich hoffe, es ist in Ordnung, wenn ich Ihnen das Du anbiete. Ich habe mitbekommen, dass sich hier fast alle mit dem Vornamen ansprechen.«

Rosa ergriff Claudias Hand und schüttelte sie herzlich. »Rosa«, sagte sie. »Ja«, fügte sie dann hinzu, »das ist hier so üblich. Ein ganz wunderbarer Brauch, wie ich finde. Er hat so etwas Ungezwungenes, Familiäres. Allerdings arbeite ich noch nicht so lange hier, deshalb warte ich immer, bis die Gäste von sich aus auf mich zukommen.«

Rosa rückte Claudia einen Barhocker zurecht. Dann wandte sie sich an Tom, der gerade dabei war, frische Kaffeebohnen in die elektrische Mühle zu füllen. »Tom, machst du unserem Gast bitte ...« Sie sah Claudia fragend an. »Einen extragroßen Milchkaffee«, bat diese. »Ein Stück von Ihrer köstlichen Schokoladentarte brauche ich diesmal nicht«, fügte sie verschwörerisch hinzu. »Mein Liebeskummer ist wie von Zauberhand verschwunden. Ihr Rezept hat Wunder gewirkt.« Sie lächelte breit, und Rosa freute sich für sie.

Hinter der Theke stellte Tom die Kaffeemühle an. Im nächsten Moment zog der Duft von frisch gemahlenen Bohnen zu ihnen herüber. Mit geschickten Bewegungen füllte Tom das Pulver in den Siebträger und drückte es mit dem Tamper fest. Anschließend hakte er das Sieb in den vorgesehenen Einsatz und stellte die Kaffeemaschine ein. Während die schwarze Flüssigkeit in die Tasse lief, schäumte er Milch auf. Zum Schluss füllte er die Milch so in den Becher, dass der Schaum ein Herz bildete.

»Voilà.« Er reichte Claudia das Getränk.

»Vielen Dank. Das sieht ganz wunderbar aus.« Sie nahm einen großen Schluck.

»Lass es dir schmecken.« Rosa verabschiedete sich von ihrer neuen Bekanntschaft und machte sich auf den Weg zu Jacob, der die Szene von seinem Platz am Kamin aus beobachtet hatte.

»Ich habe sie schon mal hier gesehen«, meinte er zu Rosa, als sie sich zu ihm gesetzt hatte. »Sie war mir aufgefallen, weil sie so traurig aussah. Ich habe mich gefragt, was sie wohl beschäftigt, und auf ein gebrochenes Herz getippt. Alte Schriftstellerkrankheit, weißt du. Ich sehe Menschen, schaue in ihre Gesichter und denke mir Geschichten zu ihnen aus.« Sein Blick wanderte durch den Raum, bis er an zwei gut aussehenden Männern am Tisch nahe der Tür hängen blieb. »Siehst du zum Beispiel die beiden dort? Schau dir den Ausdruck auf ihren Gesichtern an. Sie wirken total angespannt.«

Rosa folgte seinem Blick. Die Ähnlichkeit in den Zügen der Männer ließ darauf schließen, dass es sich um Brüder handelte. Ansonsten schienen sie sehr unterschiedlich zu sein. Der ältere war um die dreißig und hatte einen maßgeschneiderten dunkelblauen Anzug mit passendem Einstecktuch an und dazu ein blütenweißes Hemd. Sein jüngerer Bruder trug Sneakers, Löcherjeans und ein eng anliegendes Sweatshirt, alles ganz in Schwarz. Seine Haare waren unter einer Beanie-Mütze verborgen.

»Was ist mit den beiden?«, fragte sie neugierig und nahm einen Schluck von ihrer Schokolade, die inzwischen nur noch lauwarm war, aber dennoch hervorragend schmeckte. Cremig und aromatisch, genau so wie sie sein sollte.

Jacob lehnte sich in seinem Sessel zurück. »Der Vater hat eine Modefirma. Sie ist seit Generationen im Familienbesitz und sehr erfolgreich. Der ältere Bruder ist in der Geschäftsleitung. Er ist zielstrebig und ehrgeizig. Im Gegensatz zum Jüngeren. Der ist das schwarze Schaf der Familie. Vor einem Jahr hat er sein BWL-Studium abgebrochen. Seitdem lässt er sich treiben. Er lebt von dem Geld, das seine Mutter ihm heimlich überweist. Eine Zeit lang war er im Ausland, ist mit dem Rucksack durch China und Vietnam gereist.«

Rosa nickte langsam. Das Spiel begann ihr Spaß zu machen. »Jetzt ist er zurückgekommen, weil sein Vater gedroht hat, ihn zu enterben, wenn er sein Studium nicht fortsetzt«, nahm sie den Faden auf. Sie sah wieder zu den Männern. Auch wenn sie nicht verstehen konnte, worüber sie sich unterhielten, folgerte sie aus der düsteren Miene und den gestikulierenden Händen des Älteren, dass es keine freundschaftliche Unterhaltung unter Geschwistern war. Der Jüngere schien wenig beeindruckt vom Zorn seines Bruders. Sein Gesicht drückte Langeweile aus. Er sah auf die Uhr und gähnte.

Plötzlich stand das Paar am Nachbartisch auf, schlüpfte in seine Mäntel und verließ mit einem freundlichen Gruß in Toms Richtung das Café. Eine Sekunde später setzte sich Claudia an den frei gewordenen Tisch. Ihren Milchkaffee hatte sie mitgenommen. Rosa beobachtete, wie der jüngere Bruder interessiert zu ihr herüberschaute. Als er Claudias Blick auffing, lächelte er, und das Lächeln veränderte sein Gesicht vollkommen. Auf einmal wirkte er nicht mehr gelangweilt, sondern auf sehr anziehende Weise sympathisch. Claudia schlug verschämt die Augen nieder. Doch im nächsten Moment sah sie wieder in seine Richtung, und als sie bemerkte, dass sein Blick noch immer auf ihr ruhte, erwiderte sie sein Lächeln.

Rosa freute sich für die beiden. Wer weiß, dachte sie, vielleicht habe ich gerade den Beginn von etwas Wunderbarem erlebt.

Jacob schien ihre Gedanken zu lesen. »Es wäre nicht das erste Mal, dass sich zwei Menschen im Café Claire verlieben. In den fünfzehn Jahren, die ich hier verbracht habe, haben sich einige Paare gefunden. Das hier ist ein guter Ort, um die Liebe zu suchen.«

Für einen Moment sahen sie sich in die Augen, und Rosa spürte ein leichtes Flattern in ihrem Bauch, wie Schmetterlingsflügel. Verwirrt wandte sie den Blick ab und nahm einen Schluck von ihrer Schokolade. Wie konnte es sein, dass Jacob diese Wirkung auf sie hatte, wenn sie doch Sven liebte? Sie hatte keine Erklärung dafür, und doch genoss sie die Wärme, die sie plötzlich in ihrem Herzen fühlte.

20

Rosa versuchte das Gefühl zu bestimmen, das am nächsten Morgen in ihrem Inneren rumorte, während die Zeiger der Wanduhr über der Kaffeebar langsam auf halb neun zukrochen. Es fühlte sich an wie eine Mischung aus Nervosität und Vorfreude. Empfand sie so, weil sie Jacob gleich wiedersehen würde? Sie waren nur wenige Stunden voneinander getrennt gewesen, doch ihre Gespräche gestern waren so intensiv gewesen und hatten so gutgetan. Rosa gestand sich ein, dass sie mehr davon wollte.

Mit Mühe konzentrierte sie sich wieder auf Nicole Weidner, die es eilig hatte, weil sie in ihren Blumenladen zurückmusste, und kassierte ihre zwei Chai Latte zum Mitnehmen ab.

In diesem Moment öffnete sich die Eingangstür und Jacob kam herein. Als er Rosa sah, lächelte er über das ganze Gesicht und winkte. Rosas Herz begann schneller zu klopfen. Ihr Mund verzog sich wie von selbst zu einem Grinsen, von dem sie hoffte, dass es nicht allzu töricht wirkte. Jacob eilte auf sie zu, umarmte sie und gab ihr zur Begrüßung einen Kuss auf die Wange. Seine Lippen waren warm, trocken und fest. »Guten Morgen, liebe Rosa«, sagte er fröhlich.

»Guten Morgen, lieber Jacob«, erwiderte sie im gleichen

Tonfall und freute sich über die offene Zuneigung, die er ihr entgegenbrachte.

»Was meinst du, machen wir uns heute einen schönen Tag?«

In gespielter Strenge stemmte sie die Hände in die Hüften. »Du meinst, du schreibst, und ich arbeite und bringe den Gästen und dir Kaffee und Kuchen?«

Jacob lachte auf. »So in etwa.«

Schmunzelnd sah Rosa ihm hinterher, als er sich auf seinen Stammplatz setzte und zu arbeiten begann.

»Habe ich etwas verpasst?«, tönte Toms Stimme plötzlich hinter ihr.

Ertappt wandte Rosa sich zu ihm um. »Wir sind nur Freunde«, behauptete sie und fragte sich gleichzeitig, warum sie es nicht schaffte, ihm dabei in die Augen zu schauen.

Tom grinste. »Du und ich sind nur Freunde. Ihr zwei dagegen«, sagte er gedehnt, »seid etwas ganz anderes.« Mit diesen Worten ließ er Rosa stehen und verschwand in die Küche.

Verdutzt blickte sie ihm hinterher. Doch sie hatte keine Zeit, ihren Gedanken nachzuhängen. Immer mehr Gäste strömten ins Café Claire, um zu frühstücken. Fast schien es Rosa, als würde das Glöckchen an der Tür gar nicht mehr stillstehen.

Erst am späten Nachmittag kam sie wieder dazu, über Jacob und sich nachzudenken. Es hatte einige Tage gedauert, doch nun war sein Verhalten ihr gegenüber wieder so herzlich und ungezwungen wie früher, und sie war glücklich darüber und dankbar. Die Tage, in denen er fort gewesen war, hatten ihr gezeigt, wie wichtig er für sie geworden war. Sie liebte es, ihre Pausen mit ihm zu verbringen, mit ihm zu reden, ihm zuzuhören. In seiner Gegenwart fühlte sie sich leicht und unbeschwert. Sie musste an die Geschichte über die ungleichen Brüder denken, die sie sich gestern zusammen ausgedacht hatten, und lächelte in sich hinein. Ja, Jacob tat ihr gut, daran gab es keinen Zweifel. Sie spürte ein angenehmes Flattern im Bauch.

Von ihrem Platz an der Theke aus suchte sie seinen Blick und bemerkte, dass er nicht länger alleine war. An seiner Seite saß ein älterer Herr mit schlohweißem Bart und zerzaustem weißen Haar. Zusammen mit seinem Cordsakko und der Lesebrille, die schief auf seiner Nase saß, wirkte er wie ein Oxford-Professor. Die beiden unterhielten sich angeregt. Jacob gestikulierte mit den Händen. Schließlich nickte der Professor aufgeregt. »Ja«, rief er laut, »so könnte es gehen!«

Sie sehen so aus, als könnten sie eine Stärkung gebrauchen, dachte Rosa. Sie bat Tom um zwei Tassen Kaffee und stellte sie zusammen mit zwei Stücken Bratapfeltorte auf ihr Tablett. Als sie an ihren Tisch kam, blickten die Männer auf. »Ich bringe Verpflegung«, erklärte sie.

Der Professor musterte die Torte, die Rosa ihm reichte. »Für mich?«, fragte er gleichermaßen erfreut und verwundert. Sie nickte zustimmend.

Im nächsten Moment schon hatte er mit seiner Gabel ein großes Stück abgeteilt und in seinen Mund geschoben. Ein seliges Lächeln breitete sich auf seinem Gesicht aus. »Gnädige Frau«, lobte er, »ich muss schon sagen, das schmeckt vorzüglich. Die beste Torte, die ich seit Langem gegessen habe.« Er tätschelte seinen runden Bauch. »Und das will was heißen.«

»Sie backt ihn selbst«, sagte Jacob mit unverkennbarem Stolz in der Stimme.

Die Augen des Professors weiteten sich. »Wirklich? Sie müssen mir unbedingt das Rezept für meine Lore mitgeben!« Plötzlich hielt er inne. Seine Miene wirkte zerknirscht. »Oh, ich bitte zu entschuldigen, im Eifer des Gefechts habe ich mich gar nicht vorgestellt.« Er erhob sich mit einem Ächzen und reichte ihr die Hand. »Mein Name ist Ludwig Leclerc, zu Ihren Diensten.«

»Die Freude ist ganz auf meiner Seite«, entgegnete Rosa. Seine förmliche Ausdrucksweise amüsierte sie, war sie doch ein deutlicher Kontrast zu dem lockeren Umgang, den die Gäste im Café Claire normalerweise miteinander pflegten. »Ich heiße Rosa. Rosa Simon.« Sie lächelten einander an.

»Willst du dich nicht zu uns setzen?«, fragte Jacob und wies auf den leeren Sessel neben sich.

Sie schüttelte bedauernd den Kopf. »Das geht leider nicht. Ich muss noch arbeiten.« Sie sah auf ihre Armbanduhr. »Aber in einer Stunde habe ich Schluss.«

»Dann sind wir bestimmt noch hier.« Jacob reichte ihr seinen Teller, auf dem er ein Stück von seinem Kuchen übrig gelassen hatte. »Hier, zur Stärkung.«

Wie selbstverständlich nahm Rosa seine Gabel. Der Bissen zerging auf ihrer Zunge und hinterließ einen wunderbaren Geschmack nach süßen Äpfeln, Zimt und Marzipan.

Eine Stunde später faltete Rosa ihre Schürze ordentlich zusammen und gesellte sich wieder zu den beiden Männern an den Tisch. Jacob rückte ihr einen Sessel zurecht. Dabei erzählte er ihr gut gelaunt, dass Ludwig Leclerc, der zu ihrem stillen Vergnügen tatsächlich Professor war, ihn seit vielen Jahren bei seinen Buchprojekten beriet. »Wann immer es um das menschliche Gehirn geht, gibt es keinen Besseren als ihn«, sagte er. »Ludwig hat viele Jahre das Institut für Medizinische Psychologie an der Charité geleitet. Seine Forschungen über die Veränderbarkeit von Erinnerungen sind bahnbrechend. Kein Wunder, dass seine Bücher mit Preisen überhäuft werden.«

Professor Leclerc hüstelte verlegen. »Bis gerade habe ich mich gefragt, warum. Jetzt glaube ich beinahe selbst, dass ich sie verdient habe. Vielen Dank für deine Worte, alter Freund.«

Rosa lachte. Der Professor wurde ihr immer sympathischer. »Und worüber haben Sie gerade gesprochen?«, fragte sie neugierig, was ihr wieder einmal bestätigte, wie unbefangen sie in Jacobs Gegenwart war.

Professor Leclerc tauschte einen kurzen Blick mit Jacob. Als der nickte, begann er strahlend zu erzählen. »Über die Unfähigkeit zu empfinden.« Er sah sich nach allen Seiten um und senkte die Stimme. »Jacob hat mir von der faszinierenden Krankheit erzählt, der die Figuren in seinem neuen Roman zum Opfer fallen. Durus. Das Wort kommt aus dem Lateinischen und bedeutet so viel wie ›gefühllos‹, ›hartherzig‹, ›grausam‹. Ein passender Name für eine Seuche, die der Menschheit ihre Emotionen raubt.«

Er lehnte sich zurück in seinen Sessel und faltete die Hände vor seinem Bauch. »Wenn man die Abendnachrichten im Fernsehen verfolgt, könnte man glauben, es gäbe sie wirklich. Wahrlich, ein interessanter Gedanke.«

Das fand Rosa auch. Die drei unterhielten sich angeregt miteinander, bis Tom ihnen mitteilte, dass er das Café nun wirklich zusperren müsse.

Jacob und der Professor beschlossen kurzerhand, ihre Unterhaltung in dem italienischen Restaurant fortzusetzen, das ein paar Meter die Straße hinunter lag. Sie luden Rosa ein, sie zu begleiten, doch die winkte ab. »Geht nur, ihr beiden. Ich helfe Tom noch beim Aufräumen.«

»Sagten Sie nicht, Sie hätten Feierabend, meine Liebe?«, wunderte sich der Professor.

Rosa lachte. »Ich wohne bei Tom und zahle keine Miete. Da ist Aufräumen das Mindeste, was ich tun kann.«

»Nur unter einer Bedingung lasse ich dich hier«, sagte Jacob. »Du musst mit mir ins Kino gehen.«

Ein wenig überrumpelt sah Rosa ihn an. Fragte er sie gerade nach einem Date? Bei dem Gedanken spürte sie ein leichtes Ziehen in der Herzgegend.

»Welchen Film möchtest du denn sehen?«

»›Liebe‹«, antwortete er, wie aus der Pistole geschossen.

Rosa war verblüfft. »Ist das nicht ein Frauenfilm?«

Er zuckte mit den Schultern. »Mag sein. Aber ich habe das Buch gelesen und fand es großartig. Außerdem habe ich bei einer Preisverleihung den Autor, Benedikt Kürten, kennengelernt. Die Geschichten, die er in ›Liebe‹ erzählt, sind einzigartig, und das Beste ist, sie sind alle wahr. Bitte, Rosa, sag, dass du mitkommst.«

Seine Begeisterung war ansteckend. Sie spürte, wie sich ihre Mundwinkeln zu einem Lächeln hoben. »Ja«, sagte sie. »Ich komme gerne mit.«

Nachdem Jacob und der Professor gegangen waren, schickte Tom Mac trotz dessen lautstarker Proteste nach Hause. »Du hast auch so schon mehr Überstunden, als du jemals abbauen kannst. Rosa und ich schaffen den Rest alleine«, sagte er mit einer Stimme, die keinen Widerspruch duldete. »Mach dir einen schönen Abend.« Er schob Mac mit sanfter Gewalt aus der Küche, in der Rosa bereits begonnen hatte, die Weingläser zu spülen.

»Ich mag den Professor«, stellte sie fest, nachdem Tom zu ihr zurückgekehrt war.

»Das war nicht zu übersehen«, meinte er lächelnd. Mit lautem Klappern begann er, die Spülmaschine einzuräumen. »Er kommt schon seit Jahren ins Café«, erzählte er, während er die hübschen pastellfarbenen Tassen, in denen sie Milchkaffee, Kakao und Tee servierten, nebeneinanderreihte.

Rosa hielt mitten in der Bewegung inne, weil ihr plötzlich ein Gedanke gekommen war. »Als du sagtest, ich sollte mit diesem Psychologieprofessor reden, meintest du da ihn?«

Tom wandte sich ihr zu und nickte. »Ludwig Leclerc ist eine Koryphäe. Ich dachte, wenn dir einer helfen kann, dann er.« Er grinste. »Allerdings hatte ich da Jacob noch nicht auf dem Schirm.«

Rosa sah ihn an, das Spültuch in der Hand. Vielleicht war es der verschmitzte Ausdruck in seinen Augen, vielleicht aber auch die Lebendigkeit, die sie überfiel, wenn sie nur Jacobs Namen hörte. Sie drückte den Lappen in das schaumig-warme Wasser der Spüle, zog ihn heraus, und ohne ihn noch einmal auszuwringen, warf sie ihn Tom an den Kopf. Er traf ihn seitlich an der Stirn, hinterließ einen nassen Kreis auf seiner Haut, der sich augenblicklich rötete, rollte über seine Brust und landete schließlich mit einem leisen Platschen auf dem Boden.

Tom sah sie an, die Augen rund, der Mund zu einem O geformt. Er schien zu überlegen, ob er schimpfen oder lachen sollte, entschied sich schließlich für Letzteres, und bevor Rosa etwas sagen oder tun konnte, hatte er den Lappen auch schon aufgenommen, hielt ihn über ihren Kopf und wrang ihn aus. Das warme Wasser lief über ihr Haar, weiter über die Stirn und tropfte schließlich das Kinn herunter. Und Rosa lachte, wie sie seit Langem nicht mehr gelacht hatte, laut und schallend. »Na warte!«, rief sie und schnappte sich den Lappen. Scherzend verfolgten sie einander durch die Küche, während der Lappen hin- und herflog und sie hinter Regalen, Töpfen und Pfannen Schutz suchten.

Irgendwann griff Tom nach einem Küchenhandtuch und schwenkte es aus seinem Versteck heraus wie eine weiße Fahne. »Ich gebe auf!«, stöhnte er und lachte.

21

Rosa war aufgeregt, als Jacob und sie das UCI am Medienhafen betraten. Sie konnte sich nicht erinnern, wann sie zuletzt im Kino gewesen war. Sven war mehr für Opern und klassische Konzerte gewesen. Weniger, weil er Freude daran fand, sondern weil es zu dem weltgewandten Mann, als den er sich sah, dazugehörte.

Nachdem sie am Kassenhäuschen ihre Tickets in Empfang genommen hatten, fuhren sie mit der Rolltreppe in den ersten Stock.

»Was möchtest du?«, fragte Jacob und wies auf die Schalter, an denen allerlei Snacks verkauft wurden.

»Ein stilles Wasser bitte«, murmelte Rosa.

Er hob eine Augenbraue. »Wir sind im *Kino*, Rosa. Auf stilles Wasser steht hier die Todesstrafe.«

»Dann eine Cola light.« Sie lächelte.

Jacob rollte mit den Augen und wandte sich ohne einen weiteren Kommentar ab. Während er in der Schlange wartete, stellte sich Rosa an einen Stehtisch und ließ ihren Blick schweifen.

Das Publikum, das die Rolltreppe hochfuhr und sich vor den Snack-Schaltern einreihte, war bunt gemischt. Rosa sah Paare in jedem Alter, kichernde Freundinnen und Grüppchen von Jugendlichen. Ein fröhliches Stimmengewirr lag in der Luft, und es roch nach gebranntem Zucker und süßem Fett.

Plötzlich bewegte sich ein gigantischer Eimer Popcorn auf sie zu. An der dunkelgrünen Chino-Hose, die darunter hervorlugte, konnte sie Jacob erkennen.

»Ist das dein Ernst?«, fragte sie entsetzt, als er den Eimer auf ihren Stehtisch stellte. »Wer soll das denn alles essen?«

»Na, wir natürlich!«, erklärte er fröhlich und holte an der Theke den Rest seiner Bestellung.

Bewaffnet mit dem Popcorn, einer Schachtel Nachos mit Käsesoße und Jalapeños und zwei riesigen Cola-Bechern stolperten sie den dunklen Kinosaal hoch und sanken kurz darauf in gemütliche braune Ledersitze. Jacob hatte zwei Logenplätze im hinteren Bereich reserviert. Als er Rosa die Nachos hinhielt, griff sie zögerlich danach.

»Du musst sie in die Soße tauchen und zusammen mit den Jalapeños essen.«

Sie tat wie geheißen. Der würzige Geschmack der Nachos, zusammen mit dem cremigen Schmelz der Käsesoße und der Schärfe der Jalapeños, war so gut, dass Rosa die Augen aufriss. »Ich werde nie wieder etwas anderes essen«, sagte sie geläutert und zog die Schachtel auf ihren Schoß.

Jacob lachte. »Das ist mein Mädchen.«

Bei seinen Worten wurde Rosa ganz wohlig zumute.

Die Leinwand erwachte zum Leben. Nach dem üblichen Werbeblock, der nur wenige Minuten dauerte, folgten die Filmvorschauen. Während sie aßen und die Bissen mit großen Schlucken aus ihren Bechern herunterspülten, ließ Rosa die Trailer auf sich wirken. Es gab viele stählerne Muskeln, perfekt choreografierte Kampfszenen, gleißende Explosionen und tödliche Waffen. Mutige junge Menschen, die sich in der Schlacht um Freiheit und Gerechtigkeit dem Bösen entgegenwarfen und dabei wunderschön aussahen. Sie beugte sich zu Jacob. »Deine Bücher passen gut in die Zeit«, flüsterte sie.

»Ja«, antwortete er nachdenklich. Er schien noch etwas hinzufügen zu wollen, überlegte es sich aber offenbar anders.

Die Leinwand wurde dunkel. Musik setzte ein, und der Hauptfilm begann. Rosa hielt sich tapfer, doch als Lewis an Emmas Tür klopfte, nachdem sie so viele Jahre vergeblich auf die Begegnung mit ihm gewartet hatte, musste sie doch ein paar Tränen verdrücken.

Draußen vor dem Kino atmete Rosa in einigen tiefen Zügen die kalte, klare Luft ein.

»Das war ein wunderschöner Film, Jacob«, sagte sie ergriffen. »Danke, dass du mich eingeladen hast.«

Sie sahen sich in die Augen. Dann hupte neben ihnen ein Autofahrer, und der Moment verging.

»Wollen wir noch ein paar Schritte gehen?«, fragte Jacob. In einer fürsorglichen Geste schloss er den obersten Knopf ihres Mantels. Rosa nickte.

Langsam setzten sie sich in Bewegung. Der Himmel war sternenklar, und der milchige Schein der Straßenlaternen tauchte die Umgebung in ein samtig-weißes Licht. In den letzten Tagen hatte es beinahe unaufhörlich geschneit, und so breitete sich unter ihren Füßen ein weißer Teppich aus, der ihre Schritte dämpfte und die Geräusche um sie herum verschluckte. Wie selbstverständlich hakte sich Rosa bei Jacob unter. Sie liefen die Hammerstraße hinunter, bogen nach rechts ab, am Stadttor vorbei und erreichten schließlich die Lorettostraße mit ihren hübschen Restaurants, Cafés und

Boutiquen. Kurzerhand beschlossen sie, noch einen Absacker zu nehmen.

Nachdem sie sich in dem kleinen Lokal wieder aus ihren Mänteln geschält und an einen Tisch ans Fenster gesetzt hatten, stieß Jacob einen tiefen Seufzer aus. »Ich glaube, ich werde zu alt für die Bücher, die ich schreibe.« Er griff nach der Getränkekarte und schlug sie auf. »Die Trailer vorhin … die waren so laut und düster. Ich möchte etwas anderes machen. Etwas Stilles, Leises, das einem ein Lächeln in das Gesicht zaubert. Verstehst du?«

»Ich glaube schon«, sagte Rosa.

Eine Kellnerin mit raspelkurzen schwarzen Haaren und einem Diamantstecker in der Nase kam an ihren Tisch und erkundigte sich nach ihren Wünschen. Sie bestellten zwei Gläser Chianti und dazu Weißbrot und Oliven. Kaum eine Minute später wurden die Getränke serviert, und sie stießen miteinander an.

»Auf die Veränderung im Leben!«, sagte Jacob ernst.

»Auf die Veränderung«, wiederholte Rosa. Die Gläser klirrten. Rosa nahm einen tiefen Schluck, stellte ihr Glas ab und fuhr mit dem Zeigefinger über den Rand. Ein leises Surren erklang. »Weiß Carl schon von deinen Plänen?«, fragte sie.

Jacob schüttelte den Kopf. Im Licht der Kerze schimmerten seine Augen wie geschmolzenes Karamell. »Nein, du bist die Erste«, sagte er. »Er wird auch nur mäßig begeistert sein. Meine Bücher verkaufen sich gut. Ein Genre-Wechsel dagegen bedeutet immer Risiko.«

Rosa dachte nach. »Es gibt viele Schriftsteller, bei denen es funktioniert hat. Nimm Kerstin Gier zum Beispiel oder J.K. Rowling. Ich gebe zu, ich musste mich erst an den Gedanken gewöhnen, dass sie Krimis schreibt, aber die sind echt gut.«

Jacob nippte an seinem Wein. »So richtig erfolgreich wurden ihre Krimis aber auch erst, nachdem bekannt wurde, dass sie und Robert Galbraith ein und dieselbe Person sind.«

Die Kellnerin erschien erneut und stellte den Brotkorb, ein Schälchen Oliven und zwei kleine Teller auf ihren Tisch. Rosa nahm eine Scheibe heraus und brach ein Stück davon ab. Es war noch warm, innen weich und außen knusprig, genau so, wie sie es gern mochte. Sie kaute genüsslich. Und das nach all dem Popcorn und den Nachos, dachte sie und schmunzelte in sich hinein.

»Was aber auch nicht schlimm ist«, sagte sie, nachdem sie den Bissen hinuntergeschluckt hatte. »Traurig wäre es nur, wenn die Bücher *nicht* gut wären und trotzdem Erfolg hätten, einfach weil ein berühmter Autor sie geschrieben hat. Traurig für den Autor, meine ich.«

Jacob nahm sich ebenfalls von dem Brot. Er gab ein bisschen Olivenöl auf seinen Teller, streute Pfeffer und Salz aus der Mühle darüber und tauchte es hinein.

»Wie auch immer«, sagte er. »Ich habe genug von Krieg und Zerstörung. Ich möchte über Menschen in unserem Alter schreiben. Eine Geschichte über das Leben, wie es sein sollte. Warmherzig und voller Gefühl. Mit liebenswerten Hauptfiguren, die einem zu Herzen gehen, und Gegenspielern, die nicht von Grund auf böse sind. Schlechte Menschen, die erst zufrieden sind, wenn sie anderen Leid zufügen, gibt es im wirklichen Leben genug.«

Er hatte mit so viel Leidenschaft gesprochen, dass Rosa lächeln musste. Sie griff über den Tisch nach seiner Hand und drückte sie. »Das klingt sehr schön«, sagte sie. Sie war überzeugt, dass er alles schaffen konnte, was er sich vornahm. Plötzlich kam ihr ein Gedanke, der sie traurig stimmte.

»Heißt das, dass Jem und Lily jetzt niemals zueinanderfinden werden?«

Jacob lachte auf. »Natürlich werden sie das. Das Buch schreibe ich zu Ende – schon meiner Leser wegen.« Er zog eine komische Grimasse. »Und um Carl zu beruhigen.«

Anderthalb Stunden später lag Rosa im Bett unter ihrer Decke, die nach Waschmittel und Lavendel duftete. Sie musste am nächsten Morgen früh raus, doch an Schlafen war nicht zu denken. Wie auch, wenn ihr Geist hellwach war und das Gedankenkarussell nicht aufhören wollte, sich zu drehen?

Mit einem warmen Gefühl im Bauch ließ sie den Abend Revue passieren. Wie Jacob hinter dem Eimer Popcorn verschwunden war. Der würzig-scharfe Geschmack der Nachos auf ihrer Zunge. Jacobs Hand, die ihr ein Taschentuch reichte, als sie während des Films geweint hatte. Ihre Gespräche in dem kleinen Lokal – sein Wunsch, einen Roman über das Leben zu schreiben, wie es sein sollte. Rosa seufzte behaglich. Sie war so froh, dass Jacob und sie wieder zueinandergefunden hatten. Er brachte sie zum Lachen, zum Nachdenken, zum Staunen, und sie liebte es, mit ihm über Bücher und das Schreiben an sich zu reden.

Mit Sven hatte sie solche Gespräche nie geführt. Er las nicht gerne, und wann immer sie versucht hatte, die Unterhaltung auf einen Roman zu lenken, murmelte er etwas Unverständliches und wechselte schnell das Thema.

Plötzlich musste sie daran denken, wie viele Stunden sie mit ihm und seinen Freunden auf dem Golfplatz verbracht hatte. Und wie er sie gerügt hatte, weil sie manchmal verstohlen auf die Uhr blinzelte. Nein, Golfspielen hatte ihr keine Freude gemacht. Doch was hatte ihr Herz höherschlagen lassen? Sie wusste es nicht, sie war viel zu sehr damit beschäftigt gewesen, es Sven recht machen zu wollen. Und Sven hatte sich nie die Mühe gemacht, nach ihren Interessen zu fragen. Wie selbstverständlich war er davon ausgegangen, dass sie seine Leidenschaften teilte. Nicht zu fassen, dachte Rosa, dass ich für diese Erkenntnis 26 Jahre gebraucht habe.

Und während sie so dalag, die Hände hinter ihrem Kopf verschränkt, den Blick an die Decke gerichtet, gestand sie sich ein, dass nicht alle Erinnerungen an Sven glücklicher Natur waren. Vielleicht war das der Weg. Die schlechten Erinnerungen hervorzuholen und die guten tief in ihrem Inneren zu vergraben, wo sie ihre zerstörerische Kraft nicht entfalten konnten. Vielleicht, dachte sie, kann ich so über ihn hinwegkommen. Ein neues Leben beginnen. Glücklich werden.

22

Rosa wusste nicht, wo die Zeit geblieben war, doch plötzlich waren es nur noch zwei Wochen bis Heiligabend. Am Vorabend war Tom mit geheimnisvoller Miene auf den Dachboden gestiegen und mit einer großen, staubigen Kiste wieder zurückgekommen. Jetzt stand er neben der Nordmanntanne, die er mit Macs Hilfe im Café aufgestellt hatte, und beobachtete mit Argusaugen, wie Rosa die weißen Glaskugeln aus der Kiste nahm, während Mac Sterne und Schneekristalle aus altem Zeitungspapier wickelte.

Plötzlich öffnete sich die Tür, und ein kalter Luftzug, begleitet von ein paar Schneeflocken, wehte hinein.

»Wir haben schon geschlossen!«, rief Tom, ohne sich umzuschauen.

»Dann komme ich ja genau richtig«, flötete Lucille und warf ihren Mantel über die Theke.

Rosa verschlug es die Sprache, als sie Lucilles hautenges grünes Kleid sah, das über den Knien endete und das am Ausschnitt, an den Ärmeln und am Saum mit plüschigem weißen Kunstfell besetzt war. Ihr platinblondes Haar floss glatt und schimmernd über ihren Rücken. Auf ihrem Kopf saß keck eine grüne Zipfelmütze. Bei ihrem Anblick riss selbst Mac die Augen auf, doch im nächsten Moment hatte er sich wieder unter Kontrolle, und sein Blick war so fest und klar wie immer. Tom, der als einziger unbeeindruckt schien, schmunzelte. »Sag bloß, du willst uns helfen?«, fragte er gespielt ungläubig.

Lucille schüttelte den Kopf, dass der Bommel an ihrer Zipfelmütze nur so hin- und herflog. »Sehe ich aus wie eine Weihnachtselfe? Ich bin für das Entertainment zuständig.«

Sie warf ihren kleinen grünen Rucksack in die Ecke und tänzelte hinter die Theke. Im nächsten Moment schallte »Last Christmas« durch den Raum. Rosa verdrehte die Augen, konnte sich aber ein Grinsen nicht verkneifen.

Sekunden später kehrte Lucille mit einem Tablett zurück, auf dem vier Schnapsgläser standen, in denen eine sattgelbe Flüssigkeit schimmerte. Mac nahm sich eines und roch daran.

»Was ist das?«, fragte er misstrauisch.

»Eierlikör, selbst gemacht. Und jetzt runter damit.«

Rosa hatte mit Widerspruch gerechnet, doch zu ihrem Erstaunen und ihrer Belustigung setzte Mac das Glas an die Lippen und leerte es in einem Zug. Er wischte sich mit der Hand über den Mund und stellte das Glas zurück auf das Tablett.

»Lucille?«, sagte er.

Sie klimperte mit den Wimpern. »Ja?«

»Tu das nie wieder.«

Statt einer Antwort lächelte sie.

Eine Stunde später waren der Weihnachtsbaum geschmückt und die Fenster mit goldenen Lichtern dekoriert. Rosa, Tom, Mac und Lucille saßen auf den Barhockern, den Rücken gegen die Kaffeebar gelehnt, und betrachteten ihr Werk.

»Jetzt kann Weihnachten kommen«, meinte Tom zufrieden.

Rosa bemerkte, wie Lucille betreten zu Boden blickte. Das Thema schien ihr Unbehagen zu bereiten. In Rosa regte sich ein schlechtes Gewissen. Sie war so mit sich selbst beschäftigt gewesen, dass sie nie gefragt hatte, wie es ihr ging, welche Pläne sie im Leben hatte, ob sie alleine war oder in einer Partnerschaft. Sie wandte sich Lucille zu. »Was hast du an Weihnachten vor?«, erkundigte sie sich freundlich.

»Ich weiß es noch nicht«, murmelte sie, ohne aufzusehen. »In den letzten Jahren habe ich mit meiner besten Freundin Mira gefeiert, die wie ich seit Ewigkeiten Single ist. Oder besser gesagt, war. Seit diesem Sommer hat Mira einen Freund. Sie hat es zwar noch nicht gesagt, aber ich habe das Gefühl, dass sie lieber mit ihm feiern möchte.« Lucille verstummte und sah dabei so unglücklich aus, dass Rosa Mitleid mit ihr hatte. Sie stupste Tom an und machte eine vielsagende Kopfbewegung in Lucilles Richtung. Lad sie ein, bat sie ihn lautlos. Tom verstand sofort. Nach beinahe vier Jahrzehnten Freundschaft brauchten sie keine Worte mehr, um sich zu verständigen.

»Was hältst du davon«, fragte er Lucille mit seinem breitesten Lächeln, »wenn du mit Rosa und mir feierst? Wir zwei sind an Heiligabend auch alleine und könnten ein bisschen Gesellschaft gebrauchen.«

Lucilles Kopf fuhr hoch. Auf ihrem Gesicht lag ein Ausdruck von Unglauben, Hoffnung und Freude, der Rosa beinahe das Herz brach. »Ehrlich?«, fragte sie.

Tom nickte. »Wir würden uns riesig freuen.« Plötzlich schien ihm ein Gedanke zu kommen. Er wandte sich Mac zu. »Was ist mit dir? Feierst du mit deiner Familie oder möchtest du uns ebenfalls Gesellschaft leisten?«

Ein paar Sekunden lang schien Mac vollkommen überrumpelt, doch er erholte sich rasch. Sein Blick streifte Lucille. »Warum eigentlich nicht? Betriebsweihnachtsfeiern sind ja bekanntlich die besten«, scherzte er. »Ich habe nur eine Bedingung: Ich übernehme das Kochen.«

Lucille strahlte. In einem Reflex rutschte sie von ihrem Hocker, schlang die Arme um Macs Nacken und gab ihm einen zärtlichen Kuss auf die Wange, direkt neben seinem Mundwinkel. Mac saß da wie angewurzelt.

»T… tut mir leid«, stotterte sie, als sie begriff, was sie gerade getan hatte. Ihr Gesicht lief feuerrot an. »So ist das, wenn ich Hunger habe. Dann bin ich nicht ich selbst. Ich … äh … schau mal nach, ob ich etwas zu essen finde.«

Mit diesen Worten flitzte sie um die Theke herum und in die Küche.

Mac sah ihr nach. Mit den Fingern strich er gedankenverloren über seine Wange. Dann breitete sich ein Lächeln auf seinem Gesicht aus.

Rosa runzelte die Stirn. Irgendetwas an diesem Lächeln kam ihr vertraut vor. Aus ihrem Unterbewusstsein drängte eine Erinnerung an die Oberfläche, doch gerade, als sie danach greifen wollte, war sie verschwunden.

Mac räusperte sich. »Ich sehe mal lieber nach, dass Lucille keinen Unfug treibt. Die Küche in Brand setzt oder so.«

Als sich die Tür hinter ihm geschlossen hatte, sahen Rosa und Tom sich an und fingen gleichzeitig an zu lachen.

»Wusstest du, dass sie in ihn verliebt ist?«, fragte Rosa.

Tom nickte. »Ist ja nicht zu übersehen.«

»Und Mac? Meinst du, er empfindet auch etwas für sie?«

Tom fasste sich ans Kinn. »Vielleicht«, sagte er dann. »Es sind schon merkwürdigere Dinge geschehen.«

Eine Weile hingen sie ihren Gedanken nach.

»Was ist eigentlich mit Jacob?«, unterbrach Tom schließlich das Schweigen.

Rosa war sofort hellwach. »Was soll mit ihm sein?«

Er lächelte so nachsichtig, als wäre sie ein reizendes, aber durch und durch begriffsstutziges Kind. »Möchtest du ihn nicht einladen, Heiligabend mit uns zu verbringen?«, half er ihr auf die Sprünge.

Verdutzt sah Rosa ihn an, während sich ein angenehmes Flattern in ihrem Bauch ausbreitete. Warum eigentlich nicht? Fragen konnte man ja. Jacob war alleine, und Verwandte hatte er bisher nicht erwähnt.

»Ich werde ihn fragen«, sagte sie. Ihre Stimme klang eine Spur heller als sonst. »Gleich morgen.«

Tom wirkte, als hätte er mit der Antwort gerechnet.

»Gut«, sagte er.

23

Rosas Blick huschte am nächsten Morgen immer wieder zur Tür, während sie zwischen Gästen, Kaffeebar und Küche hin- und herlief, um Cappuccino, Tee und die frisch gebackenen Pancakes mit Ahornsirup, die heute auf der Frühstückskarte standen, zu servieren. Es war schon fast zehn, aber Jacob war noch nicht da. Sie war aufgeregt und nervös. Sie wünschte sich so sehr, er würde Weihnachten mit ihr feiern.

Als Lucille kam, rief sie Rosa schon von Weitem zu: »Heute backen wir eine Tiramisu-Torte!« Und im Vorbeilaufen sagte sie zu Tom: »Wir brauchen Espresso. Heiß und stark und schwarz wie meine Seele.«

Rosa steckte ihren Block weg und folgte Lucille in die Küche, die mit ihrem gesunden Arm bereits Eier, Zucker, Vanillezucker und Salz für den Biskuitteig bereitstellte. Gerade balancierte sie auf den Zehenspitzen, um etwas aus dem Fach über ihrem Kopf zu ziehen, da war auch schon Mac bei ihr und griff über sie hinweg.

»Danke schön«, hauchte Lucille, als er ihr den Amaretto reichte.

Mac machte eine verlegende Handbewegung. *Nicht der Rede wert.* Dann ging er zurück zu seinen Pancakes, die in der Pfanne vor sich hin buken und einen köstlichen Duft verströmten.

Rosa, die die beiden mit einem Lächeln beobachtet hatte, wandte sich ab, wusch ihre Hände und schritt zur Tat.

Nachdem Rosa den Tortenboden mit der süßen Creme aus Mascarpone, Amaretto und steif geschlagener Sahne bestrichen und mit Löffelbiskuits belegt hatte, griff sie nach der Tasse, die Lucille ihr reichte, und verteilte die darin enthaltene Flüssigkeit aus Amaretto, Milch, Zucker und warmem Espresso über den Biskuits. Anschließend strich sie die restliche Creme darüber und stellte die Torte in den Kühlschrank. »Ich gehe und helfe Tom!«, rief sie Lucille zu. Doch die hörte sie schon nicht mehr, sie lehnte bereits neben Mac und lachte über irgendetwas, das er gesagt hatte.

Als Rosa durch die Küchentür in das Café trat und Jacob auf dem Sessel am Kamin sitzen sah, den Laptop auf seinen Knien, tat ihr Herz einen Sprung. »Bist du gerade erst gekommen?«, fragte sie ihn, als sie ihm einen frisch gebrühten Kaffee brachte.

Er hob den Kopf. Sein dunkles Haar war noch vom Wind zerzaust, seine Wangen von der Kälte gerötet. »Vor fünf Minuten«, erwiderte er bestens gelaunt. »Ich habe Carl von meiner neuen Buchidee erzählt. Er hat es gut aufgenommen.«

»Ach, Jacob, das freut mich für dich.«

Rosa legte ihm eine Hand auf die Schulter. Sie ahnte, dass er seinen Plan in jedem Fall verwirklichen würde, doch dass er es umso lieber tat, wenn sein bester Freund ihn dabei unterstützte. Jacob griff nach ihrer Hand und drückte sie. So lächelten sie einander an. »Ich wollte dich etwas fragen«, sagte Rosa. Ihr Puls beschleunigte sich. »Tom, Mac, Lucille und ich wollen den 24. Dezember zusammen verbringen. Und da dachten wir … also ich, ich dachte … es wäre schön …« Sie sah ihm in die Augen. »Möchtest du Heiligabend mit mir feiern, Jacob?« Sie hielt den Atem an, während sie auf seine Antwort wartete.

Jacobs Blick wurde weich, und er lächelte. »Das würde ich sehr gerne, Rosa. Aber ich kann nicht.«

»Oh«, murmelte sie und sah auf ihre Hände. Sie war nicht vorbereitet auf die Enttäuschung, die sie wie ein Schlag in den Magen traf.

»Es ist wegen Carl«, hörte sie Jacob sagen.

Sie hob den Kopf. Sein Gesicht wirkte bekümmert. »Seine Frau hat die Scheidung eingereicht. Sie sagt, er arbeite zu viel und kümmere sich zu wenig um die Familie. Seine Tochter ist dreizehn und völlig durch den Wind. Sie redet nicht mehr mit ihm, sie macht ihn für die Trennung verantwortlich. Ich kann ihn nicht alleine lassen, Rosa. Nicht an Weihnachten.«

»Oh«, wiederholte Rosa betroffen. Schon wieder eine Trennung. Sie verstand ihn gut. Jacob konnte Carl ebenso wenig seinem Schicksal überlassen, wie Tom sie dem ihren überlassen hatte. Plötzlich kam ihr ein Gedanke. Ihr Gesicht erhellte sich. »Und wenn du Carl mitbringst?«

Jacob wirkte unsicher. »Geht das denn so einfach?«

Rosa nickte. Sie war sich sicher, dass Tom und die anderen nichts dagegen haben würden. Carl war ein netter Kerl. Er würde sich gut mit allen verstehen. »Natürlich«, antwortete sie. »Bitte, sag Ja.« Sie sah Jacob so treuherzig an, dass er lachen musste.

»Ich frag ihn«, versprach er. »Wenn er möchte, kommen wir.«

Rosa strahlte über das ganze Gesicht. Sie blieb noch einen Moment lang bei ihm sitzen, doch dann war es höchste Zeit, die Bestellungen für das Mittagessen entgegenzunehmen.

Erst als Tom sie darauf ansprach, wurde ihr bewusst, dass sie unaufhörlich vor sich hin lächelte.

»Ich freue mich eben auf Weihnachten«, erklärte sie ihrem Freund und nahm die beiden Tassen Ingwertee mit Zitrone und Honig entgegen, die er ihr über den Tresen reichte. »Und hättest du mir das vor zwei Monaten gesagt, ich hätte es dir schlichtweg nicht geglaubt.« Sie stellte die Becher auf ein Tablett. »Da fällt mir übrigens ein – ich würde mir morgen gerne den Nachmittag freinehmen. Meinst du, du kommst ein paar Stunden ohne mich zurecht?«

»Was hast du denn vor?«, erkundigte sich Tom neugierig.

Rosa beugte sich über die Kaffeebar und machte ihm ein Zeichen, näher zu kommen. »Das ist ein Geheimnis«, flüsterte sie ihm ins Ohr. »Ein Weihnachtsgeheimnis.« Sie lehnte sich zurück und grinste.

»Wenn das so ist«, sagte Tom, und so war die Sache entschieden.

Es war ein Wintertag wie aus dem Märchen, als Rosa am nächsten Nachmittag das Haus verließ. Sie hielt inne, um den Augenblick in sich aufzunehmen. Die Sonne hing strahlend am tiefblauen Himmel, und weit und breit war keine Wolke zu sehen. Die Luft war kalt und klar, und die Bürgersteige waren bedeckt vom Neuschnee, der in der Nacht gefallen war. Rosa betrachtete die verschneiten Bäume, und ein Gefühl tiefer Zufriedenheit strömte durch ihren Körper.

Sie wärmte ihre Hände an dem Becher Kakao, den Tom im Café noch schnell für sie zubereitet hatte, und machte sich auf den Weg in die Stadt. Eigentlich hatte sie vorgehabt, mit der Straßenbahn zu fahren, doch der Tag war so schön, dass sie es sich kurzerhand anders überlegte. Sie spazierte die Nordstraße mit ihren unzähligen Geschäften entlang und bog links in die Kaiserstraße ein, in der sich ein Brautmodenladen an den nächsten reihte. Im Hofgarten wurde sie von einer Gruppe Jogger überholt, deren Wangen vor Kälte gerötet waren.

Rosa nahm einen Schluck von ihrem Kakao und genoss den cremigen Schokoladengeschmack auf ihrer Zunge. Der große Spielplatz war wie immer gut besucht. Fröhliches Kinderlachen lag in der Luft, und von irgendwoher wehten die Klänge einer Gitarre zu ihr herüber.

Gemächlich schlenderte Rosa über die von Gaslaternen gesäumten Wege, bis sie die mächtige Platane erreicht hatte, die sie in ihrer Erhabenheit immer wieder aufs Neue beeindruckte. Sie wandte sich nach rechts, verließ den Hofgarten und erreichte schließlich die Altstadt, der Düsseldorf den Spitznamen »Längste Theke der Welt« verdankte.

Die Kneipenrestaurants auf der Ratinger Straße waren wie immer gut besucht. Die Menschen saßen auf den Bänken, dick eingemummelt und gewärmt von den zahlreichen Heizpilzen, die die Gastwirte nach draußen gestellt hatten. Rosa ließ sich treiben. Sie hatte kein bestimmtes Ziel, nur einen Zettel in der Tasche, auf dem, dick unterstrichen, ›Weihnachtsgeschenke‹ stand und darunter Tom, Lucille, Mac, Jacob. Ihre Mutter, ihre Schwester und deren Familie würde sie erst im neuen Jahr wiedersehen, die Geschenke würde sie später besorgen.

Als sie mit Sven zusammen gewesen war, hatten deutlich mehr Namen auf ihrer Liste gestanden. Svens Familie natürlich, und dazu jede Menge Freunde, Bekannte und Arbeitskollegen, die beschenkt werden mussten. Es war eine Aufgabe, die Sven lästig war. Deshalb hatte Rosa sie übernommen. Sie liebte es, ihm Gefallen zu tun, liebte die rührende Dankbarkeit in seinem Blick, die ihr Herz zum Schmelzen brachte. Ob seine neue Freundin jetzt die Weihnachtseinkäufe für ihn erledigte? Ob sie es genauso gut machte wie Rosa, die sich viel Zeit genommen hatte, für jeden das Passende auszuwählen?

Ihre Brust wurde eng. Sie schluckte die Tränen herunter, die plötzlich ihre Kehle hochstiegen, fest entschlossen, nicht zu weinen. Das hier war ihr freier Nachmittag. Sie war in die Stadt gekommen, um Geschenke für Freunde zu besorgen. Ihre Freunde. Freunde, mit denen sie Heiligabend verbringen würde. Mit aller Kraft, die ihr zur Verfügung stand, schob sie die düsteren Gedanken beiseite und konzentrierte sich auf die Schaufensterauslage vor ihr.

Von den Weihnachtsmarktbuden stieg ihr der Duft von gebrannten Mandeln in die Nase. Warum eigentlich nicht?, dachte sie. Sie kaufte sich eine Portion und dazu einen Becher heißen Eierpunsch und beobachtete das bunte Treiben um sich herum. Der Alkohol hinterließ ein wohlig-warmes Gefühl in ihrem Magen. Die Mandeln schmeckten süß nach Karamell, und langsam beruhigte sich ihr Herzschlag. Sie sah junge Mütter mit Kinderwägen, Rentner, die sich laut und fröhlich unterhielten, einen kleinen Jungen mit einem kandierten Apfel, dessen leuchtende Augen Rosa ein Schmunzeln entlockten.

Auf einmal vermisste sie ihre Mutter. Sie war aktuell bei Rosas Schwester Miriam zu Besuch, bei der sie bis nach Weihnachten bleiben würde. Sie wechselten sich ab – ein Jahr feierte ihre Mutter bei Rosa in Düsseldorf, ein Jahr bei Miriam in München. Dieses Mal hatte Nora sich schwergetan, ihre Jüngste allein zu lassen. Doch nachdem sie Rosa einige Male im Café besucht und sich mit eigenen Augen überzeugt hatte, dass es ihr gut ging und Tom sich rührend um sie kümmerte, war sie beruhigt gewesen.

Rosa kramte das Handy aus ihrer Umhängetasche und wählte. Nach dem vierten Klingeln nahm ihre Mutter ab. Der glückliche Tonfall in ihrer Stimme, nachdem Rosa sich gemeldet hatte, verursachte ihr ein schlechtes Gewissen, und sie schwor sich, von nun an wieder regelmäßiger anzurufen. Sie plauderten über alles Mögliche. Miriam und ihr Mann Björn waren noch in der Praxis, aber für den Nachmittag hatte sich Nele, deren älteste Tochter, zu Kaffee und Kuchen angemeldet. Einem Treffen, das Rosas Mutter mit Freude und Aufregung entgegensah. Rosa wiederum berichtete von der Arbeit im Café, ihrem freien Nachmittag und ihren Plänen, Weihnachtsgeschenke zu besorgen. Als sie sich voneinander verabschiedeten, lächelte Rosa.

Ein gut aussehender Mann um die vierzig, der sich an ihr vorbeischlängelte, erwiderte ihr Lächeln. Rosa nickte ihm zu, verstaute ihr Handy in ihrer Tasche und setzte ihren Weg fort.

Für Lucille erstand sie einen wunderschönen Bildband über Frauen aus Deutschland, Österreich und der Schweiz, die sich ihren Traum vom eigenen Café erfüllt hatten. »Sugar Girls« hieß das Buch und enthielt neben Lieblingsrezepten auch Tipps und Ideen rund um Einrichtung, Stil und das Abenteuer Selbstständigkeit. Rosa musste grinsen, als sie sich vorstellte, wie Lucille das Geschenk auspackte und Tom gespielt nach Luft japste. »Du kommst jetzt aber nicht auf dumme Gedanken, oder?«, würde er mit verunsicherter Miene fragen, und Lucille würde so tun, als würde sie darüber nachdenken, um dann in perlendes Gelächter auszubrechen. Die Kassiererin reichte Rosa das Buch und den Kassenbon, und sie verstaute beides in ihrer Tasche.

Für Mac kaufte sie ein schwarzes T-Shirt aus einem hochwertigen weichen Stoff. Tom bekam ein Bild, das den Düsseldorfer Medienhafen an einem stürmisch-grauen Tag zeigte. Rosa sah es im Schaufenster, als sie durch das Stilwerk schlenderte, und fand es von einer wilden Schönheit, die sie gleichzeitig rührte und faszinierte. Die freundliche Verkäuferin bot ihr an, das Bild liefern zu lassen, was sie gerne annahm.

Jetzt fehlt nur noch Jacob, dachte sie, als sie das Stilwerk durch die Drehtür verließ und auf den Bürgersteig trat. Inzwischen war es Abend geworden, die Straßenlaternen brannten, und die Lichterketten in den Bäumen funkelten mit den weihnachtlich dekorierten Schaufenstern und Weihnachtsmarktbuden um die Wette. Es war bereits halb sieben. Viel Zeit blieb ihr nicht mehr, um für ihn ein Geschenk zu finden.

Rosa zog ihren Mantel enger. Es war kälter geworden, ihr Atem stand weiß in der Luft. Außerdem hatte sie Hunger. Bei brot & butter kaufte sie sich auf die Schnelle eine Stulle herrlichen Landbrotes, die dick mit Kräuterquark bestrichen war. Zufrieden kauend lief sie die Königsallee hoch in Richtung Schadow-Arkaden. Während sie aß, überlegte sie, womit sie Jacob eine Freude machen konnte. Sie ließ Revue passieren, was sie von ihm wusste. Dabei schoss ihr erneut durch den Kopf, wie kurz sie ihn, nach Tagen gerechnet, erst kannte. Dabei hatte sie das Gefühl, er gehörte schon immer zu ihrem Leben.

Schließlich entschied sie sich für einen Gutschein für den Afternoon Tea im Breidenbacher Hof. Das gediegen-luxuriöse Ambiente der Hotellounge mit dem schweren weichen Teppich, den gemütlichen Sesseln und Sofas, dem warmen Holz und den goldgerahmten Gemälden hatte ihr gut gefallen, als sie im letzten Herbst mit Miriam dort gewesen war. Der Tee wurde in wunderhübschen Porzellankannen serviert, dazu gab es butterwarme Scones mit Clotted Cream und Marmelade, köstliche Törtchen und deftige Häppchen, alles angerichtet auf einer eleganten Etagere. Rosa sah sich selbst, wie sie mit Jacob Tee trank, während draußen der Schnee fiel. Das Bild zauberte ein Lächeln auf ihr Gesicht. Kurz entschlossen betrat sie das Hotel und verließ es zehn Minuten später mit einem liebevoll verpackten Gutschein. Jetzt, dachte sie und streifte ihre Handschuhe über, kann Weihnachten wirklich kommen.

24

»Wo hast du nur so kochen gelernt?«

Es war der nächste Vormittag. Rosa lehnte neben Mac in der Küche des Cafés und beobachtete mit kaum verhohlener Bewunderung, wie er seine Bouillabaisse mit geübten Bewegungen abschmeckte. Die Suppe duftete so verführerisch, dass ihr das Wasser im Mund zusammenlief.

»Gelernt habe ich in Edinburgh«, antwortete er, während er eine Prise Salz hinzufügte. »Danach habe ich eine Zeit lang in Restaurants in New York und Paris gearbeitet.«

Rosa sah ihn an. Sie überlegte, wie sie ihre Frage formulieren sollte, ohne seine Gefühle zu verletzen.

Lucille, die wie aus dem Nichts neben ihnen auftauchte, hatte weniger Scheu. »Davon hast du mir nie erzählt«, sagte sie und runzelte die Stirn, »und wie bist du dann in einem Café in Düsseldorf gelandet? Machen dich die zwei Mittagsgerichte und die paar Snacks am Nachmittag denn glücklich? Du bist doch offensichtlich etwas ganz anderes gewöhnt.«

Mac zuckte mit den Schultern. »Es gefällt mir hier«, erwiderte er, als wäre damit alles gesagt.

»Und wieso hast du deine Ausbildung in Edinburgh gemacht?«, bohrte Lucille weiter nach. Sie betonte den Namen der Stadt, als wäre er etwas seltsam Exotisches.

»Weil ich in der Gegend aufgewachsen bin«, erwiderte Mac.

Lucille und Rosa machten große Augen. »Du kommst aus Schottland?«, fragten sie wie aus einem Mund.

Mac deutete eine Verbeugung an. »Branan MacKenzie, zu euren Diensten. Ihr könnt mich aber weiterhin Mac nennen.« Grinsend strich er sich über den Dreitagebart, der seinem männlich-attraktiven Gesicht eine Spur von Verwegenheit verlieh.

»Und wieso sprichst du so gut Deutsch?«, fragte Rosa. Nie im Leben wäre sie auf die Idee gekommen, Mac könnte woanders als in Deutschland geboren und aufgewachsen sein.

»Meine Familienverhältnisse sind etwas kompliziert. Meine Mutter ist Französin, mein Vater Schotte. Kennengelernt haben sie sich in der Provence bei der Weinernte, beide waren noch sehr jung. Nachdem sich herausgestellt hatte, dass meine Mutter schwanger war, zogen sie nach Schottland. Dort begannen die Dinge kompliziert zu werden. Meine Mutter fand keinen Anschluss und hatte furchtbares Heimweh nach Frankreich. Als ich auf die Welt kam, wurde das Zusammenleben zur Belastungsprobe. Ich war oft krank und schrie Tag und Nacht. Die Nerven meiner Eltern lagen blank, und als ich ein Jahr alt war, trennten sie sich.« Seine Augen verdunkelten sich. Auf einmal wirkte er so jung und verletzlich, dass Rosa ihn am liebsten in den Arm genommen hätte. »Nach der Trennung wuchs ich bei meinen Großeltern auf, in einem kleinen Dorf in der Nähe von Edinburgh. Meine Eltern hielten das damals für das Beste. Sie waren mit meiner Betreuung vollkommen überfordert. Im Haus neben meinen Großeltern wohnte eine Familie aus Hamburg, deren Sohn so alt war wie ich. Patrick war ebenfalls ein Einzelkind, und so wurde er für mich Bruder und bester Freund in einem.« Sein starrer Gesichtsausdruck verschwand, und ein kleines Lächeln erschien in seinen Mundwinkeln. »Im Grunde habe ich meine gesamte Kindheit bei den Rethmanns verbracht. Mein Deutsch verdanke ich ihnen. Und jetzt«, sagte er, »muss ich mich weiter um die Suppe kümmern.« Er wandte sich ab und gab ihnen damit zu verstehen, dass die Unterhaltung beendet war.

In einer mitfühlenden Geste trat Rosa hinter ihn und legte ihm eine Hand auf die Schulter. Ohne sich umzudrehen, griff Mac danach und drückte sie. Dann machte er sich weiter an die Arbeit.

Die beiden Frauen tauschten einen Blick. Lucille wies mit dem Kinn Richtung Tür. Rosa nickte, und schweigend verließen sie die Küche.

»Puh«, sagte Lucille, nachdem sie außer Hörweite waren. Sie setzten sich an die Kaffeebar, und Tom spendierte ihnen Espresso und Mandelkekse. »Da arbeite ich seit Monaten mit Mac zusammen und weiß überhaupt nicht, wer er ist. Oder sollte ich besser Branan sagen?« Sie rührte in ihrer Tasse. »Als er im Café zu arbeiten anfing, habe ich ihm viele persönliche Fragen gestellt, doch er ist mir immer ausgewichen. Auf sehr charmante Weise, aber selbst ich habe gespürt, dass er nicht über seine Vergangenheit reden wollte. Irgendwann habe ich aufgegeben, und wir haben nur noch über die Arbeit und unseren Alltag gesprochen. Und jetzt das. Hattest du auch das Gefühl, dass da noch mehr ist?«, fragte sie, ohne aufzuschauen.

Rosa ließ sich Zeit mit ihrer Antwort. Mac hatte ihnen einen Einblick in seine Vergangenheit gewehrt. Aber die Frage, wie und warum er im Café Claire gelandet war, hatte er nicht beantwortet. »Mhm«, stimmte sie zu. »Ich denke, du hast recht. Aber es nützt nichts, weiter nachzubohren, wenn er nicht mehr preisgeben möchte.« Sie rührte Zucker in ihren Espresso und leerte ihn in einem Zug. Danach stand sie auf. »Ich muss weitermachen, Lucille«, sagte sie entschuldigend und drückte kurz ihren Arm. »Hör auf, dir dein Gehirn zu zermartern. Mac mag dich. Er wird mit dir sprechen, wenn er so weit ist.«

Lucille seufzte so lang und schwer, dass Rosa lächeln musste. »Nur wer die Sehnsucht kennt …«, murmelte sie vor sich hin, während sie auf den Tisch am Fenster zusteuerte, an dem eine Frau mit Laptop nach ihr winkte.

»Weiß, was ich leide!«, beendete eine vertraute Stimme die Gedichtzeile. Sie blieb stehen und blickte in Jacobs braune Augen.

»Wo kommst du denn so plötzlich her?«, sagte sie. »Solltest du nicht in deinem Sessel sitzen und dafür sorgen, dass Jem und Lily die Welt retten, bevor es zu spät ist?«

Jacob schmunzelte. »Wollte ich ja, aber nachdem ich fast verdurstet bin und meine Lieblingsbedienung spurlos verschwunden war, musste ich mich selbst aufmachen.«

Rosa lachte. »Du armer, armer Schriftsteller. Ich bringe dir eine Flasche Mineralwasser. Oder möchtest du lieber etwas anderes?«

»Wasser wäre großartig.«

Als Rosa die Frau bedient und Jacob das Gewünschte gebracht hatte, hielt er sie zurück. »Ich habe übrigens mit Carl gesprochen.«

Rosas Herz machte einen kleinen Hüpfer. »Und?«, fragte sie atemlos.

Sein Lächeln vertiefte sich, in seinen Augenwinkeln erschienen hinreißende Fältchen. »Er nimmt die Einladung gerne an und freut sich. Ich mich übrigens auch.«

Ein wohliges Gefühl breitete sich in Rosas Innerem aus. Wie schön!, dachte sie und strahlte über das ganze Gesicht. »Und ich mich erst«, verkündete sie.

»Wir möchten gerne den Wein beisteuern«, sagte Jacob. »Was meinst du?«

Rosa verzog zweifelnd das Gesicht. »Das besprichst du am besten mit Tom. Ich könnte mir vorstellen, dass er etwas dagegen hat. Von wegen Gastgeberehre und so.«

Jacob versprach, mit Tom zu reden, und Rosa machte sich gut gelaunt wieder an die Arbeit. Sie musste daran denken, wie sehr sie sich vor ihrem ersten Tag im Café gefürchtet hatte. Stocksteif vor Panik war sie gewesen, als Tom sie durch die Tür geschoben hatte. Und wie viel besser sie sich jetzt fühlte! Ja, die Arbeit im Café hatte geschafft, wozu sie aus eigener Kraft nicht in der Lage gewesen war, und sie hatte ihr neue Freunde an die Seite gestellt. Dafür würde sie Tom auf ewig dankbar sein.

Rosa trat an den Tisch mit den beiden Musikstudentinnen, die eben mit ihren Cellokästen hereingekommen waren und sich nun angeregt unterhielten. Als sie Rosa bemerkten, sahen sie auf.

»Guten Tag, meine Damen. Wisst ihr schon, was ihr bestellen möchtet?«, fragte Rosa liebenswürdig. »Außer den Getränken, die auf der Karte stehen, haben wir heute noch selbst gemachte Zitronenlimonade.«

Der alte Herr, der jeden Nachmittag mit seinem Dackel zu Besuch war und Ferdinand hieß, beugte sich vom Nachbartisch zu ihnen herüber.

»Die ist sehr lecker«, sagte er, »schmeckt ein bisschen wie Kindheit im Glas.« Er strahlte über das ganze Gesicht. »Und dazu empfehle ich euch ein Stück Himbeer-Sahnetorte. Die ist absolut köstlich. Findet mein Dackel Mo übrigens auch. Er wird immer richtig sauer, wenn er nur ein paar Krümmel abbekommt.« Er legte eine faltige, altersfleckige Hand auf den Kopf seines Hundes, der auf seinem Schoß vor sich hin schlummerte. »Aber sagt meiner Agnes bitte nichts. Sie denkt, wir wären spazieren. Dabei sitzen wir hier im Warmen und schlagen uns die Bäuche voll.« Er zwinkerte ihnen spitzbübisch zu und wandte sich wieder seiner Zeitung zu.

Die beiden Studentinnen tauschten einen amüsierten Blick. Dann bestellten sie Zitronenlimonade und Himbeertorte, was Rosa mit einem Schmunzeln notierte.

Als Rosa und Tom später am Abend im Wohnzimmer vor dem Fernseher saßen und sich eine Quizsendung ansahen, berichtete sie ihm von Dackel Mo und seinem Herrchen.

Tom lachte. »Das sieht dem alten Schlitzohr ähnlich!« Er nahm sich ein paar Chips aus der Schüssel, die sie zwischen sich auf das Sofa gestellt hatten.

Rosa war wie immer fasziniert, wie schön seine Hände waren. Groß und schlank und feingliedrig. »Du hast so tolle Hände. Du hättest Chirurg werden sollen«, sagte sie. »Oder Musiker.«

Tom schüttelte den Kopf. »Nie im Leben. Erinnere dich an unser verheerendes Blockflötenkonzert. Wie alt waren wir da? Elf?«

Rosa verzog das Gesicht. »Die Zuschauer haben ihr Geld zurückverlangt.« Sie schüttelte sich. »Das war so peinlich. Ich habe immer noch Albträume.«

Tom grinste von einem Ohr zum anderen. »Wir sollten

mit Professor Leclerc sprechen. Vielleicht kann er dir helfen. Er ist schließlich Psychologe und kennt sich aus mit Traumata.«

Rosa legte ihren Zeigefinger auf die Unterlippe und tat so, als würde sie ernsthaft über seinen Vorschlag nachdenken. »Gute Idee. Aber eigentlich würde mich viel mehr interessieren, was er zu meinem Traum von letzter Nacht sagen würde. Mac und ich waren in der Küche im Café, und ich habe ihn nur einen Moment alleine gelassen, um mir einen Kaffee zu holen, und als ich zurückkam, hatte er den kompletten Streuselkuchenteig aufgegessen. Restlos. Es war einfach nichts mehr da, und ich wusste nicht, was ich den Gästen anbieten sollte.« Sie machte eine kurze Pause. »Apropos Mac. Wusstest du, dass er Schotte ist?«

Tom nickte. »Als ich ihn eingestellt habe, brauchte ich eine Kopie seines Ausweises.«

»Aber wusstest du auch, dass seine Mutter Französin ist? Sie stammt aus der Provence.«

Genau wie Claire. Der Gedanke hing unausgesprochen in der Luft.

Tom vergaß, sich die Chips in den Mund zu stecken und sah sie an. »Nein«, sagte er überrascht, »das wusste ich nicht.«

Auf einmal tat er Rosa leid. Sie war erst seit Kurzem Teil der Café-Claire-Familie, und doch schien sie den jungen Koch besser zu kennen als er.

»Mach dir nichts daraus«, sagte sie leichthin und zuckte mit den Schultern. »Lucille und ich haben so lange nachgebohrt, bis er uns ein bisschen von sich erzählt hat. Er hatte keine Wahl.«

»Hat er sonst noch etwas gesagt?«, erkundigte sich Tom und ließ Rosa dabei nicht aus den Augen.

Sie nickte und gab wieder, was sie von ihm erfahren hatte. »Und nach Paris«, schloss sie ihre Erzählung, »ist er irgendwie im Café Claire gelandet.«

Tom legte die Stirn in Falten. Er wirkte auf einmal sehr nachdenklich. »Als er wie aus dem Nichts bei mir auftauchte, wollte ich, dass er bleibt. Ich weiß, dass sein Talent weit über das hinausgeht, was er im Café zeigen kann. Aber er schien mit seiner neuen Tätigkeit zufrieden zu sein. Also war ich es auch.« Er strich sich über sein Kinn. »Vielleicht war das ein Fehler. Was, wenn er vor irgendetwas davonläuft? Ein Koch mit seinen Qualifikationen arbeitet in einem Café in Pempelfort? Ich finde das mehr als ungewöhnlich.«

Rosa stand auf und schlang ihre Arme um ihren besten Freund. »Mac«, sagte sie und legte ihr Kinn auf Toms Kopf, »ist nicht der Typ, der vor etwas davonläuft. Im Gegenteil: Ich glaube, dass er etwas gesucht hat. Und was immer es war, im Café scheint er es gefunden zu haben.«

»Ich hoffe, dass du recht hast«, erwiderte Tom leise. »Der Junge ist mir ans Herz gewachsen. Ich möchte, dass er glücklich ist.«

25

»Willst du mir nicht langsam verraten, was wir vorhaben?«, fragte Rosa, während sie sich von Jacob durch das abendliche Düsseldorf führen ließ. Den ganzen Tag über war sie voller Vorfreude gewesen, Zeit alleine mit ihm zu verbringen, und jetzt, wo es endlich so weit war, konnte sie ihre Neugier nicht länger zurückhalten.

Es waren noch drei Tage bis Heiligabend. Das Wetter war plötzlich umgeschlagen, und auf einmal war es beinahe frühlingshaft mild. Nichts erinnerte mehr an den Schnee, der noch vor Kurzem die Straßen bedeckt hatte, und selbst die optimistischsten Meteorologen hatten bereits ausgeschlossen, dass es dieses Jahr weiße Weihnachten geben würde. »Macht nichts«, hatte Tom gescherzt, »dann feiern wir eben im Garten.«

An einer roten Ampel hielten sie an. Rosa sah, dass sich auf der gegenüberliegenden Seite, wo die Mayersche Buchhandlung lag, eine lange Schlange gebildet hatte.

»Jetzt weiß ich es«, sagte sie mit einem schiefen Lächeln. »Du liest wieder. Diesmal vor fünftausend Menschen.«

Jacob schmunzelte. »Schöne Idee. Aber nein.«

Die Ampel sprang auf Grün. Jacob fasste Rosa sanft am Arm und ging mit ihr an der Schlange vorbei zum Eingang, was ihnen böse Blicke und einiges Gezische aus der Reihe der Wartenden einbrachte.

»Aber das ist doch Jacob Maybach!«, rief plötzlich eine Frau und zupfte ihrer männlichen Begleitung am Ärmel. »Der Autor vom ›Feuerreiter‹.« Ein aufgeregtes Tuscheln ging durch die Menge.

Jacob lächelte verlegen. »Vor ein paar Wochen war ich in einer Sendung im Frühstücksfernsehen«, raunte er Rosa zu. »Seitdem werde ich tatsächlich ab und zu erkannt.«

Am Eingang nannte Jacob ihre Namen. Ein junger Mann mit einer überdimensionalen Brille hakte sie auf einer Liste ab und ließ sie eintreten.

Mit der Rolltreppe fuhren sie in den vierten Stock. Dort wimmelte es bereits von Menschen, und sie schlängelten sich durch das Gedränge.

Plötzlich hörte Rosa eine tiefe, wohlklingende Stimme hinter sich, die sie kannte. »Meine liebe Frau Simon, wie schön, dass Sie mitgekommen sind!« Ludwig Leclerc kam mit einem breiten Lächeln auf sie zu. Er nahm Rosas Hand und deutete einen Handkuss an. Dann wandte er sich Jacob zu und klopfte ihm auf die Schulter.

Rosa bemerkte, dass der Raum mit Plakaten dekoriert war, die sein bärtiges Gesicht und das heutige Datum zeigten. Auf den Tischen ringsherum waren Bücher mit einem blendend weißen Umschlag ausgelegt. Rosa nahm eines in die Hand. »Ludwig Leclerc«, las sie vor, »›Das Ende allen Leids‹.« Sie sah auf. »Der Titel ist wunderschön.«

Professor Leclerc grinste. »Nicht wahr? Aber Ehre, wem Ehre gebührt. Den Titel hat sich meine Verlegerin ausgedacht. Ah, da ist sie ja.«

Wie auf Kommando erschien eine schlanke, überaus attraktive Frau Anfang vierzig, die Chanel-Sonnenbrille trotz der späten Stunde lässig in ihr glänzendes, dunkelbraunes Haar geschoben. »Es geht los, Ludwig«, sagte sie mit rauchiger Stimme. Sie nickte Rosa und Jacob liebenswürdig zu, dann legte sie dem Professor eine schmale, elegante Hand auf den Rücken und führte ihn davon.

»Das war Frau Richter vom Verlag Milford & Behrends«, sagte Jacob. »Sie hat ein Händchen für spannende Themen. ›Das Ende allen Leids‹ verkauft sich hervorragend, wie Ludwig mir erzählt hat.«

Rosa sah hinter den beiden her, bis sie von der Menge verschluckt wurden. »Und heute wird er aus seinem Buch lesen?«, fragte sie.

Jacob schüttelte den Kopf. »Nein. Heute ist eine Signierstunde.«

Sie riss verblüfft die Augen auf. »Du meinst, all diese Menschen sind nur gekommen, damit er seinen Namen in ihre Bücher schreibt?«

Jacob schob ihr eine Strähne hinter das Ohr. »Was heißt hier nur?« Er hakte sich bei ihr unter. »Komm, solange sie anstehen, haben wir die Buchhandlung für uns. Was möchtest du tun?«

Sie warf ihm einen Seitenblick zu. »Ich dachte, wir wären hier, um an der Signierstunde teilzunehmen?«

Jacob lächelte. »Wir sind hier, weil danach ein kleiner Empfang stattfindet, zu dem Ludwig uns eingeladen hat. Bis dahin haben wir frei.« Er wies mit dem Kinn zum anderen Ende der Etage, wo sich bereits eine lange Schlange gebildet hatte. »Oder möchtest du dich lieber anstellen?«

Lachend schüttelte Rosa den Kopf. »Ich denke, wenn ich den Professor bitte, wird er mir auch später noch eine Widmung schreiben.«

Die nächste Stunde hatte etwas Magisches. Die Buchhandlung war für den normalen Publikumsverkehr gesperrt, und die Menschen, die zur Signierstunde gekommen waren, hielten sich in der vierten Etage auf. Die übrigen Geschosse waren leer und wunderbar still. Rosa vertraute Jacob an, dass sie als Kind davon geträumt hatte, die Stadtbibliothek einmal ganz für sich alleine zu haben. »Aber das hier«, sagte sie und blätterte in einem Roman von Rebecca Gablé, »ist besser. Weil du dabei bist.«

Sie schlenderten durch die Reihen, zeigten sich Bücher, die ihnen gefielen, und lasen sich gegenseitig Passagen daraus vor.

Rosa betrachtete einen Bildband, in dem die herrlichsten Torten abgebildet waren, und Jacob tippte auf ein dreistöckiges Wunder aus Buttercreme, Marzipan und Schokolade. »Vielleicht, wenn ich Geburtstag habe?«, fragte er und brach in lautes Lachen aus, als er Rosas entsetzten Gesichtsausdruck sah, weil sie so etwas Kompliziertes noch nie gebacken hatte.

In der Reisebuchabteilung bestaunten sie Fotos von einsamen Traumstränden und kristallklarem Wasser und zeichneten mit dem Finger die mittelalterlichen Brücken und Fresken von Venedig nach. Schließlich fuhren sie ins Erdgeschoss und blickten an den meterhohen Regalen hoch, in denen die Bestseller standen. Zwischen den gebundenen Romanen, mit seinem Cover aus Schwarz und Rot, stand der »Feuerreiter«.

»Da ist dein Buch«, sagte Rosa ergriffen.

»Höre ich da etwa Ehrfurcht in deiner Stimme?«, fragte Jacob amüsiert. Rosa wandte sich ihm zu. »Ja«, sagte sie ernst. »Du hast einen Bestseller geschrieben, Jacob. Du hast Ehrfurcht verdient.«

»Das finde ich auch«, erwiderte er, drehte sich um und

verschwand mit einem Hechtsprung in der silberfarbenen Rutsche, die nach unten in die Kinderbuchabteilung führte. »Mir nach!«, dröhnte seine Stimme aus dem engen Tunnel zu ihr herauf.

Sprachlos starrte Rosa auf die Öffnung, in der Jacob auf einmal verschwunden war.

»Worauf wartest du?«, rief er von unten.

Und ehe Rosas Gehirn registrierte, was vor sich ging, lag sie auch schon auf dem Rücken und mit den Füßen voraus in der Röhre und rutschte unter lautem Kreischen in das Untergeschoss.

Dort angekommen, reichte Jacob ihr seine Hand. So würdig, wie es ihr möglich war, rappelte Rosa sich auf und ließ sich von ihm auf die Beine helfen.

»Aber zurück nehmen wir den Aufzug«, sagte sie und klopfte sich verlegen den nicht vorhandenen Staub von ihrem Hosenanzug.

»Versprochen«, sagte Jacob und lächelte.

Zurück in der vierten Etage erwartete sie eine Überraschung. An einem Stehtisch in der Nähe der Rolltreppe stand Tom. Er trug einen eng geschnittenen schwarzen Anzug, der ihm vorzüglich stand, und blätterte in Professor Leclercs Buch. Als er Rosa und Jacob bemerkte, legte er das Buch zur Seite. »Da seid ihr ja!«, rief er. »Ich habe mich schon gefragt, wo ihr bleibt.«

Rosa umarmte ihn zur Begrüßung. »Ich wusste gar nicht, dass du auch da bist.« Sie sah zu Jacob. »Allerdings wusste ich auch nicht, dass ich da sein würde.«

Tom zuckte mit den Schultern und grinste. »Jacob dachte,

dass es nett wäre, wenn wir einmal zu dritt etwas unternehmen würden.«

Der offizielle Teil der Signierstunde war beendet, und das Publikum war mittlerweile verschwunden. Geblieben war eine Gruppe von vielleicht fünfundzwanzig Menschen, die respektvoll auseinanderwichen, als Ludwig Leclerc in ihre Mitte trat.

»Liebe Gäste«, erfüllte seine tiefe Stimme den Raum, »liebe Freunde.« Er hob beide Hände.

Sofort verstummten die Gespräche, und Ruhe breitete sich aus.

»Als ich ein Junge war«, sagte er, »hatte ich einen besten Freund. Im Vorwort meines Buches erzähle ich von ihm. Sein Name war Richard. Er hatte rote Haare, Sommersprossen und zehn Kilo zu viel auf den Rippen, aber er war der freundlichste kleine Kerl, den man sich vorstellen konnte. Eines Wintertages, als ich wegen einer Erkältung das Bett hüten musste und nicht in die Schule konnte, fing ihn eine Gruppe von stadtbekannten Schlägern auf dem Heimweg ab. Sie bildeten einen Kreis um ihn und schubsten ihn herum. Richard wehrte sich, doch das stachelte sie nur weiter an, und so prügelten sie so lange mit den Fäusten auf ihn ein, bis er am Boden lag.« Ludwig Leclerc räusperte sich. Im Raum war nicht das kleinste Geräusch zu hören. Die Menschen hingen wie gebannt an seinen Lippen. »Ich besuchte Richard im Krankenhaus«, fuhr er fort, »doch ich erkannte ihn nicht wieder. Der Junge, der mein Freund gewesen war, war fort. Er sah mich nicht an, sprach nicht mit mir und antwortete auf keine meiner Fragen. Er schloss mich einfach aus seinem Leben aus.«

Der Professor ließ seinen Blick über die Gäste schweifen. »Auf dem Krankenhausflur erklärte mir seine Mutter, dass es die Erinnerungen seien, die ihn zerstörten. Weil sie ihn bis in seine Träume verfolgten und ihn nicht zur Ruhe kommen ließen.«

Er machte eine Pause. »Heute, beinahe sechzig Jahre später, kann ich mit Stolz sagen, dass wir es geschafft haben. Zusammen mit Wissenschaftlern, Ärzten und Psychologen auf der ganzen Welt ist es uns gelungen, eine Methode zu entwickeln, die Menschen wie Richard neue Hoffnung gibt. Die sie die Gefühle vergessen lässt, die sie quälen. Die ihre Erinnerungen neutralisiert und auf sicheren Boden zurückführt.« Er lächelte in die Runde. »Liebe Gäste, liebe Freunde, ›Das Ende allen Leids‹ zeigt nicht, was ist. Aber es zeigt, was sein kann. Vielleicht schon sehr bald … Haben Sie vielen Dank.«

Einen Moment lang war es still. Dann klatschte jemand in die Hände, und im nächsten Moment brandete lauter Applaus auf. Die Menschen strömten auf Professor Leclerc zu und gratulierten ihm überschwänglich.

Jacob, Tom und Rosa warteten im Hintergrund, bis der Ansturm sich legte. Ein Kellner mit einer schwarzen Schürze um die Taille kam zu ihnen und bot ihnen Wasser, Weißwein und kleine Häppchen an. Sie entschieden sich für den Wein und ließen die Häppchen unberührt. Schweigend prosteten sie einander zu.

Rosa gingen die Worte des Professors nicht aus dem Kopf. Sie dachte an die erste Zeit, nachdem Sven sie verlassen hatte. An die glücklichen Erinnerungen, die von allen Seiten auf sie eingestürmt waren und ihren Verlust unerträglich gemacht hatten. Die sie gequält und ins Bodenlose gestürzt hatten, bis sie keinen Ausweg mehr gesehen hatte. *Ich wünschte, ich könnte vergessen, wie es sich anfühlt, glücklich zu sein …*

Rosa sah zu Tom. Ihre Blicke begegneten sich.

Er hob das Glas und lächelte ihr ermutigend zu. Es war offensichtlich, was er ihr sagen wollte. *Wir haben es auch so geschafft.*

Aber nur, weil ich all die Erinnerungen verdrängt habe. Entschlossen ließ sie ihr Glas gegen Toms klirren.

Jacob sah ihnen zu. Dann streckte er die Hand aus, so als wäre sein Glas ein Schwert, und stieß ebenfalls mit ihnen an. »Einer für alle«, sagte er feierlich.

»Und alle für einen«, antwortete Tom mit derselben Inbrunst.

Und obwohl es albern war und Rosa wusste, dass sie das Schauspiel nur ihr zuliebe aufführten, um sie zum Lachen zu bringen, konnte sie nicht verhindern, dass ihr die Tränen in die Augen stiegen. Verärgert über sich selbst, drehte sie sich zur Seite und wischte mit dem Handrücken über ihr Gesicht. Dann schluckte sie den dicken Klumpen in ihrem Hals hinunter und wandte sich wieder ihren Freunden zu. »Nur eine Wimper«, sagte sie und lächelte, während die eine Träne, die sie nicht erwischt hatte, über ihre Wange kullerte.

Nachdem Ludwig Leclerc seinen Gästen die Hand geschüttelt und ein paar Worte mit jedem gewechselt hatte, kam er zu ihnen, um zu plaudern. Der Professor war ein charmanter Geschichtenerzähler. Er berichtete von den liebenswerten Marotten der Kollegen, die ihn während seiner Forschung begleiteten, und seiner eigenen Angewohnheit, ständig und überall seine Lesebrille zu vergessen, weswegen seine Assistentin stets eine Ersatzbrille parat hielt.

»Praktizieren Sie eigentlich noch als Psychotherapeut?«, erkundigte sich Rosa, als der Professor innehielt, um einen

Schluck Wasser zu trinken. »Tom hat erwähnt, dass Sie eine Praxis hatten.«

Er schüttelte das weiße Haupt. »Nein. Dafür bin ich zu viel unterwegs. Ich würde meinen Patienten nicht gerecht werden. Meine Aufgabe ist es jetzt, die Methode, die wir entwickelt haben, in die Welt zu tragen, damit möglichst viele Menschen von ihr profitieren.«

Tom beugte sich zu Rosa. »Nur, falls du dich das gefragt haben solltest: Er redet von Hypnose.«

Leclerc lachte. »Es besteht keine Notwendigkeit zu flüstern, lieber Freund. Richtig eingesetzt, kann die Hypnose erstaunliche Ergebnisse erzielen. Übrigens bei einer Vielzahl von Beschwerden.«

Rosa sah ihn unverwandt an. »Sie haben vorhin gesagt, dass Sie Erinnerungen neutralisieren. Wie muss man sich das vorstellen? Verschwinden sie aus dem Gedächtnis?«

Der Professor schüttelte den Kopf. »Nein. Wir lösen die Erinnerungen von dem Gefühl, das mit ihnen verbunden ist, und geben ihnen eine neue Richtung. Das ist eigentlich etwas ganz Natürliches, das jeder von uns schon einmal erlebt hat. Stellen Sie sich zum Beispiel vor, dass Sie als Jugendliche eine Rebellin waren.« Er lächelte, als er ihren amüsierten Gesichtsausdruck bemerkte. »Schwer vorstellbar offensichtlich, aber bitte tun Sie mir den Gefallen. Sie haben die Schule geschwänzt, Marihuana geraucht und mit Ihrem Vater, der Polizist war, gestritten. Als er einmal zu einem Großeinsatz gerufen wurde, haben Sie ihn im elterlichen Schlafzimmer eingeschlossen. Ihr Vater verpasste den Einsatz und bekam Ärger mit seinem Vorgesetzten. Ein Jahr später waren Sie immer noch stolz auf sich, wenn Sie daran dachten, wie er mit seinen Fäusten gegen die Tür trommelte.« Der Professor schob seine Brille zurück, die auf seine Nasenspitze gerutscht war. »Heute dagegen treibt Ihnen die Erinnerung die Schamesröte ins Gesicht. Das Ereignis ist noch immer dasselbe, doch Ihre emotionale Bewertung hat sich verändert.« Er lächelte. »Sie sehen, das Gedächtnis ist nicht in Stein gemeißelt. Und diesen Umstand machen wir uns zunutze. Wir verändern nicht das Was, sondern das Wie, damit auch die schlimmsten Erinnerungen für die Patienten erträglich werden.«

Einen Moment lang war es still. Dann fingen Tom und Jacob gleichzeitig an zu reden. Sie brachen ab, sahen sich an und lachten. Rosa nutzte das kurze Durcheinander, um die Frage zu stellen, die ihr auf der Zunge brannte. Sie fasste den Professor am Arm und senkte ihre Stimme. »Was, wenn es die glücklichen Erinnerungen sind, die einen Menschen quälen? Weil sie ihm vor Augen führen, was er verloren hat. Weil sie ihm zeigen, welches Risiko er eingeht, sollte er je wieder versuchen, glücklich zu werden. Können Sie das auch? Einen Menschen vergessen lassen, wie sich Glück anfühlt?« Aus den Augenwinkeln nahm sie wahr, dass Tom sich von Jacob abgewandt hatte und sie fragend anschaute.

Der Professor strich sich über seinen Bart. »Eine interessante Frage«, sagte er. »Normalerweise haben wir es mit Ängsten zu tun, die die Menschen vergessen wollen. Manchmal auch mit Ekel oder Wut. Aber ich denke, die Methode lässt sich auch auf das Glück anwenden. Ja, ich bin mir sogar sicher.« Er musterte sie aufmerksam. »Gibt es einen bestimmten Grund, warum Sie das wissen wollen, meine Liebe?«

»Nein«, sagte Rosa. »Ich war nur neugierig.«

26

Es war der Morgen des 24. Dezembers und das erste Weihnachtsfest seit über zwanzig Jahren, das Rosa nicht mit Sven verbringen würde. Doch der Gedanke hatte seinen Schrecken verloren. Vor ihrem inneren Auge tauchte ein Bild von Jacob auf, und sie spürte eine tiefe, überschäumende Freude, dass er am heutigen Tag an ihrer Seite war.

Als sie und Tom das Café Claire betraten, waren Mac und Lucille schon da. Der Baum, geschmückt mit seinen Glaskugeln, Sternen und Schneekristallen, erstrahlte in weißem und goldenem Licht, auf den Tischen, die zu einer einzigen, wunderhübsch eingedeckten Tafel zusammengeschoben waren, brannten Kerzen, und es duftete nach frisch gemahlenem Kaffee und Croissants. Im Hintergrund spielte Weihnachtsmusik.

Tom sperrte die Eingangstür auf, und es dauerte nicht lange, da war jeder Platz besetzt. An Heiligabend hier zu frühstücken hatte für viele Stammgäste Tradition: Jacob kam in Begleitung von Carl, Frau Sievert mit ihrer Enkelin, Ferdinand mit seinem schläfrigen Dackel Mo und seiner Frau Agnes, außerdem die Seniorengruppe, die sich immer samstags im Café traf, Nicole Weidner vom Blumengeschäft nebenan und Vera Merten mit ihrer Familie.

Rosa machte große Augen, als sogar Claudia auf einmal

in der Tür stand, gefolgt von dem jungen Mann, der vor ein paar Tagen mit seinem Bruder da gewesen war. Er legte einen Arm um sie und flüsterte ihr etwas ins Ohr, woraufhin sie verliebt kicherte.

Rosa freute sich sehr für die beiden.

Zuletzt erschien Professor Leclerc, Arm in Arm mit einer hübschen Frau um die sechzig mit grünen Augen und blondem Bob, die er als »Meine Lore« vorstellte.

Nachdem sie alle Gäste mit Getränken versorgt hatten, nahmen auch Rosa, Tom, Mac und Lucille an der Tafel Platz. Unter fröhlichem Geplauder reichten sie die Brotkörbe herum, die Gläser mit Marmelade und Honig und die Platten mit Rührei, Lachs, Aufschnitt und Käse.

Während Rosa an einem Croissant knabberte, ließ sie ihren Blick schweifen. Jung und Alt saßen im Café Claire zusammen, mit den unterschiedlichsten Berufen und Hintergründen, und doch waren sie an diesem Morgen zusammengekommen, um miteinander zu essen, zu reden und sich gemeinsam auf den Heiligen Abend einzustimmen.

»Genießt du das Frühstück?«, fragte Tom leise.

Rosa wandte sich ihm zu. »Aus ganzem Herzen. Die Menschen hier sind wie eine Familie für mich geworden. Ich frage mich, warum ich früher nie vorbeigekommen bin, wenn ihr an Heiligabend hier gefrühstückt habt.«

»Weil Sven andere Pläne hatte«, sprach Tom das Offensichtliche aus. »Weil er lieber seine Freunde bei Alt und Glühwein auf der Ratinger getroffen hat.«

Rosa dachte daran, wie sie immer ein wenig abseits gestanden hatte, während sich Sven mit seinen Bekannten über den Stress im Job, die Börsenkurse oder ihr Golf Handicap unterhalten hatte. Anfangs hatte sie sich den Kopf zermartert, wie sie sich in ihre Unterhaltung einbringen konnte, doch wann immer sie es versuchte, fühlte sie sich wie der Blinde, der von der Farbe redete. Irgendwann hatte sie es aufgegeben, hatte nur noch still und unbehaglich danebengestanden und darauf gewartet, dass sie endlich nach Hause gehen würden.

Das Bimmeln des Türglöckchens holte Rosa ins Hier und Jetzt zurück. In der Tür stand ein alter Mann in einem viel zu großen Wintermantel. Seine ganze Haltung drückte Unsicherheit aus. Als er bemerkte, dass sich alle Blicke auf ihn richteten, nahm er hastig seine Mütze vom Kopf. Darunter kamen zerzauste graue Haare zum Vorschein.

»Ich bin hier vorbeigelaufen und habe gesehen, dass Licht an war …« Er verstummte und sah zu Boden. Seine Hände kneteten die Wollmütze.

Tom stand auf und ging zu ihm. »Warum setzen Sie sich nicht und frühstücken mit uns? Es ist genug da.«

Der alte Mann sah auf, und plötzlich strahlte sein ganzes Gesicht. »Danke. Das würde ich sehr gerne.«

Noch während er sprach, sprang Jacob auf und holte einen weiteren Stuhl. Der Professor und Claudia rückten ein Stück auseinander, damit sich der alte Mann zwischen sie setzen konnte, und nur wenige Minuten später war es so, als wäre er von Anfang an Teil dieser außergewöhnlichen Tischgemeinschaft gewesen. Rosa sah von dem alten Mann zu Tom und schließlich zu Jacob und wurde von einem Gefühl der Zufriedenheit erfüllt. Schöner konnte der 24. Dezember nicht beginnen.

Nach dem besinnlichen Frühstück war Rosa bester Laune. Als um 13 Uhr die letzten Gäste gegangen waren, hatten Tom, Mac, Lucille und sie alles aufgeräumt und sich anschließend in die Küche begeben, um mit den Vorbereitungen für ihre Weihnachtsfeier am Abend zu beginnen.

Während sie den Tisch deckten, Kartoffeln und Gemüse klein schnitten, Salat wuschen und Kräuter hackten, war Mac durch die Küche gewirbelt, hatte Zwiebeln und Knoblauch angeschwitzt und mit Weißwein und Brühe abgelöscht, Trüffel gehobelt und die Gans gefüllt, in den Backofen geschoben und mit Bratensaft begossen, bis es nur so dampfte und der Raum von köstlichen Gerüchen erfüllt war.

Schließlich war alles vorbereitet, und Rosa und die anderen machten sich auf, um sich für den Abend frisch zu machen. Vor ihrem Kleiderschrank entschied sich Rosa für ein schwarzes Etuikleid, das ihre zierliche Figur betonte, und eine schlichte Goldkette.

Als sie in den Flur trat, stieß sie auf Tom. Er stand vor dem Spiegel, den Mund ungeduldig verzogen in dem Versuch, seine Krawatte zu binden.

»Lass mich das machen.« Innerhalb von Sekunden wanden ihre Hände den Stoff zu einem perfekten Knoten. »Zufrieden?«

Er nickte und lächelte. »Es ist eine Weile her.«

Sie betrachteten einander im Spiegel.

»Du siehst hübsch aus in dem Kleid«, sagte er.

Rosa zuckte mit den Schultern. »Sven mochte es nicht. Er fand mich zu aufgedonnert darin.«

Tom runzelte die Stirn. »Aufgedonnert?« Er schien noch etwas hinzufügen zu wollen, doch dann gab er ihr nur einen Kuss auf die Stirn. »Glaub mir, Rosa, du bist wunderschön.«

Sie lächelte dankbar und betrachtete seine hochgewachsene, schlanke Gestalt in dem dunkelblauen Anzug. »Du siehst aber auch nicht schlecht aus.«.

Er reichte ihr seinen Arm. »Bereit?«

Auf der Treppe zum Erdgeschoss klang ihnen »Driving Home for Christmas« von Chris Rea entgegen. Tom öffnete die Tür zum Café und ließ Rosa eintreten.

Im Inneren war es angenehm warm. Unzählige Kerzen flackerten und knisterten und tauchten den Raum in ein romantisches Licht. Aus der Küche zog der verheißungsvolle Duft der Gans zu ihnen herüber, die im Backofen garte. Rosas Blick wanderte vom festlich geschmückten Weihnachtsbaum zu der jungen Frau, die danebenstand und ihr schüchtern entgegensah. Als Rosa Lucille erkannte, war sie bass erstaunt. Sprachlos und mit leicht geöffnetem Mund starrte sie sie an.

»Lucille!«, rief Tom, der als Erster seine Sprache wiedergefunden hatte.

Lucille lächelte scheu. »Gefalle ich euch?«, fragte sie. Ihre Miene spiegelte eine Unsicherheit wider, die gar nicht zu ihr passte.

Rosa griff nach ihrer Hand und drückte sie. »Du siehst zauberhaft aus«, versicherte sie ihr.

Und so war es. Lucille hatte sowohl auf ihre übertriebene Turmfrisur als auch auf das schrille Make-up verzichtet. Sie trug Jeans und Blazer, das Gesicht war bis auf einen Hauch von Lipgloss ungeschminkt, ihre Haare fielen ihr weich und glänzend über die Schultern. Reflexartig streckte Rosa eine Hand danach aus.

Lucille grinste. »Sie sind braun«, sagte sie.

Verlegen zog Rosa ihre Hand zurück. Sie konnte immer noch nicht fassen, wie wunderschön Lucille in ihrer Natürlichkeit war. Sie hat ihr Innerstes nach außen getragen, schoss es Rosa durch den Kopf. In den letzten Wochen hatte sie die junge Frau von einer vollkommen neuen Seite kennengelernt. Sie konnte forsch und vorlaut sein und bisweilen schmerzhaft taktlos, aber sie hatte auch eine Liebenswürdigkeit an sich, die Rosa überwältigte. Lucille hielt ihre Gefühle nicht zurück. Wenn sie lachte, dann lachte sie so laut und heftig, dass ihr die Tränen über das Gesicht liefen. Sie freute sich über kleine Dinge, wie sonst nur Kinder sich freuen konnten. Mit leuchtenden Augen und überschäumender Begeisterung. Sie war witzig und unbeschwert, und sie nahm das Leben so an, wie es war. Sie ärgerte sich selten, doch wenn sie wütend wurde, dann richtig. Das hatte Trixi zu spüren bekommen, als sie sich gegen Rosa gewandt und sie verletzt hatte. Ja, Lucille stand bedingungslos zu den Menschen, die ihr wichtig waren. Ihre Loyalität rührte Rosa zutiefst.

»Ich hole uns etwas zu trinken«, sagte Lucille in die Gesprächspause.

Sie war gerade in der Küche verschwunden, als von der Eingangstür eine gut gelaunte Stimme ertönte.

»Was ist denn hier los?« Mac, frisch rasiert und ganz in Schwarz gekleidet, schloss die Tür hinter sich und gesellte sich zu Rosa und Tom. »Alles klar bei euch? Ihr seht aus, als wäre euch das Christkind erschienen. Ich dachte …«

In diesem Moment kehrte Lucille zurück, und auch ihm verschlug es regelrecht die Sprache. »Lucille?«, fragte er ungläubig.

»Nein, das Christkind«, erwiderte sie flapsig und drückte ihm die Flasche Champagner in die Hand, die sie aus der Küche geholt hatte.

Mac sah so belämmert aus, dass Rosa kichern musste. Sie fing Toms amüsierten Blick auf und hustete hinter vorgehaltener Hand.

Als Nächstes erschienen Jacob und Carl. Bei Jacobs Anblick blieb Rosas Herz kurz stehen, um anschließend doppelt so schnell weiterzuschlagen. Er kam zu ihr und schloss sie in die Arme.

»Du siehst wunderschön aus«, flüsterte er in ihr Ohr.

Rosa spürte, wie ihr vor Freude die Röte in die Wangen stieg. »Du auch«, murmelte sie, trat einen Schritt zurück und strich sich eine Strähne aus der Stirn.

»Guten Abend, Frau Simon.«

Carl hatte höflich im Hintergrund gewartet, bis Jacob und sie einander begrüßt hatten. Jetzt drückte er ihr einen riesigen Blumenstrauß in die Hand. »Der ist für Sie.«

»Das wäre doch nicht nötig gewesen.« Lächelnd stellte sie die Blumen in eine Vase auf den Tresen und machte Carl mit den anderen bekannt. Dann öffnete Mac den Champagner, und sie prosteten einander zu und wünschten sich gegenseitig Frohe Weihnachten. Schnell hatten sie zu einer fröhlichen Unterhaltung gefunden, die alle mit einschloss. Sie redeten und lachten und ließen sich die köstlichen Schwarzbrottaler mit Forellenmousse und Dill schmecken, die zum Aperitif gereicht wurden und die Mac zubereitet hatte.

Auf die erste Flasche Champagner folgte eine zweite, und so waren sie bester Laune, als Tom zu Tisch bat. Die Tafel war weihnachtlich gedeckt mit Kristall und Silber, vereisten Tannenzapfen und funkelnden Kerzen in allen Größen und Formen.

Das frisch gebackene Weißbrot, das Tom herumreichte, verströmte einen so verführerischen Duft, dass Rosa bereits das Wasser im Mund zusammenlief. Sie nahm sich eine

Scheibe und bestrich sie mit weicher gesalzener Butter. Als sie hineinbiss, hielt sie einen Moment lang vor Wonne inne. Sie war sich bewusst, dass Jacob sie von der Seite ansah, und ein wunderbar warmes Gefühl strömte durch ihren Körper.

Du bist glücklich, sagte eine Stimme in ihrem Kopf. Und mit einem Mal wurde ihr bewusst, dass es die Wahrheit war. Sie war glücklich.

Jacob strich sanft über ihren Arm. »Schmeckt es dir?«, erkundigte er sich, und sie wandte sich ihm zu und lächelte ihn an.

»Ja.« Sie wollte noch etwas hinzufügen, doch dann begann Mac, die Vorspeise zu servieren.

Während sie alle im Genuss der getrüffelten Kartoffelcremesuppe schwelgten, erkundigte sich Rosa bei Carl nach den Autoren, die er als Literaturagent betreute, und er erzählte von seiner Lieblingsschriftstellerin, einer alten Dame von 81 Jahren, die historische Kriminalromane schrieb und niemals, auch nicht bei strahlendem Sonnenschein, ohne ihren Regenschirm vor die Tür ging.

Beim Hauptgang, der aus der knusprigen, mit Maronen und Äpfeln gefüllten Gans, Kartoffelklößen und Rotkohl bestand, lauschten alle Jacob, wie er von seinen Schreibanfängen berichtete. Mit acht Jahren hatte er einen Aufsatz geschrieben, um seine Deutschlehrerin zu beeindrucken. Es war eine skurrile Liebesgeschichte über einen kurzsichtigen Regenwurm und eine Haselmaus. »Leider«, scherzte Jacob, »fand Fräulein Engel mich zu jung, und so blieb meine Liebe unerwidert.«

»Du Armer.« Grinsend beugte sich Lucille über den Tisch, um nach der Karaffe mit dem Wein zu greifen. Dabei streifte sie mit ihrem Gipsarm die Pfeffermühle, die gefährlich ins Wanken geriet und erst im letzten Moment von Mac aufgefangen werden konnte. »Hoppla«, sagte Lucille entschuldigend und nahm ihr Missgeschick zum Anlass, um von der Herausforderung zu erzählen, die Knöpfe ihrer Bluse mit nur einer Hand zu schließen.

»Es müsste einen Gips mit Reißverschluss geben«, schloss sie lachend. »Dann könnte ich ihn abnehmen, sobald ich nach Hause komme und …« Sie verstummte erschrocken und schlug sich die linke Hand vor den Mund.

Mit einem Mal war es totenstill am Tisch. Rosa ließ das Glas sinken, das sie gerade zum Mund geführt hatte, und starrte sie an.

Lucilles Gesicht lief feuerrot an. Sie schluckte nervös, unfähig, ihren Blick zu erwidern.

In Rosas Gehirn begann es zu arbeiten. Ein Gedanke formte sich, der so absurd war, dass sie ihn nicht zu Ende denken mochte. Sie wandte den Kopf und blickte zu Tom, sah den schuldbewussten Ausdruck in seinen Augen. Ihr Magen zog sich zusammen. Rosa wurde bewusst, dass alle am Tisch sie ansahen. Sie öffnete den Mund, um etwas zu sagen, und schloss ihn wieder, weil ihr nicht einfiel, was das hätte sein können.

Ihre Gedanken überschlugen sich. Sie schüttelte den Kopf, als könnte sie dadurch Ordnung in das Chaos bringen. Schließlich holte sie tief Luft. »Ich werde dir jetzt eine Frage stellen«, sagte sie und sah Lucille an. Die nickte kläglich, und ihre großen Augen waren ängstlich wie die eines Kindes.

Rosa räusperte sich. »Ist deine Hand gebrochen?«

Lucille zuckte zusammen. Ihre Haut wurde noch eine Spur röter, falls das überhaupt möglich war. Sie sah zu Tom, der ihr kaum merklich zunickte, dann zu Rosa.

»Nein«, murmelte sie und ließ die Schultern hängen.

Rosa kämpfte gegen das Schwindelgefühl an, das sie zu überwältigen drohte. »Du hast nur so getan.«

Lucilles Stimme war kaum mehr als ein Fiepen. »Ja.«

»Es war meine Idee.«

Alle Köpfe fuhren zu Tom herum. Er hob das Kinn und sah Rosa fest in die Augen. Und ich würde es wieder tun, sagte sein Blick.

Rosas Mund wurde trocken. Widerstreitende Gefühle wüteten in ihrer Brust. Sie verstand ihn. Seinen verzweifelten Wunsch, sie der Leere zu entreißen, die sie zu verschlingen drohte. Sie sah sich selbst, wie sie auf ihrem Bett lag und an die Zimmerdecke starrte, vollkommen teilnahmslos, blind für alles um sie herum, müde vom Leben. Ja, sie verstand seine Absicht dahinter.

Dennoch fühlte sie sich betrogen. Betrogen und hintergangen. Ausgerechnet von Tom, ihrem besten Freund, seit sie denken konnte. Von Lucille, die sich in ihr Herz geschlichen hatte. Von Mac, der so freundlich zu ihr war, so ruhig und überlegt. Sie alle hatten ein Schauspiel aufgeführt mit dem einzigen Ziel, sie zu täuschen.

Dir zu helfen, sagte eine innere Stimme. Rosa sah zu Lucille, die wie ein Häufchen Elend auf die Tischplatte starrte. Sie hat einen Gips getragen. Wochenlang. Für dich.

Ihr Blick wanderte weiter zu Mac, der ihr zaghaft zulächelte, und schließlich zu Jacob.

»Hast du auch mitgemacht?«, fragte sie matt. Er schüttelte den Kopf, und sie überkam ein Gefühl von Erleichterung.

»Kann mich bitte jemand aufklären, worum es gerade geht?«, dröhnte Carls Stimme durch den Raum.

Es war Tom, der antwortete. »Ich habe«, sagte er ruhig, »Lucille überredet, eine gebrochene Hand zu simulieren. Ein

Freund von mir, der Arzt ist, hat sie eingegipst. Dann habe ich Rosa so lange ein schlechtes Gewissen verursacht, bis sie eingewilligt hat, Lucille im Café zu vertreten.«

»Aha.« Carl sah von Tom zu Rosa und wieder zurück. »Und warum?«

Rosa schluckte. »Weil ich so traurig war. Darüber, dass mein Mann mich verlassen hat. Ich habe keinen Sinn mehr in meinem Leben gesehen.«

Einen Moment lang war nur das Knistern des Kaminfeuers zu hören. Carl räusperte sich. »Im Ernst?«, fragte er mit komischem Gesichtsausdruck. Als Tom nickte, wandte er sich wieder an Rosa. »Und, hat es geholfen?«

Sie schaute ihn lange an. »Ja«, sagte sie schließlich.

Carl schwieg. Dann hob er sein Weinglas und lächelte sie an. »Da bleibt mir nur eines zu sagen«, sagte er. »Ein Hoch auf die Freundschaft.«

Für eine Sekunde war Rosa nicht imstande, sich zu regen. Dann spürte sie eine Berührung. Jacobs Hand, die unter dem Tisch nach ihrer tastete. Die beruhigende Kraft seiner Finger, die sich mit ihren verflochten.

Mit einem Mal war ihr Ärger verflogen. Genau wie das Gefühl, hintergangen worden zu sein. Stattdessen spürte sie eine Wärme in sich, die jede Faser ihres Körpers umhüllte. Ein Glücksgefühl, das ihr Herz zum Schwingen brachte.

Es war nicht richtig, was ihre Freunde getan hatten. Doch sie hatten es für sie getan. Weil sie sie gern hatten und ihr helfen wollten.

Ein Ruck ging durch ihren Körper, und sie hob ihr Glas. »Auf die Freundschaft!«, sagte sie laut.

Sie drehte sich zu Tom und registrierte die Erleichterung in seinen Zügen, als er den Toast wiederholte. Lucille und Mac hoben gleichzeitig ihre Gläser, gefolgt von Jacob.

»Auf die Freundschaft!«, schallte es durch den Raum.

Rosa beugte sich zu Tom. »Ich verzeihe dir«, flüsterte sie ihm ins Ohr, »aber wenn du so etwas noch einmal versuchst, bist du es, der einen Gips braucht.«

Für den Bruchteil einer Sekunde war er sprachlos, dann lachte er laut auf. »Wer bist du, Fremde?«, fragte er und lachte noch lauter, als er Rosas wölfisches Grinsen sah.

»Nimm dich in Acht, Tom!«, rief Mac. »Es gibt Leute, denen möchte man nicht im Dunkeln begegnen.«

Lucille stieß ihn in die Seite. »Sei nicht so frech«, sagte sie. Dann stand sie auf und zog ihn mit sich hoch. »Und jetzt komm, der Nachtisch wartet.«

Gedankenverloren sah Rosa den beiden hinterher.

»Alles gut bei dir?« Sie drehte den Kopf und sah Jacobs besorgten Blick. »Ja«, antwortete sie und meinte es von Herzen.

Es gab viele Ahs und Ohs, als Mac und Lucille wenig später das Zimtparfait mit warmen Früchten und Karamellsoße servierten. Das Parfait war köstlich, cremig und weich und mit einem Hauch von Süße. Der Zimtgeschmack verband sich mit der leichten Säure der Orangen und dem warmen, salzigen Karamell zu einer perfekten Komposition, die auf der Zunge zerging. Genießerisches Schweigen senkte sich über den Tisch. Es war eine einvernehmliche, eine friedliche Stille, die nur von leiser Weihnachtsmusik und dem Klappern der Löffel untermalt wurde.

Als sie aufgegessen hatten, begann Lucilles Gesicht zu leuchten. »Es ist so weit«, rief sie, »Bescherung!«

Sie sprang auf und eilte zu dem Weihnachtsbaum, unter

den sie ihre Geschenke gelegt hatten. Es gab Päckchen in allen Farben, Formen und Größen.

Rosa stand auf und schob ihren Stuhl zurück. Mit einem Mal war sie nervös. Sie hoffte, dass sie das Richtige ausgesucht hatte. Sie wünschte sich so sehr, dass die anderen sich über ihre Geschenke freuten.

Im nächsten Moment waren alle um den großen Baum versammelt.

Tom machte den Anfang. »Das ist für dich«, lächelte er und reichte Rosa eine kleine rechteckige Schachtel, die in goldenes Geschenkpapier eingewickelt war. Sie fühlte die gespannten Blicke der anderen auf sich, während sie das Geschenk auspackte.

»Tom«, sagte sie ergriffen und hob den Gutschein hoch, damit die anderen ihn sehen konnten. »Ein Konditorlehrgang bei Angelika Martin. Danke.«

»Davon träume ich seit Jahren!«, rief Lucille ehrfürchtig.

Mac schmunzelte. »Das trifft sich gut«, sagte er und reichte ihr eine Schachtel, die Rosas zum Verwechseln ähnlich sah.

Lucilles Augen weiteten sich. Mit vorsichtigen Bewegungen entfernte sie das Geschenkpapier und nahm den Gutschein heraus. Sie fuhr mit dem Zeigefinger über die Inschrift, als könnte sie es nicht glauben.

»Oh Mac!«, rief sie dann und umarmte ihn ungestüm.

Mac winkte lächelnd ab, doch es war offensichtlich, wie sehr er sich über ihre Reaktion freute.

Lucille hielt den Gutschein in die Höhe und zwinkerte Rosa zu. »Sieht so aus, als würden wir zusammen teilnehmen.«

»Ich freue mich darauf«, versicherte Rosa ihr. Und es stimmte. Sie würden eine Menge Spaß haben, davon war sie überzeugt.

Nun waren die anderen an der Reihe, ihre Geschenke auszupacken. Das Bild, das Rosa für Tom gekauft hatte, erntete von allen Seiten Bewunderung.

»Das bekommt einen Ehrenplatz«, sagte er und umarmte sie.

Als Lucille ihren Bildband auspackte und begeistert das hübsche Interieur eines abgebildeten Cafés kommentierte, fragte Tom mit gespieltem Entsetzen: »Du kommst jetzt aber nicht auf dumme Gedanken, oder? Von wegen ein eigenes Café und so?«

Lucille hob die Schultern. »Wer weiß?« Dann schüttelte sie den Kopf und lachte schallend.

Rosa schmunzelte in sich hinein. Auch Mac freute sich über sein Geschenk und zog das T-Shirt gleich über. Für Carl hatte Rosa einen Cognac besorgt, und an seinem anerkennenden Nicken konnte sie sehen, dass sie ins Schwarze getroffen hatte.

Schließlich reichte ihr Jacob verlegen sein Geschenk.

Rosas Herz klopfte lautstark, als sie die Schleife löste. Zum Vorschein kam ein stabiler weißer Karton. Sie hob den Deckel und starrte auf ein Din-A4-Deckblatt, auf dem in schwarzen Lettern »Die Legende von Durus« stand und darunter »Von Jacob Maybach«.

Das Manuskript, dachte sie ehrfürchtig. Vorsichtig blätterte sie um. Ihre Augen blieben an der Widmung hängen. »Das hier ist für dich, Rosa«, las sie. Sie sah auf und schluckte. Die Geste überwältigte sie so sehr, dass sie nach Worten suchte. »Das hast du für mich geschrieben?«

Jacob schob die Hände in die Taschen seiner Anzughose und nickte.

Sie stellte sich auf die Zehenspitzen und gab ihm einen sanften Kuss auf die Wange. »Es ist wundervoll«, sagte sie. »Danke.«

Dann reichte sie ihm ihr Geschenk, das ihr auf einmal sehr klein und unbedeutend vorkam. Doch als Jacob den Gutschein öffnete, lächelte er mit ehrlicher Freude. »Ob du es glaubst oder nicht – das wollte ich schon immer einmal machen. Nur hatte ich bisher nicht die richtige Begleitung.«

»Die richtige Begleitung wofür? Zeig doch mal her ... oh, Tea Time im Breidenbacher Hof. Wie schön!«, rief Lucille, nachdem sie Jacob den Gutschein aus der Hand genommen und den Text studiert hatte.

Jacob zog Rosa an sich, ihre Verlegenheit löste sich in Luft auf und machte einem Gefühl von Innigkeit Platz, das sie vollkommen ausfüllte. Dann quietschte Lucille: »Jetzt müsst ihr meine Geschenke aufmachen!«, und der Augenblick verging.

Rosa bekam einen dunkelroten Lippenstift. Lucille behauptete, dass sie damit aussehen würde wie Juliette Binoche. Für Tom hatte sie eine Packung edler Espressobohnen besorgt. Jacob freute sich über den neuen Ken Follett, und Carl betrachtete zunächst verdutzt die DVD mit dem Henning-Baum-Film, bevor er in lautes Gelächter ausbrach. »Ich bin der talentiertere Zwilling, oder?«, spielte er scherzend auf die Ähnlichkeit zwischen ihm und dem bekannten Schauspieler an.

»Die einen sagen so, die anderen so«, grinste Lucille.

Zuletzt packte Mac sein Geschenk aus. Lucille ließ ihn nicht aus den Augen, während er Schleife und Papier löste. Zum Vorschein kam eine Auswahl exotischer Gewürze. »Wow«, freute sich Mac. Er hielt ein Döschen in die Höhe. »Diesen tasmanischen Bergpfeffer werde ich direkt nächste Woche ausprobieren. Mir schwebt da schon ein ganz bestimmtes Rezept vor ... Danke, Lucille!«

Nachdem auch alle anderen ihre Geschenke verteilt und ausgepackt hatten, setzten sie sich wieder an den Tisch. Tom füllte Wein nach, und lachend stießen sie ein weiteres Mal miteinander an.

Es war schon weit nach Mitternacht, als Rosa die Dessertgläser abräumte, um Platz für die Käseplatte zu schaffen, die Carl mitgebracht hatte.

»Warte, ich helfe dir«, sagte Jacob. Gemeinsam trugen Rosa und er das Geschirr in die Küche. Die Spülmaschine lief bereits, und so ließ Rosa warmes Wasser ins Becken laufen und begann, die Gläser und Löffel mit der Hand abzuwaschen. Jacob griff nach einem Küchenhandtuch, das an einem Haken neben der Spüle hing.

»Ich wollte dich etwas fragen«, sagte er, während er die Löffel trocken rieb, die Rosa ihm reichte. »Es geht um Ludwig. Er wird im Februar 70, und seine Frau Lore veranstaltet eine große Party. Es gibt sogar ein Feuerwerk.« Er hielt inne und sah sie an. »Würdest du mit mir hingehen?«

Rosa senkte den Blick und betrachtete das Dessertglas in ihren Händen, das sich mit warmem Seifenwasser gefüllt hatte. Sie war zu überrascht, um zu antworten. Nicht weil Jacob sie gefragt hatte, sondern ihretwegen. Zum ersten Mal seit Langem hatte ihr Körper nicht mit instinktiver Abwehr reagiert. Zum ersten Mal suchte ihr Gehirn nicht nach Ausreden, die ihr ermöglichten, alleine zu Hause zu bleiben. Stattdessen fühlte sie Stolz, dass Jacob sie gefragt hatte. Gemischt mit prickelnder Vorfreude, als sie sich vorstellte, wie sie mit ihm über die Party schlenderte. Wie sie Champagner tranken, lachten, in den von tausend Farben erhellten Nachthimmel blickten. Wer weiß, vielleicht würden sie sogar tanzen.

Sie wandte sich ihm zu. »Nichts würde ich lieber tun.«

Sein Gesichtsausdruck erhellte sich, und sie war glücklich, als sie die Freude in seinen Augen bemerkte, die ihre eigene widerspiegelte. Rosa reichte Jacob das letzte Glas, zog den Stöpsel heraus und sah zu, wie das Wasser in kleinen Kreisen ablief. Dann wischte sie ihre nassen Hände an einem Küchenhandtuch trocken und bot ihm ihren Arm.

Als sie erneut in den warmen, nach Kaminfeuer duftenden Caféraum traten, war eine fröhliche Diskussion im Gange. Der Abend war so vergnügt gewesen, dass Tom, Carl, Mac und Lucille kurzerhand beschlossen hatten, den ersten Weihnachtstag in derselben Konstellation zu begehen. Nun wurde beratschlagt, wo die Feier stattfinden sollte.

Tom bot an, wieder im Café zusammenzukommen, was bei den anderen Entrüstung auslöste. »Nein«, sagte Lucille mit weintrunkener Stimme. »Du hast schon den heutigen Abend ausgerichtet. Wir feiern bei mir. Ich habe zwar nur zwei Zimmer, aber wenn wir ein wenig zusammenrücken ...«

Jacob, der mit einer eleganten Bewegung zurück auf seinen Stuhl geglitten war, erhob die Stimme. »Ihr könnt auch zu mir kommen. Ich habe genug Platz.«

Plötzlich kam Rosa in den Sinn, dass sie noch nie bei ihm zu Hause gewesen war. Sie fühlte sich ihm so nah, doch sie hatte nicht die geringste Ahnung, wie er lebte. Aber bevor sie den Gedanken vertiefen konnte, meldete sich Mac zur Wort. »Warum«, fragte er ruhig, »feiern wir nicht am Strand?«

Alle sahen ihn überrascht an. Mac zuckte mit den Schultern. »Bis zur holländischen Küste sind es keine drei Stunden. Und es sollen siebzehn Grad werden und Sonne. Wer weiß, wann es das zum nächsten Mal geben wird. Wir könnten ein Picknick machen.«

Er sah von einem zum anderen. Tom fand als Erster seine Sprache wieder. »Ein Weihnachtspicknick mit Freunden am Strand«, sagte er versonnen. »Das ist mal etwas anderes.«

27

Am späten Vormittag waren sie startklar. Tom und Mac hatten den Morgen über Salate zubereitet und herzhafte Dips angerührt, während Rosa einen Schokoladen-Kakao-Gugelhupf mit Cheesecakefüllung gezaubert hatte. Das Rezept hatte sie bei »Zucker, Zimt und Liebe« entdeckt, einem bezaubernden Foodblog, den sie häufig besuchte, um sich Inspirationen zu holen, und sich sofort darin verliebt. Zu Recht, wie sie bewundernd feststellte. Der Kuchen sah traumhaft aus. Er duftete so verführerisch mit seiner sahnig-glänzenden Schokoladenganache, unter der sich saftiger Schokoladenteig und eine cremige Füllung aus Doppelrahmfrischkäse, Zucker und Eigelb verbargen, dass sie am liebsten sofort ein Stück davon probiert hätte. Vorsichtig stellte sie die Kuchenform in den großen Weidenkorb, als draußen ein lautes Hupen ertönte.

Auf dem Parkplatz vor dem Café stand ein VW-Bus in Weiß und lichtem Blau. Vom Fahrersitz lachte ihnen Carl entgegen, aus dem Innenraum winkten Jacob und Lucille. Während Rosa fröhlich zurückwinkte, sogen Tom, Mac und sie die angenehm milde Luft ein. Die Wettervorhersage hatte nicht getrogen. Der Himmel war tiefblau, weit und breit war keine Wolke zu sehen, und die Sonne schien, als wüsste sie nicht, dass es Dezember war.

Nachdem sie ihre Körbe im Kofferraum verstaut hatten, stiegen sie ein. Tom gesellte sich auf den Beifahrersitz. Dahinter saßen Mac und Lucille und ganz hinten Jacob und Rosa.

»Und?«, fragte Rosa und beugte sich zu Lucille vor. »Wie lebt es sich ohne Gips?«

Lucille hatte den Anstand zu erröten. »Sehr gut«, sagte sie und betrachtete ihr Handgelenk. »Toms Freund war so nett, ihn mir gleich heute Morgen abzunehmen.«

Mac grinste. »Und das an Weihnachten.«

Die nächsten drei Stunden vergingen wie im Flug. Sie unterhielten sich quer durch den Bus, lachten und neckten einander.

Plötzlich kreischte Lucille erfreut auf. »Dreh das mal lauter. Das ist mein Lieblingslied!«, rief sie.

Carl tippte auf das Display, und im nächsten Moment schallte Ed Sheerans »Photograph« durch den Bus. Lucille summte die Melodie mit, ein glückliches Lächeln spielte um ihre Lippen. Und als der Refrain einsetzte, stimmte sie mit ein. So klar und rein, dass Rosa und Jacob überraschte Blicke tauschten. Als das Lied zu Ende war, fingen alle stürmisch an zu klatschen.

»Das war toll«, sagte Mac ehrlich begeistert.

»Vielen Dank«, erwiderte Lucille verlegen.

Mac legte den Kopf schief und sah sie an. »Warum hast du nie erzählt, dass du singen kannst?«

Sie zuckte mit den Schultern. »Du hast mich ja nie gefragt.«

Sie lachten noch immer, als Carl den Bus in einer Seitenstraße parkte und seine verspiegelte Sonnenbrille abnahm. »Ladies und Gentlemen, wir sind da.«

Beladen mit unzähligen Körben und Taschen machten sie sich auf den Weg. Der Strand war breit und endlos lang mit weichem, goldgelbem Sand. Vor ihnen lag glitzernd das Meer. Möwen kreischten, und auf den Wellen tanzten Schaumkronen.

Rosa atmete die salzige Luft ein. Wann war sie zuletzt am Meer gewesen? Es erschien ihr wie eine Ewigkeit.

Nachdem sie ein paar Minuten gegangen waren, erreichten sie eine Stelle, die wie für sie geschaffen schien. Kichernd bauten sie ihr Lager auf, reihten Decken aneinander und spannten einen Windschutz auf.

Lucille und Mac begannen, das mitgebrachte Essen auszupacken. Zum Vorschein kamen die frisch gemachten Salate und Dips, knuspriges Weißbrot, Oliven und getrocknete Tomaten, die Reste von gestern – kalter Gänsebraten und Käse – und zum Nachtisch Rosas schokoladiger Gugelhupf. Hungrig stürzten sich alle auf die Leckereien. Dazu tranken sie Rotwein aus Plastikgläsern.

Nach dem Essen brachen Mac und Lucille zu einem Spaziergang auf, und Jacob und Tom schlenderten zum Bus, um die Liegestühle zu holen, die sie auf dem Hinweg nicht mehr hatten tragen können. Währenddessen machten es sich Rosa und Carl auf den Decken bequem und schlossen die Augen. Der Rotwein hatte Rosa angenehm schläfrig gemacht. Die Sonne wärmte ihr Gesicht, und das gleichmäßige Rauschen der Wellen war so beruhigend, dass sie langsam in den Schlaf glitt. Da hörte sie Carls Stimme neben sich. »Ist Tom eigentlich nicht verheiratet?«

Mit einem Mal war Rosa hellwach. Ihr war, als hätte sich

eine dunkle Wolke vor die Sonne geschoben. »Er ist Witwer«, sagte sie, ohne die Augen zu öffnen. »Seine Frau hieß Claire. Das Café gehörte ihr.«

Sie spürte, wie Carl sich neben ihr regte. »Armer Kerl. Was ist passiert?«

Rosas Herz wurde schwer, wie immer, wenn sie an jene Nacht dachte, in der Toms Haare auf immer zu eisigem Grau erstarrt waren. Sie erinnerte sich, wie sie ihn gehalten hatte. Unfähig zu begreifen, dass er Claire verloren hatte. »Ein Autounfall«, sagte sie traurig. »Seine Frau war auf dem Rückweg aus Frankfurt. Sie hatte eine Freundin besucht. Es ist auf den letzten fünf Kilometern passiert.« Sie schüttelte den Kopf. »Der andere Fahrer war sehr jung. Und heillos betrunken. Er verlor die Kontrolle, geriet auf die Gegenfahrbahn und raste frontal in Claires Wagen. Sie hatte keine Chance.«

»Wie lange ist das her?« Carls Stimme war rau vor Mitgefühl.

»Sieben Jahre.«

»Und, ist Tom darüber hinweg?«

Sie öffnete die Augen, drehte sich auf die Seite und sah ihn an. »Er hat einen Weg gefunden, mit dem Verlust umzugehen. Er hatte damals eine sehr erfolgreiche Kanzlei für Kartellrecht, er war viel auf Reisen, hat Unmengen Geld verdient. Nach Claires Tod verkaufte er die Kanzlei. Er übernahm das Café und führte es weiter. Ich glaube, es hat ihm geholfen, an etwas festzuhalten, das ihr wichtig war.«

Rosa richtete sich auf, schlang die Arme um ihre Knie und blickte aufs Meer. Carl tat es ihr gleich. Und so saßen sie nebeneinander, jeder in seinen Gedanken versunken, bis Tom und Jacob mit den Stühlen zurückkehrten. »Wer zuerst einen aufgebaut hat!«, rief Rosa plötzlich, um sich und Carl aus der melancholischen Stimmung zu reißen. Sie sprang auf und stürzte sich auf die Liegestühle, die die Männer in den Sand gelegt hatten.

Eine Sekunde verging, dann brach Hektik aus, als alle gleichzeitig losliefen. »Fertig!«, rief Tom eine halbe Minute später und ließ sich mit einem triumphierenden Grinsen in seinen Stuhl fallen.

Es ertönte ein lautes Rums, und schon im nächsten Moment lag Tom im Sand und starrte sie verdattert an. Sein Gesichtsausdruck war so komisch, dass Rosa, Carl und Jacob in lautes Lachen ausbrachen.

In diesem Moment kehrten Mac und Lucille von ihrem Spaziergang zurück. »Was ist denn hier los?«, riefen sie.

Dann fiel ihr Blick auf Tom, der wie ein Käfer auf dem Rücken lag und mit den Beinen strampelte, und sie stimmten schallend mit ein.

Am späten Nachmittag wurde es kühler. Sie nahmen die zusätzlichen Decken, die sie vorsorglich eingepackt hatten, und legten sie sich um die Schultern. Schweigend sahen sie zu, wie die Sonne im Meer versank und das Wasser am Horizont in Rot und Gold tauchte. Als sie nicht mehr zu sehen war, schichteten Tom und Mac das Holz auf, das sie in den Dünen gesammelt hatten, und entzündeten ein Feuer. »Ist das erlaubt?«, fragte Rosa, während sie zusah, wie die Flammen höherschlugen.

»Erlaubt ist, was Spaß macht«, meinte Lucille und grinste. Sie füllte Rosas Glas mit Rotwein und reichte es ihr.

»Für mich nicht«, winkte Carl ab, als sie ihm ebenfalls einschenken wollte. »Ich trinke Wasser, ich muss euch schließlich noch nach Hause fahren.«

Die Freunde prosteten einander zu, und Rosa rückte näher an Jacob heran.

»Ist es nicht schön hier?«, fragte sie leise.

Jacob ließ sich Zeit mit seiner Antwort. Als er sprach, war seine Stimme belegt: »Das hier ist mein schönstes Weihnachten.« Er räusperte sich. »Schau mal«, sagte er und wies mit dem Kinn zu Mac und Lucille.

Mac hatte einen Arm um Lucille gelegt, ihr Kopf ruhte an seiner Schulter. Rosa freute sich für die beiden. Sie hatten es verdient, glücklich zu sein.

Ihr Blick wanderte zu Tom, der sich angeregt mit Carl unterhielt. Er schien ihren Blick zu spüren, denn plötzlich drehte er den Kopf zu ihr. »Ich habe gerade zu Carl gesagt, wie sehr Claire es geliebt hätte, hier zu sein.« Seine Stimme war klar, ohne eine Spur von Bitterkeit.

Aus den Augenwinkeln bemerkte Rosa, wie Mac sich unwillkürlich aufrichtete. »Wie war sie so?«, fragte er. »Claire, meine ich?« Auf seinem Gesicht lag ein Ausdruck, den Rosa nicht deuten konnte. Fast so etwas wie Sehnsucht.

Toms Blick wanderte zum Meer, verlor sich im tintenschwarzen Wasser.

»Sie war schön«, sagte er nach einer Weile. »Lebhaft, klug und warmherzig. Und voller Leidenschaft für das, was sie tat.« Er verstummte.

»Sie war lustig«, sagte Jacob in die Stille hinein. »Sie hat mich zum Lachen gebracht.«

Lucille nickte versonnen. Dann hob sie den Kopf. »Claire war ein guter Mensch. Der beste. Sie hat mir eine Chance gegeben.«

Rosa spürte Gänsehaut auf ihren Armen und kuschelte sich enger in ihre Decke. »Ihre Stimme«, erinnerte sie sich und blickte in die Flammen. »Sie war unglaublich schön. Ich konnte stundenlang dasitzen und ihr zuhören. Und Claire urteilte nicht. Über niemanden. Das habe ich immer bewundert.« Sie wandte sich an Tom. »Als du dich in sie verliebt hast, war ich voller Zweifel. Ich war überzeugt, dass die Frau erst noch geboren werden müsse, die gut genug für dich ist. Aber ich hatte mich geirrt.«

Sie nahm einen tiefen Schluck aus ihrem Glas. Eine Zeit lang hingen alle ihren Gedanken nach, untermalt vom Geräusch der Wellen, die an den Strand spülten, und dem Knistern des Feuers.

Schließlich brach Tom das Schweigen. Er sah von einem zum anderen. »Ich danke euch«, sagte er. Seine Stimme klang tief bewegt. »Euch allen. Ihr habt sie mir für einen Moment zurückgebracht.«

Mac griff nach einem Ast und begann in der Glut zu stochern. »Was ist mit ihrer Familie?«, fragte er unvermittelt.

Tom sah ihn an. In seinen Augen stand Kummer. »Ihre Eltern sind schon lange tot. Sie starben kurz nacheinander an Krebs, Jahre vor dem Unfall. Ein Glück, dass sie das nicht miterleben mussten.«

Mac hielt inne. »Gibt es sonst niemanden?«, fragte er leise.

Tom schüttelte den Kopf. »Claire hatte eine ältere Schwester, Anouk. Aber sie hatten keinen Kontakt zueinander. Als Claire starb, habe ich versucht, sie ausfindig zu machen. Vergeblich.«

Mac atmete tief durch und sah in die Flammen. »Weißt du, warum sie keinen Kontakt hatten?«

Wenn Tom die Frage überraschte, ließ er es sich nicht anmerken. »Anouk wurde schwanger, als sie noch nicht volljährig war. Ihre Eltern wollten, dass sie das Baby zur Adoption freigab. Bevor es dazu kam, verschwand sie. Claire hat nie wieder von ihr gehört.«

Rosa nippte an ihrem Wein. Sie erinnerte sich noch gut, mit welcher Verzweiflung er Anouk gesucht hatte. Den einzigen Menschen, der von Claires Familie geblieben war. Doch ihre Spur hatte sich verloren.

Rosa schaute zu Mac. Irgendetwas an seinem Verhalten irritierte sie. Seine Fragen passten nicht zu dem ruhigen jungen Mann, den sie kennengelernt hatte. Er wirkte meilenweit entfernt, wie er da saß, die Stirn nachdenklich gerunzelt, und mit dem Ast in der Glut herumstocherte. Lucille schien ähnliche Gedanken zu hegen. Sie brachte ihr Gesicht ganz nah an seines heran und flüsterte ihm etwas ins Ohr. Was immer sie zu ihm gesagt hatte, es schien zu wirken. Sein düsterer Gesichtsausdruck verschwand. Er warf seinen Stock ins Feuer und sah in die Runde. »Wie wäre es mit ein bisschen Musik?«, fragte er. »Ich glaube, das würde uns jetzt guttun.«

Carl drehte an den Knöpfen der kleinen Anlage, die er mitgebracht hatte, und im nächsten Moment jagte ein schneller Beat über den Strand.

Lucille quietschte begeistert. Sie sprang auf und begann im Rhythmus der Musik zu tanzen. »Kommt schon!«, rief sie und wedelte mit den Händen, »macht mit!«

Und sie machten mit. Rosa war über sich selbst erstaunt, als sie sich plötzlich an Jacobs Seite wiederfand, mit den Armen in der Luft.

Das Tanzen hatte etwas Befreiendes. Sie schüttelten alles ab, drehten sich im Kreis, hüpften herum und sangen, bis sie heiser waren.

Irgendwann fielen sie erschöpft in den Sand. Ihre Gesichter, erhitzt von der Anstrengung, leuchteten im Schein des Feuers.

Rosa fühlte tiefe Zufriedenheit in sich. Sie lehnte sich

an Jacob und sah zum Nachthimmel, an dem Millionen von Sternen funkelten. An diesen Moment werde ich mich mein Leben lang erinnern, dachte sie.

Dann war es Zeit aufzubrechen. Sie löschten das Feuer, indem sie Sand darüberstreuten, schüttelten die Decken aus, falteten sie zusammen und packten Gläser und Flaschen ein. Am Bus angekommen, stellten sie fest, dass sie eine Tasche vergessen hatten, und so kehrten Jacob und Rosa noch einmal zurück, um sie zu holen.

Als Jacob die Tasche schulterte, ertönte hinter ihnen eine aufgebrachte Stimme.

Rosa zuckte vor Schreck zusammen. Wie in Zeitlupe drehte sie sich um. Vor ihr stand ein kleiner, unglaublich dicker Mann in Uniform und sagte etwas auf Holländisch zu ihnen. Als sie ihn verwirrt anblickten, versuchte er es auf Deutsch. »Feuer machen ist hier verboten. Ich muss Sie bitten mitzukommen.«

Jacob lächelte den Mann liebenswürdig an. »Das wussten wir nicht«, entgegnete er. »Wir haben kein Schild gesehen. Drücken Sie ein Auge zu. Schließlich ist Weihnachten.«

Die Augen des Mannes, die in seinem wabbeligen Gesicht wie verschrumpelte Rosinen wirkten, verengten sich. »Weihnachten hin oder her, Sie kommen mit.«

Immer noch lächelnd drehte sich Jacob zu Rosa. »Lauf«, flüsterte er.

Für den Bruchteil einer Sekunde war sie außerstande, sich zu rühren. Dann ging ein Ruck durch ihren Körper, und sie spurtete los. Seite an Seite rannten sie über den Strand, dicht gefolgt von dem uniformierten Mann. Rosas Herz hämmerte gegen ihre Rippen. Sie kämpfte gegen den unsinnigen Drang an zu lachen.

»Bleiben Sie stehen!«, keuchte ihr Verfolger.

»Weiter!«, rief Jacob und drängte sie vorwärts.

Sie flogen über den Sand, rannten über den Holzsteg zur Straße. »Wirf den Motor an!«, schrie Jacob, als der Bus in Sichtweite kam.

Die Fahrertür öffnete sich, und Carls Gesicht erschien. »Was ist los?«, fragte er verdattert.

»Motor anmachen!«, keuchte Rosa.

Carl war alarmiert, als er den Verfolger sah, tat aber wie geheißen.

Rosa und Jacob sprangen in den Bus. »Fahr los!«, riefen sie wie aus einem Mund, und Carl gab Gas, dass die Reifen nur so quietschten. Rosa und Jacob sahen zu, wie der dicke Mann die Straße hochstolperte. Als er den wegfahrenden Bus bemerkte, gab er keuchend auf und stützte die Hände in die Seiten.

Rosa und Jacob sahen sich an. Dann fingen sie gleichzeitig an zu lachen. Sie lachten und lachten, bis die Tränen über ihre Gesichter liefen und sie keine Luft mehr bekamen. Als sie sich schließlich beruhigt hatten, verschränkte Rosa ihre Finger mit Jacobs und sah ihm in die Augen. »Das war auch mein schönstes Weihnachten«, sagte sie. »Und mein abenteuerlichstes dazu.«

28

So turbulent und fröhlich die Feiertage gewesen waren, so ruhig vergingen die Tage danach. Eine friedliche Stimmung lag über dem Café. Viele Stammgäste waren verreist, sodass Rosa und Lucille Zeit fanden, um neue Kuchenrezepte auszuprobieren.

Die Sonne fiel durch das große Fenster und tauchte die Küche in ein weiches Licht. Im Radio lief Birdy, und die beiden Frauen summten die Melodie mit, während sie mit gleichmäßigen Bewegungen die Äpfel schälten und in Spalten schnitten.

Als Jacob seinen Kopf durch die Tür streckte, sah Rosa auf. Ihre Blicke trafen sich, und sie lächelten einander an. Rosas Herzschlag beschleunigte sich, das tat er seit Weihnachten ständig, wenn sie sich begegneten oder sie nur an ihn dachte. Sie machte eine Geste mit der Hand, die »komm herein« bedeutete. Sie wollte den besonderen Augenblick nicht durch Worte zerstören. Jacob, dem es genauso zu gehen schien, kam schweigend zu ihnen und lehnte sich gegen die Arbeitsplatte. Lucille nickte ihm freundlich zu, dann fuhr sie fort, die Äpfel zu schneiden. Es waren Boskoop, die Rosa auf dem Rheinischen Bauernmarkt am Kolpingplatz gekauft hatte. Sie liebte den süßen und gleichzeitig angenehm sauren Geschmack der Äpfel und ihr raues, irgendwie ursprüngliches Erscheinungsbild im Vergleich zu den glänzenden, herausgeputzten Früchten, die die Auslage im Supermarkt bestimmten. Für Rosa gab es keine besseren Äpfel zum Backen. Immer noch lächelnd hielt sie Jacob einen Spalt hin. Als er danach griff, berührten sich ihre Hände, und sie verblieben länger so, als es notwendig gewesen wäre, während in Rosas Bauch die Schmetterlinge tanzten.

Neben ihnen unterdrückte Lucille ein Niesen. Erst jetzt erinnerte sich Rosa daran, dass sie nicht alleine im Raum waren. Schnell zog sie ihre Hand zurück und strich sich verlegen eine dunkle Haarsträhne aus dem Gesicht. Jacob beobachtete sie verträumt. Dann fiel ihm das Apfelstück in seiner Hand wieder ein und er nahm einen Bissen.

»Entschuldigt«, sagte Lucille und grinste. »Ich wollte euch Turteltauben nicht unterbrechen, aber jetzt, wo ich eure Aufmerksamkeit habe, können wir genauso gut weitermachen.« Sie reichte Jacob einen Block Marzipanrohmasse. »Bitte ganz klein raspeln«, beauftragte sie ihn, und er aß das Stück Apfel auf, krempelte gehorsam seine Ärmel hoch, wusch sich die Hände und machte sich ans Werk.

»Findet ihr nicht, dass diese Marzipanraspel ganz besonders gut aussehen?«, fragte er stolz.

Rosa und Lucille tauschten einen amüsierten Blick, dann gaben sie ihm lautstark recht.

Später am Tag kam Carl auf einen Plausch ins Café. Er setzte sich zu Jacob in die Sitzecke am Kamin und sagte nicht Nein, als Rosa ihm unaufgefordert einen Americano und dazu ein Stück von dem Kuchen brachte, den sie am Vormittag zusammen gebacken hatten.

Während er es mit großem Appetit verspeiste, gesellte sich Tom zu ihnen.

»Das trifft sich gut, dass ich euch fast alle hierhabe«, brummte Carl. »Ich wollte mich nämlich für das wunderschöne Weihnachtsfest revanchieren und euch für Silvester zu mir nach Hause einladen. Das heißt, wenn ihr noch keine anderen Pläne habt.« Er sah sich suchend um. »Wo sind denn Mac und Lucille? Die Einladung gilt natürlich auch für sie.«

Rosa, Tom und Jacob verständigten sich mit einem kurzen Nicken. Sie hatten zwar schon darüber gesprochen, Silvester zusammen im Café zu feiern, aber das Vorhaben war nicht in Stein gemeißelt, und so nahmen sie Carls Einladung gerne an.

»Auf Mac und Lucille werden wir allerdings verzichten müssen«, bedauerte Tom. »Die beiden haben Karten für das Silvesterkonzert in der Tonhalle.«

»Wie schade«, antwortete Carl. »Aber umso mehr freue ich mich, dass ihr drei Zeit habt!«

Und dann war der 31. Dezember da. Tom und Rosa hatten gerade ihre Mäntel angezogen, um mit dem Taxi zu Carl zu fahren, als das Telefon klingelte.

Es war Rosas Mutter, die ihnen eine schöne Silvesterfeier wünschte. Sie selbst würde noch länger bei Miriam in München bleiben. Rosa freute sich über den entspannten Tonfall in der Stimme ihrer Mutter. Noch vor wenigen Wochen hätte Nora diesen Schritt niemals in Erwägung gezogen. Zu groß wäre ihre Sorge gewesen, ihre Jüngste, also sie selbst, so lange alleine zu lassen.

»Kein Problem, dann euch ganz viel Spaß! Grüß bitte alle lieb von mir«, sagte Rosa zum Abschied.

Carl lebte auf einem ehemaligen Bauernhof in Hubbelrath, den ein lokaler Bauunternehmer vor einigen Jahren gekauft und in fünf Eigentumswohnungen unterteilt hatte, die sich um einen kopfsteingepflasterten Hof mit einem romantischen Brunnen in der Mitte gruppierten.

»Wie idyllisch!«, rief Rosa entzückt und sah sich nach allen Seiten um. »Kaum zu glauben, dass sich Carls Frau hier unwohl gefühlt hat. Sie wohnt jetzt mit ihrer Tochter in einer Doppelhaushälfte in Willich«, gab sie an Tom weiter, was sie von Jacob erfahren hatte. Ihr Freund brummte etwas Unverständliches und drückte auf den Klingelknopf.

Nach einer herzlichen Begrüßung führte Carl sie ins Wohnzimmer, das mit seinem offenen Kamin und den massiven Holzbalken einen rustikalen Charme versprühte.

Jacob war bereits da und sah ihnen mit einem solch strahlenden Lächeln entgegen, dass Rosa weiche Knie bekam.

Es wurde ein schöner Abend. Sie aßen Raclette, gossen Blei und lachten über die merkwürdig geformten Figürchen, die dabei herauskamen.

Tom hielt seines gegen das Licht und betrachtete es eingehend. »Es sieht ein bisschen aus wie Mo«, meinte er schließlich. »Ihr wisst schon, Ferdinands Dackel.«

Rosa begann eifrig, in dem Heftchen mit den Erläuterungen zu blättern.

»Da steht es: Hund.« Sie hob den Kopf und lachte. »Du erfährst bald eine unglaubliche Neuigkeit, Tom.«

»Aha«, war alles, was ihm dazu einfiel.

»Jetzt ist Carl an der Reihe.« Sie betrachteten nacheinander die lang gezogene Form seiner Bleifigur, die zum Ende hin zerfranste.

Während sich die Männer in ihren Interpretationen überboten, hatte Rosa bereits wieder das Heftchen zurate gezogen. Sie fuhr mit dem Zeigefinger die Begriffe entlang, bis sie plötzlich an einer Stelle verharrte, die Stirn runzelte und dann mit ihrer Suche fortfuhr.

»Ganz klar«, sagte sie nach einer Weile. »Das ist eine Blume.«

Carl kniff die Augen zusammen, um besser sehen zu können. »Eine Blume? Wirklich? Hm, vielleicht hast du recht«, meinte er unsicher. »Wofür steht die Blume denn?«

Rosa machte eine kurze Pause, um die Spannung zu erhöhen.

»Es entwickelt sich eine neue Freundschaft.«

Carl lächelte. »Wie schön! Darauf stoßen wir an.« Er prostete mit seinem Weinglas in die Runde.

Nachdem alle einen Schluck getrunken hatten, beugte sich Jacob zu Rosa. »Und welche Figur hat Carl wirklich?«, flüsterte er in ihr Ohr. Rosa zuckte ertappt zusammen. Sie war wirklich nicht gut darin, ihre Gefühle zu verbergen. »Einen Besen«, flüsterte sie zurück. »Steht für: Hüte dich vor der Schwiegermutter! Aber ich dachte mir, das ist vielleicht nicht so passend, wenn seine Frau gerade die Scheidung eingereicht hat.«

Statt einer Antwort küsste Jacob sie so zart auf ihr Ohr, dass sie sich mit angehaltenem Atem fragte, ob sie sich die Berührung seiner Lippen womöglich nur eingebildet hatte.

»Los, Jacob«, unterbrach Tom ihre Gedanken. »Was hast du für eine Form?«

»Eine Biene«, antwortete er wie aus der Pistole geschossen.

»Zeig her. Tatsächlich. Das da sind die Flügel, und hier sieht man ganz deutlich den Stachel.« Tom wandte sich an Rosa. »Schau mal bitte nach, ob es in dem Heft eine Biene gibt.«

Es gab die Biene, und die Bedeutung der Figur ließ Rosa bis zu den Haarwurzeln erröten. »Eine Hochzeit bahnt sich an«, stotterte sie, ohne Jacob dabei anzusehen.

»Na, dann hoffe ich mal stark, dass du mich einlädst«, sagte Carl mit seiner tiefen Bärenstimme. »Ich wollte immer schon mal Blumenkind sein.« Die Vorstellung des riesigen Carls, der in der Kirche Blüten streute, war so absurd, dass Rosa ihre Verlegenheit vergaß und lauthals lachen musste. Die anderen stimmten mit ein.

»Jetzt fehlt nur noch deine Figur«, forderte Jacob Rosa auf, nachdem sie sich wieder beruhigt hatten. Rosa wandte ihre Aufmerksamkeit der kleinen Bleiform zu, die vor ihr auf dem Tisch lag. Sie sah aus wie ein Mini-Baguette, umgeben von zwei blätterartigen Gebilden an jeder Seite.

»Ich weiß nicht«, murmelte sie und strengte ihre Fantasie an. »Ein Schmetterling vielleicht?« Sie sah die Bedeutung nach. »Dein Glück ist unbeständig«, las sie vor und beschloss, die Sache mit Humor zu nehmen. »Das kann man wohl laut sagen.«

Im selben Moment ertönte von draußen der laute Knall eines Feuerwerkskörpers. Carl sah auf seine Armbanduhr. »Schnell!«, rief er in plötzlicher Hektik. »Es ist gleich Mitternacht.«

Er holte eine Flasche Champagner aus der Küche und goss jedem großzügig ein. Dann zogen sie ihre Mäntel über und gingen mit ihren Gläsern nach draußen in den Hof, wo bereits die Feiernden aus den Wohnungen ringsherum versammelt waren.

Die Nacht war kalt und klar, und Rosas Atem stand weiß in der Luft. Das alte Jahr geht nun wirklich zu Ende, dachte sie, während sie fröstelnd die Arme um ihren Oberkörper schlang. Für sie war es ein Jahr der Extreme gewesen. Sie war eine glückliche Ehefrau, bis Sven sie betrogen hatte und sie an ihrem Verlust zu zerbrechen drohte. Doch sie hatte sich wieder gefangen und aufgerappelt. Und nun stand sie hier – im Kreis ihrer neuen und alten Freunde.

Sie sah von Tom und Carl, die fröhlich miteinander scherzten, zu Jacob, der neben ihr hinauf zum Nachthimmel blickte. Er war ihr so nah, dass sie nur ihre Hand ausstrecken musste, um ihn zu berühren. Sie spürte seine Wärme, seine beruhigende Kraft, und ihr Herz floss über.

Sie dachte an sein strahlendes Lächeln, sobald er das Café betrat. An ihre Blicke, die sich, wie magisch angezogen, gegenseitig suchten.

»10, 9, 8 …«

Die lauten Rufe der anderen holten Rosa zurück ins Hier und Jetzt.

»7, 6, 5 …«

Sie drehte sich zu Jacob, und ihre Hand glitt wie selbstverständlich in seine.

»4, 3, 2 … 1 … Ein frohes neues Jahr!«, schallte es durch die Nacht.

Jacob und sie sahen einander in die Augen. Dann, wie in Zeitlupe, neigte Jacob den Kopf, bis ihre Gesichter sich beinahe berührten.

Für einen Moment dachte Rosa, er würde sie jetzt küssen. Ein Zittern lief durch ihren Körper, ihr Herz klopfte zum Zerspringen. Doch seine Lippen trafen nur ihre Wange.

»Ein frohes neues Jahr, Rosa«, sagte er leise.

Einen Moment lang war sie enttäuscht, doch dann sagte sie sich, dass sie alle Zeit der Welt hatten, und umarmte ihn. Sie nahm wahr, wie gut er roch. Nach Duschgel und Aftershave und noch etwas, das nur er war.

»Ein frohes neues Jahr, Jacob«, erwiderte sie. Ich freue mich auf das nächste, fügte sie in Gedanken hinzu.

Jacob zog sie fester an sich und hielt sie in seinen Armen, während über ihnen der Himmel von tausend Farben erleuchtet wurde.

29

Der Brief kam an einem Samstag im Januar. Er wirkte wie ein normaler Brief in seinem weißen Umschlag. Die Anschrift war mit Maschine geschrieben. Rosa legte ihn auf das Tischchen im Flur. Und dort vergaß sie ihn, bis Jacob am Abend an der Haustür schellte.

Schnell legte Rosa die Tomate beiseite, die sie gerade in der Küchenspüle gewaschen hatte, und eilte in den Flur. Dabei fiel ihr Blick erneut auf den Brief, und sie faltete ihn in der Mitte und steckte ihn in die Tasche ihres Kleides. Dann strich sie die Haare zurück und öffnete die Tür.

»Hallo, Rosa.« Lächelnd hielt Jacob ihr eine Flasche Rotwein entgegen.

Bei seinem Anblick machte ihr Herz einen Hüpfer. »Komm herein«, sagte sie und umarmte ihn. Einen Augenblick lang hielten sie einander fest umschlungen. Rosa hörte sein Herz schlagen und kämpfte gegen den Impuls an, ihre Hand auf seine Brust zu legen. Ihre Wangen brannten, als sie sich von ihm löste.

Die erste Hälfte des Rotweins tranken sie beim Kochen. Sie arbeiteten in perfekter Harmonie, schnitten Zwiebeln klein, hackten Knoblauch und Kräuter und raspelten Parmesan. Nach einer Stunde waren sie fertig. Rosa trug die Auflaufform mit der Lasagne zum Esstisch, Jacob folgte ihr mit den Gläsern.

Während sie aßen und Rotwein tranken, ließen sie die letzten Tage und Wochen Revue passieren. Die lustigen Episoden, die sich im Café ereignet hatten. Die Silvesterfeier bei Carl. Und schließlich kamen sie auf ihr Weihnachtspicknick am Strand zu sprechen. Ihre Flucht über den Strand.

»Ich dachte, ich muss sterben«, lachte Rosa und wischte sich mit ihrer Serviette die Tränen aus den Augenwinkeln. »Dafür kommen wir mit Sicherheit in die Hölle!«

Jacob grinste und betrachtete sie über den Rand seines Glases hinweg. »Hast du noch nie etwas Illegales getan? Nicht einmal als Kind?«

Sie schüttelte den Kopf. »Ich war durch und durch anständig. Meine Mutter ist einmal über eine rote Ampel gefahren, da war ich sechs. Ich habe angefangen zu weinen und verlangt, dass wir zur Polizei fahren und uns stellen.« Sie schmunzelte. »Meine Mutter war dagegen. Ich habe den ganzen Tag kein Wort mehr mit ihr gesprochen.«

Jacob lachte. »Ich war auch nicht besser. Ich wollte Richter werden. Oder Papst.«

Rosa hob eine Augenbraue. »Tatsächlich?«

Er nickte. »Aber dann gewann ich den ersten Preis bei einem Schreibwettbewerb, und die Sache war gelaufen.«

Nach dem Dessert, Vanilleeis mit heißen Kirschen, entzündete Jacob das Kaminfeuer im Wohnzimmer, und Rosa legte eine CD von Ed Sheeran auf. Als sie sich auf das Sofa setzte, knisterte es in der Tasche ihres Kleides. Sie fischte den Brief heraus und betrachtete ihn von allen Seiten.

»Der ist doch nicht etwa von der holländischen Polizei?«, fragte Jacob in gespieltem Schrecken.

Rosa grinste. »Nein«, sie öffnete den Umschlag, »das ist bestimmt nur wieder Werbung, für eines dieser …« Sie erstarrte in ihrer Bewegung, als ihr Blick auf die schwungvolle Schrift fiel, die ihr nur allzu bekannt war.

Liebe Rosa,
ich habe das Haus zum Verkauf angeboten. Ich denke, das ist auch in deinem Interesse. Es haben sich sofort einige Interessenten gemeldet, und ich habe bereits Besichtigungstermine vereinbart. Bitte hol so schnell wie möglich deine Sachen. Dein Kleiderschrank ist noch halb voll, und bestimmt gibt es noch andere Dinge, die du haben möchtest. Nimm, was du willst. Das ist das Mindeste, was ich tun kann.
Dein Sven

Rosas Kehle zog sich zusammen, bis sie das Gefühl hatte, keine Luft mehr zu bekommen.

»Rosa?« Jacobs Stimme klang wie aus weiter Ferne zu ihr.

Statt einer Antwort hielt sie ihm den Brief hin. Er nahm ihn aus ihrer zitternden Hand. Seine Augen überflogen den kurzen Text. Er unterdrückte den Fluch, der ihm auf den Lippen lag, und zog sie in seine Arme.

Sie sank an seine Brust und begann zu weinen. Es war nur ein Stück Papier, und doch war all der Schmerz des vergangenen Jahres wieder da. Ihre Tränen sickerten in den Stoff von Jacobs Hemd, während er mit der Hand über ihren Rücken strich und beruhigende Laute murmelte.

Nach einer halben Ewigkeit hob sie den Kopf. »Tut mir leid, ich … Was geht nur in seinem Kopf vor?«

Jacob griff in seine Hosentasche und reichte ihr ein sauberes, leicht zerknittertes Taschentuch. Sie schnäuzte sich geräuschvoll.

»Das weiß nur er allein«, hörte sie ihn sagen. »Aber ich begleite dich. Gleich morgen, wenn du möchtest.«

Rosa hob den Kopf und sah ihn an. »Danke. Das wäre schön.« Sie atmete tief durch. »Es tut mir so leid, Jacob. Wir wollten uns einen schönen Abend machen, stattdessen sitze ich hier und heule.«

Er schenkte ihr ein liebevolles Lächeln. »Du kannst weinen, so viel du willst. Das halte ich aus.«

»Sei nicht so nett zu mir. Sonst muss ich noch mehr weinen.«

Jacob blieb bei ihr, bis Tom von seinem Skatabend mit Freunden zurückkehrte. Obwohl die Männer im Flur waren und leise sprachen, verstand Rosa im Wohnzimmer jedes Wort, als Jacob Tom von dem Brief erzählte.

Sie hörte Tom fluchen. »Wie geht es ihr?«, fragte er.

»Den Umständen entsprechend.«

Tom schnaubte, und Rosa sah ihn vor sich, wie er sich mit beiden Händen durch sein eisgraues Haar fuhr.

Jacob murmelte etwas Unverständliches, und im nächsten Moment betraten beide das Wohnzimmer und kamen zu ihr.

»Bitte, ihr zwei, schaut mich nicht so an.« Rosa hätte beinahe gelacht, wenn der Knoten in ihrer Kehle sie nicht daran gehindert hätte.

»Soll ich ein Umzugsunternehmen bestellen?«, fragte Tom und setzte sich neben sie auf das Sofa. Jacob nahm an ihrer anderen Seite Platz.

Sie schüttelte den Kopf. »Nein. Ich will keine Möbel. Nur ein paar Bücher, Fotos, solche Dinge.«

»Bist du dir sicher? Eure Einrichtung ist ein Vermögen wert. Warum willst du sie *ihm* überlassen?«

Rosas Blick wanderte zu dem Kamin, in dem das Feuer zu einem Haufen Asche heruntergebrannt war. »Weil sie mit meinem Leben nichts mehr zu tun hat. Das waren alles Dinge, die Sven ausgesucht hat. Sie bedeuten mir nichts. Ich möchte von vorne anfangen.« Und während sie die Worte aussprach, wurde ihr bewusst, dass es die Wahrheit war. Sie sah Jacob an, sah den besorgten Ausdruck in seinen Augen, und ihr Herz schwoll an. Sie hatte geglaubt, nie wieder Glück empfinden zu können. Doch sie hatte sich geirrt. Sie empfand es, wenn sie mit ihm zusammen war. Wenn Tom um sie herum war. Wenn sie mit Lucille backte. Wenn sie Mac zusah, wie er ein paar Zutaten zusammenklaubte und in etwas Magisches verwandelte. Wenn sie mit den Gästen im Café scherzte.

Sie dachte an den Brief, der auf dem Sofatisch lag, und heiße Wut legte sich über ihren Schmerz. Es war Svens erstes Lebenszeichen nach Monaten. Doch er fragte nicht einmal, wie es ihr ging. Wie sie zurechtkam. Alles, was er ihr zu sagen hatte, war, dass sie ihre Sachen holen sollte. Aus dem Haus, in dem sie zwanzig Jahre zusammen gelebt hatten. War Sven schon immer so rücksichtslos gewesen? Sie wusste es nicht. Und sie fragte sich, ob sie ihn jemals wirklich gekannt hatte.

30

Der nächste Morgen war windig und kalt. Am grauen Himmel hingen dicke Regenwolken. Rosas Herz klopfte schmerzhaft gegen ihre Rippen, als Jacob und sie in die Straße einbogen, in der sie früher gewohnt hatte. Beim Anblick der großen, frei stehenden Häuser aus weißem Stein, der gepflegten, von Kieswegen durchzogenen Vorgärten und der blitzenden SUVs, die in den Einfahrten parkten, während die schweren Audis, Mercedes und BMWs erst mit den Ehemännern am Abend zurückkehren würden, kam Rosa in den Sinn, wie viel besser sie ins bodenständige, lebhafte Pempelfort passte.

Jacob parkte vor der Hausnummer, die Rosa ihm genannt hatte, und wandte sich ihr zu. Sein Gesicht spiegelte Besorgnis. »Bist du dir sicher, dass ich nicht mit reinkommen soll?«

Sie legte eine Hand auf seinen Arm. »Sei mir nicht böse, Jacob. Aber das muss ich allein tun.«

»Also gut. Ich warte hier auf dich. Wenn du mich brauchst, ruf einfach.«

Sie lächelte ihm dankbar zu und stieg aus. Die kalte Luft ließ sie frösteln. Sie zog den Mantel enger um sich und schritt auf den Eingang zu. Wie oft sie diesen Weg gegangen war. Ihre Finger zitterten ein wenig, als sie die Haustür öffnete.

Aus dem Flur schlug ihr abgestandene Luft entgegen. Sie

schluckte und betätigte den Lichtschalter. Als sie ihren Wintermantel auszog und an die Garderobe hängte, fiel ihr Blick in den Spiegel. Ihr Gesicht wirkte blass und ernst, die braunen Augen riesengroß. »Du schaffst das«, machte sie sich selber Mut. Wenn sie hiermit fertig war, würde sie einen Schlussstrich ziehen und nicht mehr zurückblicken.

Als Erstes ging sie in die Küche. Wie oft sie hier gestanden und gebacken oder das Abendessen vorbereitet hatte, während Sven mit einem Glas Wein am Kühlschrank gelehnt und von seinem Tag erzählt hatte. Beinahe zärtlich strichen ihre Fingerkuppen über die Arbeitsflächen.

Gedankenverloren öffnete Rosa eine Schublade und fand sie leer vor. Genauso wie die zweite und dritte. Sie zuckte kaum merklich zurück, dann drehte sie sich um und ging hinaus. Die Schubladen ließ sie offen.

Im Esszimmer betrachtete sie den antiken Holztisch mit den kunstvoll gedrechselten Beinen, an dem sie zusammen gesessen hatten, doch er entlockte ihr keinerlei Emotionen.

Sie ging in das Wohnzimmer und setzte sich auf die riesige weiße Couch, die ihr immer zu puristisch gewesen war. Aber Sven hatte das gefallen, also hatten sie das Sofa gekauft. Ihr Blick glitt über die abstrakten Kunstwerke, die an den Wänden hingen und eine Botschaft vermittelten, die Rosa nie verstanden hatte, zu der sündhaft teuren Dolby-Surround-Anlage und dem eingelassenen Flachbildschirm. Sie hatte nie viel Fernsehen geschaut, ihre Liebe galt den Büchern.

Mag sein, dass ich verrückt bin, dachte Rosa, aber ich möchte nichts von alledem. Das alles hat Sven ausgesucht. Nichts davon bin ich. Der einzige Raum, der ihr noch etwas bedeutete, war die Küche, doch die war schwer auszubauen. Und selbst wenn es gelingen sollte, wo sollte sie die Küche lagern? Nein, es war einfacher, sie hier zu lassen.

Sie sah zu der silbernen Uhr auf dem Kaminsims und realisierte, dass sie schon eine halbe Stunde im Haus war. Sie musste sich beeilen. Mit festen Schritten stieg sie die Treppe hinauf und ging ins Schlafzimmer. Sie dachte nicht daran, wie Sven sie hier in seinen Armen gehalten hatte, viele Jahre lang. Sie erinnerte sich nur daran, wie sie nach ihrer Trennung im Bett gelegen hatte. Verzweifelt, zerrissen, den Kopf in die Kissen gedrückt, erschöpft vom Weinen.

Sie atmete tief durch und öffnete die Tür zum Kleiderschrank.

Svens Seite war leer. Sie hatte damit gerechnet, dennoch fühlte sie einen Stich in der Brust. Ob er jetzt bei ihr wohnte? Ihre Finger strichen über Hosen und Röcke in gedeckten Farben, über Blusen in Creme und Elfenbein. Alles Stücke, die sie ausgesucht hatte, weil sie wusste, dass sie Sven gefallen würden.

Sie entschied, dass sie keines davon je wieder tragen würde. Sie passten nicht mehr in ihr neues Leben. Nicht zu ihrer Arbeit im Café, bei der sie praktische, bequeme Kleidung bevorzugte und bei der es nicht schlimm war, wenn sie fleckig wurde.

Plötzlich hielt sie inne. Sie rang einen Augenblick lang mit sich, dann stellte sie sich auf die Zehenspitzen, hob die Arme und tastete blind in dem Fach über ihrem Kopf. Schließlich stießen ihre Hände gegen etwas Hartes.

Sie zog eine glänzend weiße Schachtel hervor, setzte sich damit auf das Bett und schob den Deckel beiseite. Das Seidenpapier raschelte, als sie das Kleid herausnahm. Ihre Augen glitten über den dünnen weichen Stoff. Er war weiß mit roten Blumen. Sie sah sich selbst, wie sie das Kleid getragen hatte. Sie war zwanzig, und sie hatte keine Lust gehabt, auf die Party zu gehen. Doch dann hatte sie ihn getroffen.

Sven. Sie hatte ihm in die Augen gesehen und gewusst, dass sie ihn gefunden hatte. Den Mann, den sie heiraten wollte …

Einen Moment lang saß Rosa da wie versteinert. Dann stopfte sie das Kleid zurück, knallte den Deckel auf die Schachtel und warf sie zurück in den Schrank.

Sie wollte nur noch raus. Zurück zu Jacob.

Sie beeilte sich, ihre Lieblingsbücher und Fotoalben in zwei Reisetaschen zu verstauen. Vielleicht war sie im Moment nicht in der Verfassung, sich die Fotos anzuschauen, doch sie ahnte, dass der Tag kommen würde. Zuletzt öffnete sie den Tresor im Arbeitszimmer und nahm ihre teuren Ohrringe, Armbänder und Ketten heraus. Der Schmuck bedeutete ihr nichts, aber der Gedanke, dass Svens Neue ihn tragen würde, wenn sie ihn zurückließ, war ihr unerträglich.

Ihr Herz war schwer, als die Haustür hinter ihr ins Schloss fiel. Sie wusste, dass der Abschied für immer war. Mit einem Ächzen stellte sie die schweren Reisetaschen auf den Boden. Es hatte angefangen zu regnen, und kalte Tropfen fielen auf ihr Haar.

Sie sah zu Jacobs Wagen, sah sein Gesicht im Inneren, und der Klammergriff, der ihre Brust umfangen hielt, ließ nach. Als hätte er ihre Gegenwart gespürt, hob er den Kopf und sah zu ihr.

Für eine Sekunde war es, als gäbe es nur sie beide. Rosa vergaß die schwere Zeit, die hinter ihr lag. Sie sah nur ihn. Ihre Zukunft, die sich in leuchtenden Farben vor ihr auftat. Glücklich und verheißungsvoll. Ein Lächeln glitt über ihr Gesicht, als Jacob aus dem Auto stieg, um zu ihr zu kommen.

Da hörte sie eine Stimme ihren Namen rufen. Wie in Trance wandte sie den Kopf und sah plötzlich Sven, der ihr von der anderen Straßenseite aus zuwinkte. Er blickte nach links und rechts, wartete, bis ein Auto vorbeigefahren war, dann lief er über die Straße.

Rosa wollte fliehen, doch ihre Beine waren wie festgewachsen. Schließlich stand er vor ihr. Sein Gesicht war so vertraut, dass es ihr den Atem nahm.

»Hallo, Rosa«, sagte er. Er lächelte das Lächeln, das sie so geliebt hatte. Jacob, der gerade die Reisetaschen im Auto verstaute, bedachte er nur mit einem kurzen Nicken.

»Du«, sagte er, »tut mir leid wegen des Briefs. Ich weiß, ich hätte es dir persönlich sagen sollen.«

»Warum hast du es dann nicht getan?«

Die Worte kamen wie von selbst über ihre Lippen.

Ein überraschter Ausdruck huschte über Svens Gesicht. Er war es nicht gewohnt, von ihr kritisiert zu werden.

»Tut mir leid«, wiederholte er. Er trat von einem Bein aufs andere.

Erst jetzt bemerkte Rosa, dass er keine Jacke trug, und sie wunderte sich darüber.

»Und?«, wechselte er das Thema. »Wie geht es dir?«

Rosa verschränkte die Arme vor der Brust. »Was denkst du denn?« Ihre Stimme klang sarkastisch.

»Das hab ich wohl verdient«, murmelte er.

Rosa fühlte keinen Schmerz, nur unbändige Wut. Sie schwemmte durch ihren Körper und verursachte ihr Übelkeit. Er hatte sie betrogen, sie belogen. Hatte ein Kind gezeugt mit einer anderen Frau. Und jetzt stand er da, mit diesem unschuldigen Ausdruck im Gesicht, im Glauben, dass sie ihm nichts entgegenzusetzen hatte. Rosa straffte die Schultern.

»Weißt du was, Sven?«

Er hob den Kopf, und sie sah ihm direkt in die Augen.

»Fahr zur Hölle.«

Sie ließ ihn stehen und ging zum Wagen. Ihr Herz klopfte wie wild, aber gleichzeitig zupfte ein Lächeln an ihren Mundwinkeln. Fast hätte sie sich noch einmal umgedreht, um seinen fassungslosen Gesichtsausdruck zu sehen, doch dann entschied sie, dass er es nicht wert war. Denn am Wagen stand Jacob und lächelte ihr entgegen. Mit einer eleganten Bewegung öffnete er ihr die Beifahrertür.

Sie erwiderte sein Lächeln. »Vielen Dank.«

Sie wollte gerade einsteigen, als sie auf der anderen Straßenseite eine Bewegung wahrnahm. Es war Millie, ihre Nachbarin von gegenüber, eine attraktive Frau Anfang vierzig. Sie und Rosa waren nie eng befreundet gewesen, doch sie hatten häufiger eine Tasse Kaffee zusammen getrunken und sich mit Butter und Eiern ausgeholfen.

Rosa wollte weg von hier, doch sie brachte es nicht über sich, wortlos zu verschwinden. Also hob sie die Hand zum Gruß. Doch Millie reagierte nicht. Auf ihrem Gesicht lag ein merkwürdiger Ausdruck. Furcht, ja Panik beinahe. Aber auch Entschlossenheit. Sie starrte an Rosa vorbei auf einen Punkt hinter ihr.

Rosa sah über ihre Schulter. Da stand Sven und schüttelte den Kopf. Als er bemerkte, dass Rosa ihn anschaute, erstarrte er mitten in der Bewegung. Seine Arme, gerade noch in einer Abwehrgeste erhoben, fielen kraftlos herunter. Rosa runzelte die Stirn, und sah zurück zu Millie. Die hatte ihre Arme jetzt schützend um ihren Bauch geschlungen. Ihren … Babybauch. Rosas Kopf fuhr hoch. Ihr Blick irrte wieder zu Sven, dann zu Millie. Mit einem leisen Klick fügten sich die Puzzleteilchen ineinander. Sie schlug die Hände vor den

Mund und taumelte. Sofort war Jacob bei ihr und hielt sie fest.

»Rosa, lass es mich erklären ...«, hörte sie Svens Stimme in ihrem Rücken. Sie fuhr herum. »Du Lügner!«, stieß sie hervor.

Sven wich zurück, als hätte sie ihn geschlagen. Sie fixierte ihn mit wildem Blick.

»Was ist mit deiner Kollegin? Der Volontärin?«

Er presste die Lippen zusammen und schwieg wie ein trotziges Kind. Rosas Augen verengten sich zu Schlitzen.

»Du hast sie erfunden? Warum?«

»Wir hatten Angst ...«

Millie. Rosa drehte sich um und fand sich Auge in Auge mit ihrer früheren Nachbarin. Plötzlich spürte sie Jacobs Hand auf ihrem Arm.

»Komm, Rosa. Wir fahren.«

»Warte«, sagte sie, ohne ihn anzusehen.

Sie ließ Millie stehen und wandte sich wieder an ihren Mann. »Wie lange, Sven? Wie lange geht das mit euch? Und wage es nicht, mich noch einmal zu belügen.«

Wieder war es Millie, die antwortete. Die Worte platzten förmlich aus ihr heraus. Es schien wie ein Befreiungsschlag für sie, endlich die Wahrheit sagen zu können. »Ich war nie verheiratet, Rosa. Nils und Laura sind unsere Kinder. Svens und meine. Wir wollten es dir immer sagen, wirklich, aber wir wussten nicht, wie. Erst als ich wieder schwanger wurde ...« Sie hob den Kopf. Ihr Blick heischte um Verständnis. »Es ist Liebe, weißt du, Sven und ich lieben uns. Seit siebzehn Jahren ...«

Rosa starrte sie an.

Dann senkte sich gnädiges Schwarz über sie.

31

Die Frau lag auf dem Bett in Toms Gästezimmer. Es war derselbe Tag, nur wenige Stunden später, doch die Zeit hatte für sie ihre Bedeutung verloren. Ihr Gesicht war blass, ihre Augen geschlossen. Nur der Pullover, der sich über ihrem schmalen Brustkorb hob und senkte, verriet, dass sie atmete.

Rosa hatte Mitleid mit der Frau. Sie hatte mit angesehen, wie man sie in dieses Zimmer gebracht und untersucht hatte. Danach hatte der Arzt Jacob und Tom beiseitegenommen und leise auf sie eingeredet. Rosa wusste, was der Frau fehlte, und sie wunderte sich, dass es außer ihr niemand bemerkte.

»Sie kann euch nicht hören«, hätte Rosa den Männern gerne zugerufen. Doch sosehr sie sich auch bemühte, es kam kein Ton über ihre Lippen.

Es klopfte an der Tür, und ein weiterer Besucher trat ein. Mit seinem schlohweißen Bart und der Lesebrille, die schief auf seiner Nase saß, wirkte Ludwig Leclerc mehr denn je wie der Professor, der er war.

Jacob und Tom nickten ihm zu. Dann gingen sie leise hinaus.

Rosa beobachtete, wie der Professor an das Bett trat und die Frau musterte. Eine Ewigkeit, wie es ihr schien. Dann zog er einen Hocker heran und setzte sich. »Ich möchte Ihnen helfen«, sagte er sanft. »Aber dazu müssen Sie mit mir reden.«

Rosa schüttelte den Kopf. Sah er denn nicht, was sie sah? Die Frau war gefangen in ihrem Schmerz, der sich immer weiter in ihrem Körper ausbreitete. Sie hatte nicht einmal mehr die Kraft, den Kopf zu heben, geschweige denn zu sprechen.

Der Mann griff nach ihrer Hand und drückte sie. »Ich weiß, dass Sie schlafen möchten.«

Rosa nickte und lächelte. Sie freute sich, dass der Professor so verständnisvoll war. Er brachte sein Gesicht ganz nah an das der Frau heran. »Aber wir brauchen Sie hier«, flüsterte er in ihr Ohr. »Ihre Freunde brauchen Sie. Vertrauen Sie mir. Wir bekommen Sie wieder auf die Beine.«

Der Professor strich mit den Fingerkuppen gegen die Wangen der Frau. »Reden Sie mit mir«, sagte er. »Ich bin hier und warte auf Sie.«

Rosa kniff die Augen zusammen. Leiser Ärger stieg in ihr auf. Sie wollte ihm sagen, dass er verschwinden solle. Dass er die Frau in Frieden lassen solle.

»Reden Sie mit mir«, wiederholte er eindringlich.

Seine Worte schmerzten in ihren Ohren. Rosa spürte, wie etwas an ihr zerrte. Sie aus ihrem Versteck drängte. In Panik sah sie sich um. Suchte nach etwas, woran sie sich festhalten konnte.

»Ich warte auf Sie.«

Diese Stimme … Rosa presste die Hände auf ihre Ohren. Doch seine Worte drangen mühelos hindurch.

Ein Sog erfasste sie. Sie sah, wo er sie hinführte, und sie brüllte auf vor Qual. Sie wollte nicht zurück. Wollte nicht in diesen Körper, der nur Schmerz für sie bereithielt.

»Ich bin hier«, sagte der Professor. »Reden Sie mit mir.«

Die Frau in dem Bett öffnete die Augen.

»Hallo, Rosa«, begrüßte sie Ludwig Leclerc.

»Sie ist wach.«

Rosa hörte durch die geöffnete Tür, wie der Professor im Flur mit Tom sprach. Sie hatte ihn auf später vertröstet, hatte ihm gesagt, dass sie jetzt nicht in der Lage sei, mit ihm zu reden. Nach einigem Zögern hatte er ihre Entscheidung akzeptiert und sich mit dem Versprechen verabschiedet, sie könne ihn Tag und Nacht anrufen, und er würde sofort zu ihr kommen.

»Das ist gut, oder?«, fragte Tom.

Rosa presste ihr Gesicht in das Kissen. Sie wollte die Antwort nicht hören. Nichts war gut. Und nichts würde je wieder gut sein. Wie auch? Ihr bisheriges Leben fußte auf einer einzigen große Lüge.

Siebzehn Jahre …

Zwei Worte nur, doch sie hatten ihr den Boden unter den Füßen weggerissen. Und dann hatte Millie von Kindern gesprochen. *Svens Kindern.*

Ein Wimmern stieg aus Rosas Kehle. Sie fragte sich, wie viel ein Mensch ertragen konnte.

Tom betrat den Raum. Er setzte sich auf die Kante ihres Bettes und zog sie in seine Arme. »Es tut mir so leid«, murmelte er in ihr Haar. »Jacob hat mir alles erzählt. Du bist vor eurem Haus ohnmächtig geworden. Ganz kurz nur, warst aber danach nicht mehr ansprechbar. Jacob hat dich zu uns nach Hause gebracht und einen Arzt gerufen. Der hat dich untersucht und dir etwas zur Stärkung gegeben. Du sollst dich ein paar Tage schonen. Ludwig anzurufen war meine

Idee. Ich verstehe, dass du jetzt nicht mit ihm sprechen willst, aber vielleicht morgen oder in den nächsten Tagen. Mach dir keine Sorgen, Fee. Jacob und ich sind für dich da und passen auf dich auf. Du wirst sehen, es wird alles gut.«

Tom verstummte und streichelte über ihren Rücken. Eine Zeit lang saßen sie so da. Schließlich rückte sie ein Stück von ihm ab und sah ihn an.

»Sven ist der Vater von Nils und Laura«, sagte sie tonlos. Jedes Wort, jeder Buchstabe ein weiterer Dolchstoß in ihr Herz.

Tom atmete tief durch. »Ich weiß. Auch davon hat Jacob mir berichtet.«

Rosas Kinn begann zu zittern. »Das ergibt doch alles keinen Sinn.«

Ihre Augen füllten sich erneut mit Tränen.

»Nichts, was dieser Mensch tut, ergibt einen Sinn für mich.«

»Er ist kein Mensch.« Rosa biss sich so heftig auf die Unterlippe, dass sie Blut schmeckte. Sie zog die Beine an und legte das Kinn auf ihre Knie. »Warum hat er mich nicht früher verlassen?«

Tom antwortete nicht. Seine Miene war schmerzverzerrt.

Rosa schluckte. »Du musst nichts sagen. Ich weiß es auch so.«

Sie begann sich langsam vor und zurück zu wiegen.

»Ich war seine Entschuldigung. Die perfekte Ausrede. So hatte er beides. Seine Kinder, wann immer er wollte. Und in der übrigen Zeit Ruhe und Frieden und eine Welt, in der sich alles um ihn drehte. Mit einer Ehefrau, die ihm jeden Wunsch von den Lippen ablas.« Sie lachte bitter. »Ich wette, als sie wieder schwanger wurde, hat sie ihm die Pistole auf die Brust gesetzt …«

Tom schüttelte den Kopf. »Warum quälst du dich so?«

Rosa hielt inne und sah ihn an. »Ich quäle mich nicht, Tom. Es ist mein Leben, das mich quält.« Sie fuhr sich mit den Händen über das Gesicht. »Ich bin so müde. So schrecklich müde.«

»Soll ich dich alleine lassen?«

Sie nickte und schloss die Augen. Doch es war nicht der Schlaf, der sie übermannte. Es war eine Ohnmacht, die sie mit sich riss, sobald ihr Kopf das Kissen berührte.

Als Tom das nächste Mal nach ihr sah, saß Rosa aufrecht und mit schweißnasser Stirn im Bett.

»Hast du schlecht geträumt?«, fragte er und strich ihr eine feuchte Strähne aus dem Gesicht.

Rosa wandte den Blick ab. »Nein«, antwortete sie heiser. »Meine Albträume beginnen, wenn ich wach bin.« Sie räusperte sich. »Ist Jacob da?«

Tom schüttelte den Kopf. »Ich habe ihn nach Hause geschickt. War ein ziemlicher Kampf, wie du dir vorstellen kannst. Er hat gesagt, ich solle ihn anrufen, sobald du wach bist. Egal, wie spät es ist. Soll ich mich bei ihm melden?«

Sie schüttelte den Kopf. Plötzlich war ihr klar geworden, was sie zu tun hatte, und sie wunderte sich, dass sie nicht eher darauf gekommen war. »Nein. Aber du kannst bitte etwas anderes für mich tun. Richtest du dem Professor aus, dass ich jetzt doch mit ihm sprechen möchte? So schnell wie möglich?«

32

Rosa sah dem Professor entgegen, als er in das kleine Gästezimmer mit den Dachschrägen trat, das in den letzten Monaten zu ihrem Zuhause geworden war. Sie hatte auf ihn gewartet, und jetzt, wo er da war, spürte sie, wie der Schmerz in ihrem Inneren nachließ und einem Gefühl der Entschlossenheit wich.

»Ich möchte vergessen, wie sich das Glück anfühlt«, sagte sie anstelle einer Begrüßung.

Der Professor stutzte, dann zog er einen Hocker zu ihrem Bett, setzte sich und musterte sie aufmerksam. »Warum das Glück? Warum nicht der Schmerz? Oder die Angst? Wäre das nicht viel naheliegender?«

Sie schüttelte den Kopf. »Sie haben mir erklärt, dass die Erinnerungen bleiben. Dass Sie nur die Gefühle ausmerzen, die mit ihnen verbunden sind.« Ihr Blick wanderte durch den Raum. »Ich erinnere mich an 26 Jahre mit einem Mann, der mir alles bedeutet hat. Der mir jeden Tag aufs Neue versicherte, wie sehr er mich liebt, und von dem ich heute weiß, dass er mich die ganze Zeit nur belogen hat.« Rosa holte tief Luft, bevor sie erneut das Gesicht des Professors fixierte. »Ich will das Glück, das ich in Svens Nähe empfunden habe, vergessen.« Sie presste die Fäuste gegen ihre Schläfen. »Bitte helfen Sie mir, löschen Sie es aus meinen Erinnerungen. Ersetzen Sie es durch etwas anderes. Etwas, das mich weiterleben lässt.«

»Das ist eine schwerwiegende Entscheidung, die Sie nicht überstürzen sollten«, sagte der Professor. »Ich rate Ihnen dringend, sich Bedenkzeit zu nehmen. Schlafen Sie eine Nacht darüber, reden Sie mit Ihren Freunden.«

Rosa ließ die Arme sinken. »Das würde nichts ändern«, entgegnete sie leise. »Bitte, Professor. Ich bin mir sicher. So sicher wie nie zuvor in meinem Leben.« Sie hielt den Atem an, während sie auf seine Antwort wartete.

Der Professor schwieg eine lange Zeit. Schließlich sagte er: »Also schön, ich werde Ihnen helfen.«

Rosa spürte eine solche Dankbarkeit, dass sie anfing zu zittern.

Der Professor nahm seine Brille ab und massierte mit dem Daumen und Zeigefinger seine Nasenwurzel. Seine Stimme klang mit einem Mal sehr müde. »Ich werde Ihnen nun sagen, was passieren wird, Rosa. Hören Sie mir bitte genau zu. Sie werden schlafen. Und wenn Sie aufwachen, werden Sie nicht mehr wissen, wie es sich anfühlt, glücklich zu sein. Das bedeutet nicht, dass es Ihnen schlecht gehen wird. Sie werden nur fortan alle glücklichen Erinnerungen neutral bewerten. Sie werden Stille fühlen, Leere. Sie werden sich an Ihre Hochzeit erinnern, und es wird sein, als wenn Sie das Leben einer Fremden Revue passieren lassen.« Er setzte seine Brille wieder auf und sah sie an. »Ist es wirklich das, was Sie wollen?«

»Ja«, sagte Rosa und nickte. »Sie nennen es Leere. Für mich bedeutet es Frieden.«

Der Professor blinzelte. »Ihnen muss klar sein, dass dieser Schritt weitreichende Folgen hat. Ihr Gehirn wird nicht nur vergessen, wie sich Ihr Glück mit Sven angefühlt hat. Ich vermute, dass auch Ihre Kindheitserinnerungen betroffen sein werden, und auch die Erinnerungen, die Sie mit Ihren Freunden verbinden.«

Rosa zögerte. *Nils und Laura sind unsere Kinder, Svens und meine …*

Sie hob das Kinn. »Das muss ich in Kauf nehmen. Ich kann mir neue Erinnerungen schaffen.«

Der Professor schüttelte den Kopf. »Sie verstehen nicht, meine Liebe. Sie werden vergessen, wie es sich anfühlt, glücklich zu sein. Nicht nur in Ihren Erinnerungen, auch in Ihrer Gegenwart. Natürlich werden Sie sich neue Erinnerungen schaffen. Und mit ihnen werden Gefühle verknüpft sein. Aber was das auch für Gefühle sein mögen – das Glück wird nicht dazugehören. Ebenso wenig die Freude. Denn Freude ist das Glück des Augenblicks.«

Rosa schlang die Arme um ihren Oberkörper. »Aber wer kein Glück kennt, fühlt auch nicht den Schmerz, wenn es fort ist. Und glauben Sie mir, von diesem Schmerz habe ich genug für ein Leben.« Ihre Lider flatterten. »Nur verraten Sie Jacob nichts.«

Ludwig Leclerc runzelte die Stirn. »Er wird es merken. Ihr ganzes Umfeld wird es merken. Früher oder später.«

»Dann werde ich es erklären.«

»Was ist mit Tom und Ihrer Familie?«

»Ich werde mit ihnen reden. Danach …«

Der Professor sah sie an. Sie konnte sehen, wie er mit sich rang. Dass er drauf und dran war, einen Rückzieher zu machen. Sie fasste nach seiner Hand. »Bitte, Professor Leclerc«, sagte sie eindringlich. »Helfen Sie mir. Sorgen Sie dafür, dass es aufhört. Dass ich weiterleben kann. Geben Sie mir einen Grund.«

Ludwig Leclerc strich sich über seinen weißen Bart.

»In Ordnung«, sagte er schließlich. »Schließen Sie die Augen.«

Schon spürte Rosa seine Hand auf ihrer Stirn, seine Finger, die über ihre Augenlider strichen, und eine tiefe Ruhe überkam sie.

Ich werde leben, war das Letzte, was sie dachte, bevor sie einschlief.

33

Die Sonne war noch nicht aufgegangen, als Rosa aufwachte. Der Professor war fort. Sie lag allein und im Dunkeln da, stocksteif unter ihrer Decke, die nach Waschmittel und Lavendel duftete. Sie traute sich nicht, die Augen zu öffnen, ja nicht einmal zu atmen, und ihre Finger, die sich in das Laken gekrallt hatten, waren schweißnass.

Sie konnte spüren, dass sich in ihrem Inneren etwas verändert hatte. Dennoch … sie musste Gewissheit haben, dass der Eingriff erfolgreich verlaufen war. Dass sie vergessen hatte, wie es sich anfühlte, glücklich zu sein. Und so zog sie die Decke bis unter das Kinn hoch, kniff die Augen so fest zusammen wie sie nur konnte, und dachte an die Momente in ihrem Leben, in denen sie glücklich gewesen war.

An das Fahrrad, das sie zu ihrem sechsten Geburtstag geschenkt bekommen hatte, nachdem sie ihre Nase ein Jahr lang gegen das Schaufenster des kleinen Ladens gedrückt hatte, um jedes Detail zu bewundern. Dann stand es plötzlich vor ihr, mit einer großen, silberfarbenen Schleife am Lenker. Sie sah sich selbst, wie sie ehrfürchtig über das weiche Sattelleder strich, und lauschte in sich hinein. Doch alles, was sie fand, war Stille.

Mutiger geworden, tastete sie sich zur nächsten Erinnerung vor. Zum Ferienlager an der Ardèche, in dem sie Tom kennenlernte. Sie war jetzt zehn und braun gebrannt. Tom saß beim Abendessen unter weißen Zeltplanen neben ihr, hielt ihr einen Handspiegel hin und wies sie an hineinzuschauen. »Du siehst aus wie eine Fee«, meinte er lächelnd. Das war der Beginn ihrer Freundschaft gewesen. Rosa hielt inne, wartete. Als sich nichts regte, holte sie tief Luft und ließ die Erinnerung zu, wie sie Sven zum ersten Mal begegnet war.

Sie hatte erst gar nicht auf die Party gehen wollen. Eine Freundin hatte sie überredet. Und plötzlich war nichts mehr wie vorher. Die Bewegungen um sie herum froren ein, die Gespräche verblassten. Sie hatte nur noch Augen für Sven, wie er quer durch den Raum auf sie zukam, vor ihr stehen blieb, sie anlächelte. Er sagte kein Wort, streckte ihr nur seine Hand entgegen. Und als sie nickte, nahm er ihre Hand in seine, und es war, als hätte ihr Leben nur dieses eine Ziel gehabt. Ihn zu treffen, seine Berührung zu spüren. Er zog sie auf die Tanzfläche und legte seine Arme um sie. Ihre Stirn passte perfekt in die Mulde an seinem Hals, ihre Hände ruhten auf seinem Rücken, als hätten sie nie etwas anderes getan. So ist das also, wenn man der Liebe begegnet, dachte sie und lächelte.

Rosa biss sich auf die Lippen. Jede Faser ihres Körpers war angespannt, gewappnet für den Moment des Aufpralls.

Doch nichts passierte. Sie fühlte das Glück nicht, das sie in Svens Armen empfunden hatte, und auch nicht den Schmerz, der gefolgt war, als er sie nach 26 Jahren verließ und sich ihr Leben als einzige große Lüge herausstellte. Rosas Herz blieb stumm, so friedvoll und kühl wie das Innere einer Kathedrale.

Sie öffnete die Augen und sah zur Decke. Eine einzelne

Träne rann über ihre Wange. Rosa empfand eine Dankbarkeit, eine Erleichterung wie nie zuvor in ihrem Leben. Vielleicht wäre sie in diesem Moment sogar glücklich gewesen. Wenn sie nicht vergessen hätte, wie es sich anfühlte.

Als Tom eine Stunde später in die Küche trat, blieb er wie angewurzelt stehen. »Du bist schon auf.«

Rosa wandte sich ihm zu. »Ich konnte nicht mehr schlafen. Magst du einen Kaffee mit mir trinken?«

Er nickte stumm und setzte sich. Sie schenkte ihm eine Tasse ein und stellte die Kanne ab. Dann sah sie ihm fest in die Augen. »Erinnerst du dich an unser Gespräch, damals, als Sven mich gerade verlassen hatte? Ich wollte vergessen, wie es sich anfühlt, glücklich zu sein ...«

Tom holte tief Luft. »Du musst nicht weitersprechen. Ich habe Ludwig in die Wohnung gelassen. Und seinen Gesichtsausdruck gesehen, als er gegangen ist. Er konnte mich kaum anschauen. Wie fühlst du dich?« Seine Stimme klang angespannt, so als wäre er nicht sicher, ob er die Antwort hören wollte.

Rosa dachte einen Moment lang nach. »Befreit«, sagte sie dann. »Ich kann wieder atmen. An Sven denken, ohne dass es mir das Herz zerreißt. Es ist, als ob er nie eine Rolle in meinem Leben gespielt hätte.«

Tom schwieg. Als er schließlich sprach, war seine Stimme schmerzerfüllt. »Und ich, Rosa? Spiele ich noch eine Rolle in deinem Leben?« Er umklammerte seinen Kaffeebecher.

Sie erkannte die Angst in seinem Gesicht. Wieder dachte sie an den Sommer, in dem sie sich als Kinder kennengelernt hatten. Wie sie beim Abendessen ihren Nachtisch getauscht hatten und darüber ins Gespräch gekommen waren. Die Erinnerung war so klar und deutlich wie immer, aber irgendwie … nüchtern. Neutral. Sie löste kein Lächeln in ihr aus. Zwar konnte Rosa noch immer die Freundschaft spüren, die tiefe Verbundenheit, die sie vom ersten Moment an für Tom empfunden hatte, aber die Wärme, die diese Gefühle normalerweise begleitete, war fort. Das ist wohl der Preis, den ich zahlen muss, schoss es ihr durch den Kopf. Ein kleiner Preis, wenn sie bedachte, dass ihre Seele nun endlich Frieden gefunden hatte.

Rosa trank einen Schluck von ihrem Kaffee. Dann stellte sie den Becher ab und legte ihre Hand auf seine. »Du bist mein bester Freund, Tom. Daran wird sich nichts ändern. Niemals. Solange ich lebe.«

Nachdem sie das Café betreten hatten, nahm Rosa Tom zur Seite. »Bitte, erzähl Jacob nichts davon. Ich möchte nicht, dass er weiß, dass ich …« Sie brach ab, als sie Toms gerunzelte Stirn bemerkte.

»Wenn es dafür nicht schon zu spät ist«, sagte er und nickte in Richtung Jacob, der gerade zur Tür hereinkam.

»Rosa!« Jacob stockte, als er die Schürze um ihre Taille sah. »Ich hätte nicht gedacht, dass du heute schon wieder arbeitest. Ich wollte gleich hochkommen und nach dir sehen.«

Sie wich seinem Blick aus. »Die Arbeit hat mir schon einmal geholfen.«

Jacob trat auf sie zu und nahm sie in die Arme. »Wir schaffen das«, sagte er voller Überzeugung.

Rosa wusste nicht, wie sie reagieren sollte, also sagte sie nichts, bis er sich von ihr löste.

Der Morgen war wie immer sehr betriebsam. Rosa lief hin und her, nahm Bestellungen auf und servierte Frühstück. Croissants mit Erdbeermarmelade und Earl Grey für die alte Frau Sievert, Landbrot mit Rührei und Speck und einen schwarzen Kaffee für Ferdinand, der mit seinem Dackel Mo an der Leine hereingekommen war, und Porridge mit Bananen und Erdbeeren für Nicole vom Blumengeschäft nebenan.

Um zehn Uhr zog sie sich in die Küche zurück. Auch wenn Lucille keinen Gips mehr trug, hatten sie das gemeinsame Backen beibehalten. Es erschien genauso selbstverständlich wie die Tatsache, dass Rosa weiter im Café arbeitete. Während ihre Hände den Teig für einen Apfelkuchen kneteten, dachte sie an den gestrigen Tag. War es wirklich erst gestern gewesen, dass Millie ihr die Wahrheit über Sven und sich erzählt hatte?

Im Kopf ging sie jede Minute noch einmal durch. Wie sie in ihrem gemeinsamen Haus von Zimmer zu Zimmer lief, Fotoalben und Bücher einpackte. Wie Jacob aus dem Auto stieg und ihr entgegenkam und Sven nach ihr rief. Dann Millies schwangerer Bauch. Ihre Blicke.

Rosa fühlte immer noch leisen Ärger, wenn sie an all das dachte. Doch es war die Art von Ärger, die man empfand, wenn einem etwas Lästiges widerfuhr. Ein Ärger, der nicht tief ging und leicht zu ertragen war, wenn dafür die Jahre mit Sven und die Erinnerungen an ihn zu Polaroids verblassten. Aufgenommen in einem Leben, das jemand anderem zu gehören schien.

Rosa gab eine Prise Salz zu dem Teig und fuhr mit dem Kneten fort. Neben ihr häufte Lucille Mehl auf die Arbeitsfläche und formte eine Mulde. Plötzlich wedelte sie heftig mit den Händen und zog die Nase kraus.

»Gesundheit«, sagte Mac prophylaktisch, der gerade etwas aus dem Schrank über ihrem Kopf holte.

Lucille gab ein Niesen von sich, das sich wie eine gewaltige Explosion anhörte. Das Mehl wirbelte durch die Luft. Das nächste, was Rosa sah, war Lucilles Gesicht, bedeckt mit einer feinen weißen Mehlschicht. Nur mehr ihre Augen lugten hervor. Groß und rund und babyblau.

Warte, ich helfe dir, wollte Rosa sagen und nach einem Tuch greifen. Doch Macs lautes Lachen ließ sie innehalten. Er stemmte die Hände in die Seiten und keuchte. Tränen liefen über sein Gesicht.

Rosa sah zu Lucille. Bestimmt war sie verärgert, dass er sie auslachte. Doch Lucille lachte ebenfalls, laut und glucksend.

Waren die beiden verrückt geworden?

Doch als Mac und Lucille sie fragend anschauten, schoss es ihr siedend heiß durch den Kopf: Sie war diejenige, die sich merkwürdig verhielt.

Du musst lächeln, verlangte eine Stimme in ihrem Kopf. Ihre Mundwinkel verzogen sich langsam nach oben. Und so stand Rosa da und lächelte, bis ihr Gesicht vor Anstrengung schmerzte.

Rosa war sich bewusst, dass Jacob sie von seinem Platz am Kamin aus beobachtete. Sie fühlte seinen prüfenden Blick auf sich, wann immer sie den Caféraum betrat. Er machte sich Sorgen um sie, das war offensichtlich. Wie konnte er sich auch keine Sorgen machen? Er hatte ihren Zusammenbruch miterlebt. Hatte mit angesehen, wie sie danach stundenlang auf dem Bett gelegen hatte, stumm und teilnahmslos. Und jetzt war sie im Café und servierte Kaffee und Apfelkuchen, als ob nichts geschehen wäre. Als ob der gestrige Tag nicht stattgefunden hätte.

Rosa wusste, dass sie mit ihm reden musste. Doch was sollte sie ihm sagen? Dass ihr Svens Betrug auf einmal nichts mehr ausmachte? Sie starrte auf die glänzende Oberfläche der Kaffeebar, als ob sie dort eine Antwort finden könnte.

Tom schob ihr ein Tablett zu, auf dem der Milchkaffee für die rothaarige Frau an Tisch drei stand. Von seinem Gesicht konnte sie ablesen, dass er sich ebenfalls Sorgen machte. Vielleicht sogar ernstere als Jacob, schließlich wusste er von ihrem Eingriff. Rosa wich seinem Blick aus, als sie das Tablett entgegennahm.

Die nächsten Stunden konzentrierte sie sich, so gut es ging, auf ihre Arbeit. Als die letzten Gäste gegangen waren und es Zeit war zu schließen, kam Jacob auf sie zu. Rosa blieb mit dem Rücken zur Theke stehen und hielt vor Anspannung den Atem an.

»Wie geht es dir?«, fragte er.

Sie zögerte kurz. »Ich komme zurecht.«

»Ich bin es, Rosa«, sagte er. »Vor mir musst du nicht stark sein.«

Sie sah zu Boden. »Ich weiß. Tut mir leid.«

Für ein paar Sekunden schwiegen beide.

Jacob ergriff als Erster das Wort. »Möchtest du, dass ich den Abend mit dir verbringe?«

Nein, wollte Rosa sagen, aber ihr war klar, dass sie ihn

damit nur verletzen würde. Also setzte sie ein Lächeln auf und nickte.

Nachdem sie zu dritt ein Glas Wein im Wohnzimmer getrunken hatten, murmelte Tom, dass er sich um die Abrechnung kümmern müsse, und ließ sie alleine. Schweigend griff Jacob nach Rosas Hand und betrachtete diese. Als er schließlich sprach, war seine Stimme so leise, dass Rosa Mühe hatte, ihn zu verstehen.

»Ich mache mir Sorgen um dich. Du bist so … ruhig. Nach dem, was passiert ist, hätte ich erwartet, dass du …« Er schüttelte den Kopf. »Ich weiß nicht, was ich erwartet habe. Aber jedenfalls nicht das.« Er hob den Blick und sah ihr in die Augen. »Was ist mit dir, Rosa?«

Rosa wollte ihn anlügen. Sich eine Geschichte ausdenken, um ihn zu beruhigen. Doch im nächsten Moment wusste sie nicht mehr, warum sie das tun sollte. Sie erwiderte seinen Blick. »Der Professor war gestern Abend bei mir.«

Jacob wurde blass. »Um was zu tun?«

»Er hat mir geholfen, Jacob«, sagte sie. »Du warst doch dabei. Du hast gesehen, was passiert ist. Gehört, was Millie gesagt hat. Glaubst du, ich hätte danach einfach so weitermachen können?«

Er starrte sie an. »Was hat Ludwig getan?« Seine Stimme klang gepresst.

Sie verschränkte die Arme vor der Brust. »Er hat das Glück in meinen Erinnerungen gelöscht. Ich bin jetzt frei, Jacob.« Sie versuchte sich an einem Lächeln.

Doch Jacob ging nicht darauf ein. Sein Gesichtsausdruck war nun nicht mehr sorgenvoll, sondern ungläubig und wütend. An seinem Hals pochte eine Ader, die Rosa vorher noch nie bemerkt hatte.

Trotzig reckte sie das Kinn. »Es war der einzige Weg.«

»Das glaubst du doch nicht im Ernst, Rosa.«

Jacob ließ ihre Hand los und schüttelte den Kopf. Sie konnte sehen, wie er mit sich kämpfte, um seine Beherrschung zurückzugewinnen.

Plötzlich spürte sie ebenfalls Ärger in sich aufsteigen. »Es ist mein Leben«, sagte sie scharf. »Und ich habe nur dieses eine. Glaubst du, ich will den Rest meiner Jahre damit verbringen, mir zu wünschen, dass es zu Ende geht? Nein, Jacob. Das habe ich hinter mir. Ich brauche das Glück nicht. Ich will es nicht. Das ganze Leid, das es verursacht. Den ganzen Schmerz. Damit bin ich fertig. Und wenn du das nicht verstehen kannst, dann bitte ich dich, geh.« Schwer atmend sah sie ihn an.

Einen Augenblick lang wirkte Jacob wie erstarrt. Dann stand er langsam auf.

»Ich verstehe dich, Rosa«, sagte er. Seine Stimme war rau. »Aber ich werde dir nicht dabei zuschauen.«

»Zuschauen wobei?«

Er antwortete nicht, sondern ging zur Tür.

Rosa stand auf. »Jacob? Wobei wirst du nicht zuschauen?«

Er drehte sich um. »Wie du aufhörst, du zu sein.«

Nachdem die Haustür hinter Jacob ins Schloss gefallen war, kam Tom ins Wohnzimmer und setzte sich neben Rosa auf das Sofa.

»Was ist passiert? Jacob ist gerade an mir vorbeigestürmt. Habt ihr euch gestritten?«

»Ich habe es ihm erzählt.«

»Und jetzt ist er wütend.«

»Ja. Nein. Ich weiß nicht.« Frustriert schlang sie die Arme um ihren Oberkörper.

Tom strich über ihre Schulter. »Was hat er denn gesagt?«

»Dass er nicht mit ansehen will, wie ich aufhöre, ich zu sein.« Rosa runzelte die Stirn. »Kannst du dir das vorstellen?«

Tom lächelte. »Er liebt dich, Rosa. Was hast du erwartet?«

Sie schnaubte. »Wenn er mich wirklich lieben würde, würde er sich freuen, dass es mir besser geht!« Aus den Augenwinkeln sah sie, wie Tom eine Braue hob. Sie drehte den Kopf. »Du brauchst gar nicht so zu gucken. Glaubst du das etwa auch? Dass ich aufhöre, ich zu sein?«

Er sah sie lange an, bevor er antwortete. »Ich kenne dich beinahe mein ganzes Leben. Jede Facette von dir. Ich weiß, wie du aussiehst, wenn du traurig bist. Wie sich dein Gesicht verzieht, wenn du es zu verbergen suchst. Ich kenne dich wütend, verletzt, beschämt, ängstlich. Und ich kenne dich glücklich. Glaub mir, es bricht mir das Herz, dass es ausgerechnet die glückliche Rosa ist, die ich nicht wiedersehen soll.« Er sah auf seine Hände. »Aber du bist immer noch du. Beschädigt zwar, aber immer noch du.«

Rosa blinzelte die Tränen weg, die ihr plötzlich in die Augen traten. »Beschädigt, aber immer noch ich … das klingt, als wäre ich eine Tasse. Bin ich das, Tom, eine angeschlagene Tasse?«

Er hob den Kopf. Ein kleines Lächeln spielte um seine Mundwinkel. »Vielleicht«, sagte er. »Aber du bist meine Tasse.«

Sie holte tief Luft. »Warum kann Jacob das nicht auch so sehen?«

»Ich glaube, du kennst die Antwort.«

»Sag es mir trotzdem. Bitte.«

Tom legte einen Arm um sie und zog sie an sich. »Er hatte Hoffnung, Fee. Er hat gehofft, dass ihr zwei glücklich werdet. Und um ehrlich zu sein, eine Zeit lang sah es auch für mich so aus. Aber jetzt …«

»… nicht mehr«, beendete Rosa den Satz. »Ich weiß.« Plötzlich war ihr, als wäre sämtliche Wärme aus dem Zimmer hinausgesogen worden, und sie erschauderte unter der Gänsehaut, die ihren Körper überzog.

34

Nach der Auseinandersetzung mit Jacob hatte Rosa nicht erwartet, dass er am nächsten Morgen ins Café kommen würde. Dennoch war sie enttäuscht, als sein Platz am Kamin leer blieb. Enttäuscht, aber auch erleichtert. Nach allem, was passiert war, fiel es ihr schwer, ihre Gefühle für Jacob zu ordnen. Wann immer sie an ihn dachte, drifteten ihre Gedanken davon wie Schmetterlinge an einem warmen Sommertag.

Am Nachmittag besuchte der Professor das Café Claire. Als sie ihm den schwarzen Kaffee brachte, den er bestellt hatte, bedeutete er ihr, sich zu ihm zu setzen. »Ich wollte sehen, wie es Ihnen geht«, sagte er und betrachtete sie prüfend über den Rand seiner Tasse hinweg.

»Mir geht es gut«, antwortete sie. »Ich bin Ihnen sehr dankbar für das, was Sie für mich getan haben.«

Er legte seine Stirn in Falten. »Ich will ehrlich zu Ihnen sein, meine Liebe. Ich bin mir nicht sicher, ob es richtig war. Normalerweise ist es die Angst, die ich zerstöre. Nicht das Glück.« Er verstummte.

»Wie können Sie etwas zerstören, das nicht echt war?« Sie beugte sich zu ihm. Ihre Gesichter waren nur Zentimeter voneinander entfernt. »Hören Sie, Professor. Das Glück ist trügerisch. Tückisch. Und durch und durch verlogen. Es schlägt zu, wenn Sie es am wenigsten erwarten. Selbst wenn ich jemals über das, was passiert ist, hinweggekommen wäre – glauben Sie im Ernst, ich hätte es noch einmal darauf ankommen lassen, glücklich zu werden? Nur um dann enttäuscht zu werden? Bestimmt nicht!« Plötzlich kam ihr ein Gedanke, der sie vor Schreck zusammenfahren ließ. »Sie wollen es doch nicht rückgängig machen, oder?«

Der Professor betrachtete sie eine Weile. »Nein. Ich wollte nur nach Ihnen sehen und mich vergewissern, dass Sie den Eingriff gut überstanden haben.« Er erhob sich so abrupt, dass sein Stuhl ins Wanken geriet, zog einen zerknitterten Fünf-Euro-Schein aus seiner Geldbörse und legte ihn auf den Tisch. »Sie entschuldigen mich, meine Liebe. Ich habe noch einen dringenden Termin.«

Schweigend sah Rosa ihm hinterher, wie er an der Tür Hut und Mantel anzog und in die Kälte verschwand.

Plötzlich spürte sie Tom neben sich. »Alles in Ordnung?«, fragte er.

»Ich weiß nicht«, sagte sie. »Der Professor war so seltsam. Als ob ihm irgendetwas über die Leber gelaufen wäre.«

»Irgendetwas oder irgendjemand«, sagte Tom mit Blick zur Tür. »Ich schätze, ich lasse euch zwei mal alleine.«

Rosa folgte seinem Blick. Jacob. Und er kam direkt auf sie zu …

Ihr schwindelte unter dem Ansturm von Gefühlen, der über sie hereinbrach. Da war ein Ziehen in ihrer Magengegend. Feuchter Schweiß, der sich auf ihren Handflächen ausbreitete. Eine dumpfe Schwere in ihrer Brust. »Hallo«, sagte sie, als er vor ihr stand.

Seine Augen waren gerötet. Darunter lagen dunkle Schatten. Er hatte nicht geschlafen, ihretwegen. Der Gedanke traf Rosa mitten ins Herz.

»Wollen wir in den Flur gehen? Da sind wir ungestört«, schlug sie vor.

»Es war nicht richtig, was ich gesagt habe«, platzte Jacob heraus, sobald sie alleine waren. »Du bist immer noch du, Rosa, und ich bin dein Freund, egal, was du tust. Wenn ich eines weiß, dann das: Es gibt nichts auf dieser Welt, das an meinen Gefühlen für dich etwas ändern könnte.« Er fuhr sich mit beiden Händen durch das dunkelbraune Haar. »Ich war so traurig gestern. Unseretwegen. Deinetwegen. Vor allem deinetwegen. Aber das gibt mir nicht das Recht, dich zu verletzen. Es tut mir unendlich leid.« Seine Stimme brach.

Rosa schluckte. »Und was fühlst du jetzt? In diesem Moment?«

Er sah sie an. »Dass ich bei dir sein will.«

Ihr Kinn zitterte. »Ich tue dir nicht gut.«

»Du musst mir auch nicht guttun. Du musst nur da sein.«

35

In den nächsten Tagen fanden Rosa und Jacob zu ihrer alten Routine zurück. Rosa arbeitete, Jacob schrieb, und wann immer es ihre Zeit zuließ, setzte sie sich zu ihm an den Kamin. Dann tranken sie Milchkaffee oder heiße Schokolade, aßen ein Stück Kuchen zusammen und plauderten.

Rosa musste sich jedoch eingestehen, dass sich etwas zwischen ihnen verändert hatte. Sie versuchte, sich an die Begeisterung zu erinnern, die sie für Jacobs Buch empfunden hatte. Doch sie war verschwunden. Versunken in einem dichten Nebel in ihrem Kopf, der immer öfter aufzuziehen schien. Anfangs hatte sie versucht, darüber hinwegzutäuschen. Sie hatte einen interessierten Gesichtsausdruck aufgesetzt und viele Fragen gestellt, doch Jacob hatte schnell begriffen, wie es in ihr aussah. Er hatte zwar nichts gesagt, aber er bezog sie immer weniger in seine Arbeit mit ein. Rosa konnte nur vermuten, wie traurig er darüber war. Sie schauderte und rieb sich über die Arme.

»Ist dir kalt?«, fragte er und musterte sie besorgt.

»Ein bisschen. Ich glaube, mit der Heizung stimmt etwas nicht.«

»Ehrlich, Rosa, es ist sehr warm hier drinnen. Und du sitzt direkt vor dem Kamin. Du wirst doch nicht krank?«

Sie schauderte erneut. »Ich hoffe nicht.«

36

Rosa musterte ihren Schokoladenkuchen, den sie gerade aus dem Backofen geholt hatte. »Er sieht irgendwie … merkwürdig aus.«

Es war der nächste Vormittag, und Rosa und Lucille hatten die letzten zwei Stunden schweigend und jede für sich in der Küche gearbeitet.

Lucille stellte sich neben sie und runzelte die Stirn. »Vertrocknet trifft es wohl eher.« Sie knibbelte mit dem Zeigefinger am Rand herum und brach ein Stück ab. Misstrauisch betrachtete sie es von allen Seiten, dann steckte sie es in den Mund und kaute darauf herum. »Schmeckt auch so. Wie Schmirgelpapier«, war ihr Kommentar, bevor sie sich abwandte und den Bissen in ihre Hand spuckte. Sie spülte ihren Mund demonstrativ mit Leitungswasser aus und gurgelte.

Rosa biss die Zähne aufeinander. Ja, sie hatte einen Fehler gemacht. Sie war nicht bei der Sache gewesen und hatte falsche Mengen genommen. Aber es war ein Kuchen, kein Weltuntergang. »Ich denke, du hast deinen Punkt deutlich gemacht«, sagte sie mit einem Sarkasmus in der Stimme, den sie an sich nicht kannte.

Lucille wandte sich ihr zu und stemmte die Hände in die Hüften. »Hab ich das, ja?« Sie atmete tief durch, und plötzlich schien alle Angriffslust von ihr abzufallen. »Ach, verdammt, Rosa. Ich will doch nur wissen, was mit dir los ist.« Sie machte eine vielsagende Geste in Richtung des Kuchens. »Das passiert dir jetzt schon zum wiederholten Mal. Also, was ist es? Macht dir das Backen keinen Spaß mehr? Oder liegt es an mir?« Sie setzte eine unbeeindruckte Miene auf, doch Rosa konnte die Furcht sehen, die darunter hervorschimmerte, und in ihr regte sich das schlechte Gewissen.

Sie trat einen Schritt auf Lucille zu. »Es liegt nicht an dir. Es ist nur ...« Sie zögerte. »Ich habe Sven getroffen.«

Der Ausdruck auf Lucilles Gesicht veränderte sich schlagartig. »Oh nein«, flüsterte sie.

Mac, der bisher mit dem Rücken zu ihnen am Herd gestanden und so getan hatte, als würde er von ihrer Unterhaltung nichts mitbekommen, drehte sich um. Er wirkte betroffen.

Rosa wich seinem Blick aus und sah zum Fenster. »Es gab keine Volontärin. Sie war nur eine Tarnung. Für seine Affäre mit einer Nachbarin, die seit Jahren andauert.«

Einen Moment lang war es totenstill. Dann stöhnte Lucille laut auf. »Oh mein Gott«, sagte sie. »Und das Baby ...?«

»Ist das dritte Kind, das sie zusammen bekommen.« Rosa schloss die Augen. Sie spürte, wie sich Lucilles Arme um sie legten. Dankbar verbarg sie ihr Gesicht an ihrer Schulter.

Rosa war nie gut darin gewesen, ihre Gefühle zu verheimlichen. Doch nun war es die Abwesenheit von Gefühlen, die sie überspielen musste. Dabei war alles, was sie wollte, Normalität. Doch es funktionierte nicht. Lucilles Niesattacke in der Küche, als Rosa stocksteif und unbehaglich danebengestanden hatte, während ihre Freunde sich vor Lachen krümmten, war nur der Anfang gewesen. Seitdem hatte es viele solcher Situationen gegeben. Es lag gar nicht daran, dass Rosa nicht wusste, was von ihr erwartet wurde. Sie wusste, wann sie schmunzeln musste. Wann Lachen erforderlich war. Es gab so etwas wie ein geheimes Drehbuch in ihrem Kopf, das ihr diese Dinge mitteilte. Nur waren es eben keine echten Gefühle, die sie zeigte. Und so erschien es Rosa, als kämen ihre Reaktionen immer eine Sekunde zu spät, um echt zu wirken. Als klänge ihr Lachen hohl und blechern. Und das tat es vermutlich auch, fehlte doch jede Fröhlichkeit darin. Kein Wunder, dass es ihr von Tag zu Tag schwerer fiel, ihre Rolle aufrechtzuerhalten. Die Rolle der alten Rosa.

»Warum hast du nichts gesagt?«, unterbrach Mac ihre Gedankengänge. Rosa löste sich von Lucille. »Ich wollte euch nicht belasten. Und vor allem wollte ich kein Mitleid.« Sie räusperte sich. »Am liebsten würde ich einfach gar nicht darüber sprechen. Meint ihr, das ginge?«

Sie sah von einem zum anderen. Lucille und Mac zögerten. »Wenn es dir damit besser geht«, willigte Lucille schließlich ein. Ihre Stimme klang unsicher. Rosa nickte und breitete die Arme aus. »Kommt her«, sagte sie.

So fand Tom die drei vor, als er eine Minute später die Küche betrat, um sich ein frisches Geschirrtuch zu holen. »Und wer nimmt mich in den Arm?«, scherzte er. Mac und Lucille lachten.

Rosa machte sich los und sah ihn an. »Ich habe es ihnen erzählt. Die Sache mit Sven und Millie«, fügte sie beschwörend hinzu.

Tom sagte nichts. Lucille, die von seinem stummen Tadel nichts mitbekam, seufzte. »Ich bin froh, dass du es getan hast. Du warst so komisch in den letzten Tagen. So … teilnahmslos. Von deinen hingeklatschten Kuchen gar nicht erst zu reden.« Sie schenkte ihr ein liebevolles Lächeln. »Jetzt verstehe ich es. Und ich muss sagen, du bist stark, Rosa Simon. Die stärkste Frau, die ich kenne.«

Verlegen winkte Rosa ab. Tom murmelte eine Entschuldigung, nahm das Geschirrtuch und ging hinaus.

Rosa wartete einen Moment lang, dann folgte sie ihm bis hinter die Theke. Sie lehnte sich mit dem Rücken gegen den Kühlschrank, in dem die Kaltgetränke gelagert wurden, und beobachtete ihn dabei, wie er Eiswürfel in den Mixer füllte. »Warum bist du so wütend?«, fragte sie.

Tom hielt inne, den Blick starr auf die Küchenmaschine vor ihm gerichtet. Dann wandte er sich ihr zu. »Die beiden sind deine Freunde, Rosa.«

Sie presste die Lippen zusammen. »Die Wahrheit geht niemanden etwas an.«

»Aber das mit Sven schon?«

»Es ist eine Erklärung.« Sie senkte ihre Stimme zu einem eindringlichen Flüstern. »Ich lache nicht mehr mit ihnen, Tom. Ich freue mich nicht mehr über die Dinge, über die sie sich freuen. Erinnerst du dich, wie ich es kaum erwarten konnte, mit dem Backen zu beginnen? Jetzt sehe ich jede Minute auf die Uhr und frage mich, wann es vorbei ist.«

Sie unterdrückte ein Frösteln. »Sie haben sich gefragt, was mit mir los ist. Warum ich nicht fröhlich bin. Ich musste ihnen einen Erklärung geben. Eine, mit der sie umgehen können.«

Tom sah sie an. »Fällt dir nichts auf, Rosa?« Seine Stimme klang müde. »Du benutzt Svens Betrug, um dein Verhalten zu erklären. Das ist doch verrückt.«

Sie schüttelte heftig den Kopf. »Nichts daran ist verrückt. Du denkst, dass die Hypnose sinnlos war. Dass ich immer noch unglücklich bin, nur auf andere Art. Doch das stimmt nicht. Ich bin nicht unglücklich. Ich bin einfach nur nicht glücklich. Das ist ein Unterschied, Tom. Ein gewaltiger Unterschied.« Ihr Blick bohrte sich in seinen. »Glaub mir, wenn ich nichts unternommen hätte, wäre mein Innerstes schon tot.«

Tom zögerte einen Moment, dann streckte er eine Hand nach ihr aus und streichelte über ihre Wange. »Und jetzt, Rosa?«, fragte er traurig. »Was ist es jetzt?«

Sie hielt seine Hand fest und schmiegte ihr Gesicht hinein.

»Es ist friedlich. Still. Irgendwie auch dunkel. Aber nicht tot.«

»Und … kalt?«

Überrascht schaute sie ihn an. »Wie meinst du das?«

»Ich weiß nicht. Du fühlst dich so an, wann immer ich dich berühre. Deine Hände, deine Wangen, sie sind so kühl. Wie Marmor.« Er musterte ihr Handgelenk, auf dem sich eine Gänsehaut abzeichnete.

Rosa ließ ihn los und wich einen Schritt zurück. »Kundschaft«, sagte sie und wies mit dem Kinn auf den Mann im Anzug, der an die Theke getreten war.

37

Am Samstagabend hatte Tom Lucille, Mac, Jacob und Carl zu ihnen nach Hause eingeladen. Um den Abschluss der Woche zu feiern, wie er sagte. Aber insgeheim vermutete Rosa, dass ihm die Abende mit ihr alleine zusetzten. Er hatte ihr gesagt, dass sie viele Facetten habe und er jede liebe, doch es war unschwer zu erkennen, wie sehr er ihre Fröhlichkeit vermisste. Ihr Lächeln war selten geworden und kam nicht von Herzen.

Als es im nächsten Moment an der Tür klingelte und laute Stimmen den Flur füllten, unterdrückte Rosa ein resigniertes Seufzen. Wie viel lieber wäre sie jetzt in der Geborgenheit ihres Zimmers, anstatt den Abend in Gesellschaft zu verbringen. Sie hasste sich dafür, doch sie konnte nichts an ihren Empfindungen ändern.

Die Ersten, die das Wohnzimmer betraten, waren Mac und Lucille. Ironischerweise war Rosas Verhältnis zu den beiden deutlich entspannter als zu Tom und Jacob. Seit sie von Svens Doppelleben wussten, erwarteten sie, dass Rosa stiller war als sonst. Dass sich ihre Blicke ab und zu aus dem Fenster verirrten, ihr Gesicht leer und ausdruckslos wurde. Alles andere hätte sie verwirrt. Bei Tom und Jacob sah die Sache anders aus. Wann immer Rosa sich zurückzog, ruhig und nüchtern blieb, während andere lachten, wurden ihre Mienen starr vor Kummer.

Rosa trat zu Mac und Lucille, um sie zu begrüßen. Dann kam Jacob, jedoch ohne Begleitung. Rosa spähte über seine Schulter in den Flur. »Wo ist Carl? Wolltet ihr nicht zusammen kommen?«

Jacob grinste über das ganze Gesicht. »Carl hat heute Abend Damenbesuch bekommen.« Als Lucille fragend die Augenbrauen hob, fügte er bedeutungsvoll »seine Tochter« hinzu.

Rosa schwieg. Du musst etwas sagen, erinnerte sie die Stimme in ihrem Kopf. Sie setzte ein Lächeln auf. »Ach, das freut mich!«, rief sie und umarmte Jacob.

Sein Körper versteifte sich. »Tu das nicht«, flüsterte er in ihr Ohr.

Sie fuhr zurück, als hätte er sie geohrfeigt, doch bevor sie etwas erwidern konnte, betrat Tom mit einem Tablett das Wohnzimmer, auf dem fünf langstielige Gläser mit Zuckerrand standen. »Martini mit frisch gepresstem Zitronensaft und Eis!«, verkündete er gut gelaunt und wartete, bis jeder ein Glas genommen hatte. »Also, worauf stoßen wir an?«

Lucille und Mac tauschten einen kurzen Blick. Mac räusperte sich, und eine leichte Röte überzog seine Wangen. »Ich habe Lucille gefragt, ob sie bei mir einziehen möchte.«

Lucille strahlte. »Und ich habe ... Ja gesagt!« Mit einem Jauchzer fiel sie ihm um den Hals.

Für den Bruchteil einer Sekunde war es still. Dann begannen Tom und Jacob zu grinsen. Während sie dem jungen Paar überschwänglich gratulierten, legte sich Rosa in Gedanken die Worte zurecht, mit denen sie den beiden gegenübertreten wollte. Plötzlich kam ihr Jacobs »Tu das nicht« in den Sinn, und sie wand sich vor Unbehagen. Schließlich beschränkte sie sich darauf, die zwei auf die Wange zu küssen.

Nachdem sie sich voneinander gelöst hatten, hielt Lucille

sie auf Armeslänge von sich und sah sie unsicher an. »Eigentlich wollten wir es dir gar nicht erzählen. Nicht sofort zumindest.«

Rosa legte die Stirn in Falten. Sie verstand nicht, was Lucille ihr mitteilen wollte. Die erste gemeinsame Wohnung – das war doch etwas Schönes, oder nicht? Warum um alles in der Welt hatten sie gezögert, ihr die Neuigkeiten zu berichten?

Mac legte einen Arm um Lucille. »Sie hatte Sorge, dass du traurig sein könntest.« Seine Miene verdüsterte sich. »Wegen Sven. Weil ihr eben nicht mehr zusammenwohnt und euer Haus gerade verkauft wird.«

Für einen Moment war Rosa zu perplex, um zu reagieren. Dann winkte sie ab. »Seid nicht albern! Ich freue mich für euch.«

Aus den Augenwinkeln bemerkte sie, wie sie von Tom und Jacob beobachtet wurde. Sie ignorierte die beiden und griff nach ihrem Martiniglas, das sie neben sich auf den Sofatisch gestellt hatte. »Stoßen wir an«, sagte sie in feierlichem Ton und hob ihre Hand. »Auf Mac und Lucille. Auf dass ihr für immer glücklich sein werdet!«

Die Worte waren heraus, bevor sie realisierte, was sie gesagt hatte. Für immer glücklich … Ein dumpfes Gefühl breitete sich in ihrer Brust aus. Sie setzte ihr Glas an die Lippen und leerte es in einem Zug.

Eine halbe Stunde später bat Tom zu Tisch. Es gab eine Quiche mit Lachs und Avocado und dazu einen grünen Salat mit Mango und Granatapfelkernen. Das Essen wurde begleitet von einem köstlichen Sauvignon blanc, den Mac mitgebracht hatte. Während sie aßen, unterhielten sie sich über den bevorstehenden Umzug.

»Wann ist es denn so weit?«, erkundigte sich Rosa und schob sich eine Gabel Salat in den Mund.

»In zwei Wochen!« Lucilles Stimme überschlug sich beinahe vor Aufregung. Lächelnd tastete Mac über der Tischplatte nach ihrer Hand und drückte sie. Sie tauschten einen verliebten Blick.

»Braucht ihr Hilfe?«, erkundigte sich Tom.

»Danke«, antwortete Mac, »aber wir haben ein Umzugsunternehmen, das sich um alles kümmert.«

»Was ist mit der Verpflegung für zwischendurch? Die könnte ich doch übernehmen.«

»Das sagst du einem Koch?« Mac lachte, und alle stimmten mit ein.

Lucille beugte sich zu Rosa. »Und noch etwas ist passiert«, wisperte sie ihr zu. »Seine Mutter kommt. Aus Schottland. Um mich kennenzulernen.«

Rosa schenkte ihr ein beruhigendes Lächeln. »Hab keine Angst. Sie wird dich lieben.«

Lucille seufzte aus tiefstem Herzen. »Hoffentlich.«

»Deine Mutter kommt?«, nahm Tom den Faden auf. Er sah zu Lucille. »Tut mir leid, Kleines, ich wollte nicht lauschen. Aber dein Flüstern war nicht zu überhören.«

Mac wurde auf einmal ganz still. Er sah in sein Weinglas. »Ich habe sie seit einem halben Jahr nicht mehr gesehen.«

»Sie war dagegen, dass er nach Deutschland zieht«, erklärte Lucille.

Mac sah sie an. Auf seinem Gesicht zeichnete sich Ärger ab.

»Entschuldige«, sagte sie.

Die Stimmung am Tisch war mit einem Mal deutlich angespannt. Alle Blicke richteten sich auf Mac.

Seine Züge glätteten sich. »Nein, Liebes«, sagte er und drückte einen Kuss auf ihre Handfläche, »ich muss mich bei dir entschuldigen.« Er wandte sich an die anderen und lächelte. »Meine Mutter hätte mich am liebsten rund um die Uhr in ihrer Nähe. Das kann einem ganz schön auf die Nerven gehen.« Doch Rosa bemerkte, dass sein Lächeln nicht die Augen erreichte. Damit kannte sie sich inzwischen aus.

Nachdem die Gäste gegangen waren, räumten Rosa und Tom die Küche auf. »Ich frage mich, was sie dagegen hatte«, sagte Rosa nachdenklich und tauchte ihre Hände in das warme Spülwasser.

»Was meinst du?«, fragte Tom. Er hielt das Weinglas in die Höhe, das er gerade abgetrocknet hatte, und inspizierte es mit zusammengekniffenen Augen.

Rosa wandte sich ihm zu. »Macs Mutter. Warum wollte sie nicht, dass ihr Sohn bei dir arbeitet?«

Tom ließ den Arm sinken und schaute sie an. »Das hat Lucille doch gar nicht gesagt. Seine Mutter wollte nur nicht, dass er nach *Deutschland* kommt.« Er fuhr fort, das Weinglas zu polieren. »Ich kann es ihr nicht verdenken. Wahrscheinlich hatte sie gehofft, dass er nach den Jobs im Ausland eine Zeit lang in Schottland bleibt.«

Rosas Miene verriet Skepsis. »Ich sage dir, Tom, es gibt einen Grund, warum Mac im Café Claire arbeitet.«

»Das mag ja sein, Rosa. Aber was auch immer der Grund ist: Solange Mac nicht darüber sprechen möchte, müssen wir das akzeptieren.« Er wies auf die Gläser neben ihr, die noch immer darauf warteten gespült zu werden. »Und jetzt beeil dich mal ein bisschen, Miss Marple, sonst stehen wir morgen früh noch hier.«

Es war halb zwei nachts, als Rosa endlich ins Bett kam. Erschöpft machte sie die Augen zu, doch sie konnte nicht einschlafen. In Gedanken sah sie Carls Gesicht vor sich. Er musste selig sein, dass seine Tochter wieder Kontakt zu ihm suchte, und sie wünschte sich so sehr, sich für ihn freuen zu können. Genauso wie für Mac und Lucille. Sie mochte die beiden wirklich gern, doch sosehr sie sich bemühte, in ihrem Inneren regte sich nichts, wenn sie an ihr Glück dachte.

Ein plötzlicher Kälteschauer durchfuhr sie. Am ganzen Körper zitternd stieg sie aus dem Bett, um sich eine zweite Decke zu holen. Als sie zurückkehrte, waren ihre Füße eisig. Sie zog beide Decken bis zur Nasenspitze hoch und schloss erneut die Augen.

38

»Und seit wann, sagten Sie, spüren Sie diese Kälte?«

Der Arzt sah Rosa unverwandt an. Er war noch jung, Mitte dreißig vielleicht. Unter der weißen Hose trug er Sneakers. Mit seinen strohblonden Haaren, den leuchtend blauen Augen und dem mächtigen Vollbart sah er aus wie ein Wikinger. Ganz anders als Dr. Meringer, Rosas langjähriger Hausarzt. Doch Dr. Meringer war auch Svens Hausarzt, weswegen sie sich einen anderen gesucht hatte.

»Seit ungefähr zehn Tagen«, erwiderte Rosa. »Am Anfang überkam mich immer wieder nur ein leichtes Frösteln, aber inzwischen ist mir ständig kalt.« Sie rieb sich über die Arme.

Der junge Arzt, der sich als André Görgen vorgestellt hatte, sah auf das Fieberthermometer, das zwischen ihnen auf dem Schreibtisch lag. »35,1.« Seine Miene wirkte nachdenklich. »Wie schon gesagt: Manchmal tritt Niedrigtemperatur als Vorbote einer Erkältung oder Lungenentzündung auf, aber da Sie keinerlei Symptome aufweisen, die darauf hindeuten, schlage ich vor, dass wir noch weitere Tests machen. Nur um sicherzugehen, dass mit Ihrem Stoffwechsel und Ihrer Schilddrüse alles in Ordnung ist. Sind Sie damit einverstanden?«

Auf dem Weg nach Hause hielt Rosa an einer Bäckerei an, um sich einen Kaffee zum Mitnehmen zu holen. Draußen war es bitterkalt. Zentimeterhoher Schnee bedeckte die Bürgersteige.

Eilig stieg sie zurück in Toms Audi, den sie sich für den Arztbesuch geliehen hatte, und startete den Motor, damit die Heizung warm laufen konnte. Trotz des warmen Wintermantels und Mütze, Schal und Handschuhen fröstelte sie. Sie umklammerte den Becher mit beiden Händen, und trank so gierig, dass sie sich die Zunge an der heißen Flüssigkeit verbrannte. Doch es nützte nichts. Es war nur eine Ahnung von Wärme, die ihr der Kaffee schenkte, und diese hielt nicht an. Sie verpuffte, sobald sie den letzten Schluck getrunken hatte.

Während Rosa losfuhr, dachte sie an den erneuten Termin für nächste Woche bei Dr. Görgen. Doch tief in ihrem Inneren wusste sie, dass auch weitere Tests nichts ergeben würden. Es lag nicht an ihrer Schilddrüse. Die Kälte kam aus ihrem Herzen.

Zurück im Café wurde sie von Tom an der Tür abgefangen.

»Was hat der Arzt gesagt?«, platzte er heraus.

»Jetzt lass mich doch erst einmal ankommen«, erwiderte Rosa. Sie schälte sich aus ihrem Mantel und hängte ihn an die Garderobe. Als sie sich umwandte, begegnete sie Toms besorgtem Blick.

»Also?«, fragte er.

Rosa zuckte mit den Schultern. »Ich muss noch einmal hin, um weitere Tests zu machen. Der Arzt meinte, es könnte an der Schilddrüse liegen.«

Ein skeptischer Ausdruck huschte über Toms Gesicht. »Mit anderen Worten: Er hat keine Ahnung.«

»Wer hat keine Ahnung?«, fragte Jacob, der plötzlich hinter ihnen aufgetaucht war.

Rosa warf Tom einen beschwörenden Blick zu, dann zwang sie sich zu einem Lächeln. »Niemand.« Sie stellte sich auf die Zehenspitzen, um ihm einen Begrüßungskuss auf die Wange zu geben. »Wir plaudern nachher ein bisschen, ja? Ich bin spät dran, Lucille wartet schon auf mich. Heute gibt es Donauwellen und Haselnusskuchen.« Mit diesen Worten drehte sie sich um und verschwand Richtung Küche.

Lucille quietschte vor Freude, als sie Rosa erblickte. »Gott sei Dank, du bist da!«, rief sie, die Arme bis zu den Ellbogen mit Mehl bestäubt. »Ich bin fast gestorben. Stell dir vor, Macs Mutter reist schon morgen Abend an. Zum Glück spricht sie ausgezeichnet Deutsch, hat Mac gesagt. Das Sprachtalent hat er offensichtlich von ihr. Was meinst du, Rosa, soll ich …«

Die nächste Stunde verging, ohne dass Lucille einmal Luft zum Atmen geholt hatte. Rosa war dankbar für die Ablenkung. Während sie Teig zubereitete, in Kuchenformen füllte und Nüsse hackte, erfuhr sie, dass Macs Mutter eine Woche bleiben würde. Diese hatte Lucille bereits generalstabsmäßig durchgeplant.

»Was ist mit dem Café?«, fragte Rosa, nachdem Lucille die verschiedenen Vorhaben an ihren teigverklebten Fingern aufgezählt hatte. »Will sie nicht sehen, wo ihr Sohn arbeitet?«

Lucilles Blick flackerte. Unbehagen breitete sich auf ihrem Gesicht aus. Sie blickte kurz über ihre Schulter.

»Er ist nicht da«, erinnerte Rosa sie.

»Es ist … kompliziert«, sagte sie und wich Rosas Blick aus.

In dem Moment öffnete sich die Tür, und Mac kehrte zurück, in den Händen ein Bündel frischer Minze. »Das Risotto ist gerettet«, verkündete er gut gelaunt. Er blickte von Rosa zu Lucille und runzelte die Stirn. »Alles klar bei euch?«

Lucille setzte ein Lächeln auf. »Natürlich«, sagte sie und gab ihm einen dicken Kuss auf den Mund.

In ihrer Pause am Nachmittag belud Rosa ein Tablett mit zwei Bechern Chai Latte und dem frisch gebackenen Haselnusskuchen, der einen köstlichen Duft verströmte. Sie gesellte sich zu Jacob an den Kamin, doch die Unterhaltung war gezwungen. Jacob umschiffte alle Themen, die von Rosa eine emotionale Reaktion erfordert hätten, sodass immer wieder unangenehme Gesprächspausen entstanden. Nach nicht einmal zehn Minuten stand Rosa unter einem Vorwand auf und entschuldigte sich. Sie konnte zwar verstehen, dass Jacob mit der Situation überfordert war. Dass er nicht wusste, wie er mit ihr umgehen sollte. Sie verurteilte ihn nicht, genauso wenig wie sie Tom einen Vorwurf machte, dass er sich ihr gegenüber anders verhielt, irgendwie vorsichtig, abwartend, doch es machte das Zusammensein extrem schwierig für sie.

Für den Rest des Nachmittags fühlte sie ein Unwohlsein im Bauch, das immer dann stärker wurde, wenn sich Jacobs und ihre Blicke begegneten. Eine unüberwindbar hohe Mauer hatte sich plötzlich zwischen ihnen errichtet, die Stein für Stein größer wurde. Und sie konnte nur hilflos mit ansehen, wie sie an Höhe gewann und ihr Leben von seinem trennte.

In eine Decke gehüllt wartete Rosa am Abend darauf, dass Tom den Kamin in der Wohnung entfachte. Als das Feuer aufloderte, schauten sie beide gebannt zu, wie die Flammen höher schlugen und sich knisternd durch das Holz fraßen.

»Es gibt drei Dinge, die die Menschen fortwährend beobachten können, ohne dass ihnen langweilig wird«, murmelte Rosa. »Feuer, Wasser und das Unglück anderer Leute.«

Tom schmunzelte. »Wer hat das gesagt?«

Sie zog die Decke enger um sich. »Hab ich irgendwo gelesen.«

Sein Gesichtsausdruck wurde ernst. »Du zitterst ja.« Er rückte näher an sie heran und legte eine Hand auf ihre Stirn. »Deine Haut fühlt sich eisig an. Hast du deine Temperatur gemessen?«

Rosa nickte. »34,9.«

»Sie ist weiter gesunken.«

»Ja.«

Tom unterdrückte einen Fluch. »Wann ist dein Termin?«

»Am Montag.«

Sie konnte sehen, wie es hinter seiner Stirn arbeitete. Wie er sich seine Worte zurechtlegte.

»Und wenn es nichts Körperliches ist?«, presste er schließlich hervor. Rosa tat, als wüsste sie nicht, worauf er hinauswollte. »Wie meinst du das, nichts Körperliches?«

Er zögerte. »Was ist, wenn es an dem liegt, was Ludwig getan hat. Wenn die Hypnose schuld ist?«

»Meinst du nicht, der Professor hätte Nebenwirkungen erwähnt, wenn es welche geben würde?«

»Vielleicht wusste er es selbst nicht. Sein Forschungsgebiet ist die Angst, nicht das Glück.«

Tom hatte ausgesprochen, was Rosa insgeheim befürchtete. Doch was war die Konsequenz? Gab es ein Medikament für einen Fall wie ihren? Das war sehr unwahrscheinlich. Was, wenn die Kälte blieb und schlimmer wurde? Musste sie den Professor dann bitten, den Eingriff rückgängig zu machen?

Rosa gestand sich ein, dass sie gar nicht wusste, ob das überhaupt noch möglich war. Sie hatte den Professor nicht danach gefragt. So überzeugt war sie gewesen, dass ihre Entscheidung richtig und notwendig war. Der einzige Weg, um weiterzuleben.

Einen Moment lang gestattete sie sich, den Gedanken zuzulassen. Sie würde wieder wissen, wie es sich anfühlte, glücklich zu sein. Sie würde sich daran erinnern, wie glücklich sie mit Sven gewesen war und wie grausam ihre Gefühle missbraucht worden waren. Glück und unerträgliches Leid – auf immer miteinander verwoben. Eine Welle der Übelkeit schwappte durch ihren Körper. Sie zwang sich, ruhig und gleichmäßig zu atmen.

Plötzlich musste sie an Jacob und ihre gemeinsamen Momente denken, und die Erinnerungen rauschten nur so an ihr vorbei: der Abend der Lesung, als er ihr seine Liebe gestanden hatte. Heiligabend, sein besonderes Geschenk. Das Picknick am Meer, wie sie schließlich über den Strand liefen, in den Bus sprangen und so laut lachen mussten, dass ihnen die Tränen über die Wangen liefen. Die Silvesternacht, wie sie in Jacobs Armen gelegen hatte, erfüllt von dem Wunsch, er möge sie küssen – und nie wieder loslassen.

All diese Erinnerungen würden sich wieder mit Leben füllen. Doch was war der Preis?

»Du hast Angst«, riss Toms Stimme sie aus ihren Gedanken. Seine Augen waren dunkel vor Kummer. »Du hast das Glück ausgemerzt, damit es dich nicht verletzen kann. Nicht in deiner Vergangenheit. Und nicht in deiner Zukunft.«

Rosas Mund fühlte sich mit einem Mal staubtrocken an, und ihre Kehle war so eng, dass jedes Wort schmerzte. »Du verstehst nicht. Ich habe das Glück ausgemerzt, damit ich eine Zukunft habe.«

Tom griff nach ihrer Hand. »Das glaube ich nicht, Rosa. Was Sven getan hat, ist unverzeihlich. Aber du musst deine Ehe nun hinter dir lassen und nach vorne schauen. Du kannst das, das weiß ich. Weil du stark bist. Und weil du es verdienst, glücklich zu sein. Sprich mit Ludwig. Bitte ihn, das Ganze rückgängig zu machen.« Sein Ton war von einer Intensität, die Rosa Schauer über den Rücken jagte.

Sie sah auf seine Hand, die ihre umschlossen hielt. »Ich kann das nicht. Das erste Mal Sven zu verlieren und von seinem Verrat und seinen Lügen zu erfahren hätte mich beinahe umgebracht. Ein zweites Mal überstehe ich nicht.«

39

Es passierte drei Tage später. Rosa wollte gerade das Café hinter den letzten Gästen abschließen, als Mac eintrat. Tom, der mit einem Lappen über die Theke wischte, hielt überrascht inne. »Was machst du denn hier?«, erkundigte er sich. »Wolltest du deiner Mutter nicht die Stadt zeigen?«

Mac nickte. »Das wollte ich. Aber sie hat mich dazu bewegt, zuerst das Gespräch mit dir zu suchen. Es gibt da etwas, das ich dir sagen muss.« Er setzte sich an den Tresen und lächelte nervös. »Nur könnte ich bitte zuerst einen Kaffee haben?«

Tom wechselte einen Blick mit Rosa. Sie machte Anstalten, in die Küche zu gehen, um die Männer alleine zu lassen, doch Mac hielt sie zurück. »Nein, Rosa, bleib bitte hier und setz dich zu uns. Du bist meine Freundin, du sollst das auch hören.«

Tom wandte sich zur Kaffeemaschine, mahlte die passende Menge Bohnen und füllte das Pulver in den Siebträger.

Wenige Sekunde später erfüllte der Duft von frisch gebrühtem Kaffee die Luft. Mac nahm seine Tasse mit einem leisen Dankeschön entgegen und rührte mit dem Löffel darin herum, bis die Flüssigkeit über den Rand schwappte und sich eine schwarze Pfütze auf der Untertasse bildete.

»Also«, fragte Tom, »was wolltest du besprechen?« Seine

Stimme klang angespannt. Er glaubt, ihn zu verlieren, schoss es Rosa durch den Kopf.

Die Miene des jungen Kochs war bekümmert. Ein schlechtes Gewissen spiegelte sich darin und noch etwas, das Rosa nicht deuten konnte. Ihr Magen verhärtete sich. Gleich würde er sagen, dass er kündigen würde.

Macs Blick begann zu flackern. »Es fällt mir so schwer, euch zu sagen, dass ich …«

Rosa schloss für einen kurzen Moment die Augen. Am liebsten hätte sie auch die Ohren verschlossen.

»… nicht der bin, für den ihr mich haltet.«

Überrascht und irritiert richtete sie sich auf.

»Ich bin deinetwegen nach Düsseldorf gekommen, Tom«, fuhr Mac fort. »Weil ich dich kennenlernen wollte. Weil ich sehen wollte, wie du bist. Was für ein Mensch du bist.«

Tom schüttelte verwirrt den Kopf. »Ich versteh nicht. Warum?«, fragte er leise.

»Meinetwegen«, erklang eine Stimme von der Tür.

Rosa wandte sich um, und in diesem Moment blieb ihr Herz stehen. Das kann nicht sein, dachte sie. Das ist unmöglich. Sie hörte nicht, wie Tom scharf die Luft einsog. Hörte nichts außer dem Rauschen ihres eigenen Blutes in den Ohren. Mit offenem Mund betrachtete sie die Gestalt, die ihr so vertraut und fremd zugleich war. Die honigblonden Haare waren länger als in ihrer Erinnerung. Sie fielen ihr in sanften Wellen auf die Schultern. Das Gesicht wirkte schmaler, reifer. Doch die meerblauen Augen überstrahlten alles. Genau so, wie sie es immer getan hatten.

»Claire …«

10

»Claire …«

Toms Stimme war kaum mehr als ein Flüstern. Rosa sah, wie er taumelte. Sie wollte zu ihm gehen, ihm beistehen, aber ihre Glieder waren schwer wie Blei.

»Ich bin nicht Claire«, sagte die Frau, als sie auf sie zukam. Ihre Stimme war schön. Klangvoll. Doch ohne die Weichheit, die Claires Stimme so einzigartig gemacht hatte.

Tom stützte sich schwer auf die Theke. Sein Gesicht war aschfahl. Auf seiner Stirn stand kalter Schweiß. »Anouk?«, fragte er heiser.

Sie nickte. »Ja«, sagte sie. »Auch wenn mich lange niemand mehr so genannt hat.«

Sie setzten sich an einen der blank gebohnerten Holztische. Mac stellte eine Flasche Whiskey und vier Gläser mit Eiswürfeln in die Mitte, schenkte jedem von ihnen zwei Fingerbreit ein und begann zu erklären.

Wie er auf dem Dachboden seiner Mutter nach alten Kochbüchern gesucht und dabei ein Foto gefunden hatte. Von zwei Mädchen, die einander so ähnlich sahen, dass es sich um Schwestern handeln musste. Nur dass seine Mutter keine Schwester hatte. »Zumindest hatte ich das bis dahin immer geglaubt.«

Anouk strich über seine Wange. »Es war besser so. Ich habe es dir doch erklärt, Branan. Lass uns jetzt nicht wieder davon anfangen.«

»Dann erkläre es mir. Bitte«, sagte Tom.

Anouk zögerte. »Ich nehme an, du kennst die Geschichte, Tom. Ich wurde schwanger, da war ich sechzehn. Meine Eltern wollten, dass ich das Kind weggebe. Doch das konnte ich nicht.« Sie sah zu Mac, und ihr Blick wurde weich. »Ich habe dich geliebt, von der Sekunde an, in der ich wusste, dass es dich gibt. Was meine Eltern da von mir verlangten …« Sie sah in ihr Glas. »Konnte ich damals nicht und kann ich bis heute nicht verstehen. Mein Freund Jamie, Branans Vater, war ebenfalls noch nicht volljährig. Also packten wir unsere Sachen und verschwanden.« Sie nahm einen tiefen Schluck von ihrem Whiskey, und die Eiswürfel in ihrem Glas klirrten. »Wir gingen nach Edinburgh. Jamies Eltern waren nicht begeistert, doch sie unterstützten uns, wo sie nur konnten. Auch nachdem wir uns getrennt hatten.« Sie wandte den Kopf. »Sie waren verrückt nach dir, Branan. Sie nahmen dich auf, und ich ging wieder zur Schule, machte eine Ausbildung, studierte … damit ich später gutes Geld verdienen würde. Alles, damit es dir einmal besser gehen würde.«

Macs Gesichtsausdruck zeigte deutlich, welche Gedanken ihm durch den Kopf schossen. Mir wäre es besser gegangen, wenn du bei mir geblieben wärst. Doch er sagte nichts.

Tom räusperte sich. »Ich kann verstehen, warum du das getan hast«, meinte er. »Aber warum hast du dich nie bei Claire gemeldet? Sie hat sich so nach dir gesehnt, all die Jahre.«

Er schien einen wunden Punkt getroffen zu haben. Anouks Gesicht verzog sich zu einer Grimasse. »Sie war noch ein Kind. Ich konnte nicht riskieren, dass sie mich verrät. Ich hatte Angst, dass die Behörden mir Branan immer noch wegnehmen könnten. Heute denke ich, dass das Unfug war, aber damals war ich halb verrückt vor Sorge.«

Toms Kiefer verhärtete sich. »Claire hätte dich niemals verraten.«

»Nicht absichtlich, ich weiß. Aber was, wenn sie sich verplappert hätte? Nein, das Risiko empfand ich damals als zu groß. Und dann, mit der Zeit, kam es mir richtig vor. Ich lebte mein Leben, und sie lebte ihres.«

»Und nachdem eure Eltern tot waren?«, fragte Tom bitter. »Da hätte sie ihre Schwester gebraucht.«

Anouk senkte den Kopf. »Ich wusste lange Zeit nicht, dass sie gestorben sind. Auch nicht, dass Claire … dass sie nicht mehr lebt.« In ihrer Stimme schwang eine solche Traurigkeit mit, dass Mac ihre Hand in seine nahm.

»Sie hat erst durch mich davon erfahren. Nachdem ich das Foto gefunden hatte, erzählte Mom mir von Claire.« Ein Schatten legte sich über sein Gesicht. »Ich wollte meine Familie kennenlernen. Vielleicht, dachte ich, würden sie mich jetzt lieben können. Doch sie waren alle fort.« Er biss sich auf die Lippen. »Und dann warst du da, Tom. Ich nahm mir ein paar Tage Urlaub und fuhr nach Düsseldorf. Ich wollte dich sehen und mir anschließend überlegen, was ich tue. Doch dann hast du mir den Job als Koch angeboten, und ich musste nicht lange überlegen. Eine bessere Gelegenheit, dich kennenzulernen, gab es nicht.«

Tom blinzelte. Ein Meer von Emotionen glitt über sein Gesicht. »Warum hast du mir nicht gesagt, wer du bist?« Seine Stimme klang belegt.

»Ich war mir unsicher, wie du reagierst. Ich wusste ja nicht einmal, ob du von meiner Mutter und mir gehört hattest. Und wenn du von uns gehört hattest, wie du zu uns stündest.

Es wäre ja auch möglich gewesen, dass du nichts mit uns zu tun haben wolltest.«

Tom wirkte, als hätte Mac ihn geohrfeigt. »Wie kommst du bloß auf die Idee?«

»Weil Mom die Familie auseinandergerissen und Claire im Stich gelassen hat. Weil sie es meinetwegen getan hat.«

Tom holte tief Luft. »Ich habe nach euch gesucht. Nach Claires Tod wart ihr alles, was mir an Familie geblieben war.« Sein Blick hielt Macs fest. Dann stand er auf und breitete die Arme aus.

Mac sprang auf und stürzte sich wie ein Kind in die Arme seines Onkels.

Rosa sah das Glück, das ihre Gesichter überflutete. So glücklich hatte sie Tom seit Jahren nicht mehr gesehen. Sie selbst jedoch fühlte ... nichts. Doch was hatte sie anderes erwartet? Sie hatte ja selbst dafür gesorgt. Leise stand Rosa auf, nahm ihren Mantel und ging hinaus.

Ihre Augen brannten, als sie die kalte Abendluft in ihre Lungen sog. Tränen liefen über ihre Wangen und sickerten in ihren Schal. Sie fühlte plötzlich ein solches Bedauern, ein solches Versagen, dass sie ihre Nägel in die Handballen grub, um dem Schmerz, der in ihrem Inneren wütete, etwas Körperliches zu verleihen. Was bin ich für ein Mensch, dachte sie, wenn ich mich nicht für Tom und Mac freuen kann?

»Wollen Sie auch eine?«

Rosa bemerkte Anouk, die ihr nach draußen gefolgt war. Sie hielt ihr eine verknitterte Packung Zigaretten hin.

Rosa wollte ablehnen, doch dann nickte sie. Ihre Finger bebten, als sie eine Zigarette herausnahm und sich zwischen ihre Lippen steckte. Anouk gab ihr Feuer. Sie nahm einen tiefen Zug und hustete. Als sich ihr Atem wieder beruhigt hatte, lehnte sie sich mit dem Rücken gegen die Hauswand und sah in den endlos schwarzen Himmel.

Anouk tat es ihr gleich. »Ich bin übrigens Annie«, bot sie ihr das Du an. »Den Namen Anouk habe ich abgelegt, als ich nach Schottland ging.«

»Rosa.«

Im trüben Schein der Straßenlaterne schüttelten sie einander die Hände. »Ganz schön bewegend, nicht wahr?«, meinte Annie.

Rosa fuhr sich mit dem Handrücken über das verweinte Gesicht und nickte stumm.

»Darf ich dir eine persönliche Frage stellen, Rosa?«

Sie nickte erneut.

»Du und Tom … seid ihr ein Paar?«

Rosa verschluckte sich erneut an dem Rauch. »Nein«, stellte sie klar und hustete. »Das waren wir nie. Wir sind Freunde. Die besten.«

Anouk zog an ihrer Zigarette. Es knisterte leise, als Papier zu Asche verbrannte. »Ich verstehe.«

Rosa drehte den Kopf. »Darf ich dich auch etwas fragen?«

»Sicher.«

»Warum wolltest du zuerst nicht, dass Mac und Tom sich treffen?«

Annie schwieg. »Es ist … kompliziert«, befand sie schließlich. Sie klopfte etwas Asche auf den Boden. »Weißt du, ich habe meine Eltern gehasst. Für das, was sie uns angetan haben. Mir, Branan, Claire. Ich konnte meinen Sohn nicht behalten, ohne meine Schwester zu verlassen, aber ich wollte nicht, dass Branan erfährt, dass seine eigenen Großeltern ihn nicht haben wollten.« Sie nahm einen tiefen Zug von ihrer Zigarette. »Als er dann das Foto fand, von Claire und mir … das war so, als hätte er eine Kammer aufgestoßen. Eine Kammer, die seit dreißig Jahren verschlossen war. Auf einmal kam alles wieder hoch. Der Hass, die Angst, die Sorgen. Alles, was ich wollte, war, die Tür wieder zu verschließen und den Schlüssel im Meer zu versenken. Doch Branan war wie besessen. Du hast sie mir vorenthalten!, rief er aufgebracht, ich habe das Recht, sie kennenzulernen. Also erzählte ich ihm, was seine Großeltern getan hatten. Doch selbst das konnte ihn nicht aufhalten. Er begann, nach ihnen zu suchen. Als er herausfand, dass sie tot waren, dass Claire tot war …«, sie hielt inne und schüttelte den Kopf. »Ich war am Boden zerstört, als er mir davon berichtete. Auf einmal wurde mir bewusst, dass mir die Möglichkeit genommen worden war, mich je wieder mit meiner Familie zu versöhnen.« Sie begann, in ihrer Tasche zu kramen und zog eine weitere Zigarette hervor. Sie entzündete sie am Stummel ihrer ersten und inhalierte. »Ich wollte niemanden, der mich an sie erinnert. Verstehst du das? Es gibt Fragen, auf die man keine Antworten hören will. Weil sie einen in den Abgrund stoßen können.«

Rosa drückte ihre Zigarette an der Hauswand aus. »Warum bist du dann heute gekommen? Warum hast du Mac auf einmal doch unterstützt, Tom die Wahrheit zu sagen?«

Annie ließ sich Zeit mit ihrer Antwort. »Weil ich meinen Sohn liebe und möchte, dass er glücklich ist«, sagte sie schließlich. »Jamie war Branan kein Vater, und ich war nicht die Mutter, die er sich gewünscht hat. Aber Tom …« Sie verdrehte die Augen und lächelte. »Du solltest hören, wie Branan von ihm spricht. Er vergöttert ihn. Tom verkörpert für ihn den Teil der Familie, der ihm immer gefehlt hat.«

Rosa sagte nichts. Sie sah zu, wie der Rauch von Annies Zigarette in grauen Schwaden in den Himmel stieg. Ihr Kopf sagte ihr, dass es gut war, dass Annie da war. Dass Mac da war. Gut für Tom. Doch ihr Herz sagte etwas anderes. Es hatte vergessen, was Glück war. Und auf einmal brachte es andere Gefühle hervor. Giftige Gefühle, die durch ihre Blutbahnen flossen und alles verätzten, was sich ihnen in den Weg stellte. Eifersucht, weil die anderen Glück empfinden konnten. Neid auf ihr Lachen und ihre Freudentränen. Und Zorn. Weil sie selber von all diesen Empfindungen ausgeschlossen war.

41

Eigentlich hatte Annie vorgehabt, nur eine Woche zu bleiben. Doch nach jener schicksalhaften Begegnung im Café Claire hatte sie ihren Aufenthalt verlängert. Jetzt kam sie täglich, und mit jedem Mal blieb sie länger. Dann saß sie auf einem der hohen Barhocker an der Theke und plauderte mit Tom, während er Smoothies in Gläser schenkte und winterliche Kaffeespezialitäten mit Karamell, Sahne und Zimt zubereitete. Oder sie scherzte in der Küche mit Mac und Lucille, was dazu führte, dass Rosa sich vor Unbehagen wand, weil sie nicht wusste, wie sie sich in ihre fröhliche Runde einbringen konnte. Zwar hatte sie sich inzwischen daran gewöhnt, dass Annie mit ihren honigblonden Haaren und den blauen Augen aussah wie Claire, doch woran sie sich nicht gewöhnen konnte, war das Strahlen, das jetzt ständig auf Toms Gesicht lag. Außerdem hatte er in all dem Trubel vergessen, sie nach den Untersuchungsergebnissen zu fragen, die ihr seit gestern vorlagen, und das stimmte sie traurig. Zeigte es ihr doch, dass sie sich nicht mehr so nahe waren wie früher.

Rosa wusste jetzt, dass ihre Schilddrüse in Ordnung war, ebenso ihr Stoffwechsel. Dennoch war ihre Temperatur weiter abgefallen. Sie hatte sich angewöhnt, mehrere Schichten Kleidung zu tragen, trotzdem war ihr ständig kalt, und sie begann, sich zu fragen, wo das enden sollte. So hatte sie sich endlich dazu durchgerungen, den Professor um Rat zu fragen. Jacob hatte ihr am Morgen seine Mobilfunknummer gegeben, doch bisher hatte sie ihn nicht erreichen können.

Jacob … er hatte sich nicht einmal erkundigt, was sie mit der Nummer vorhatte, er hatte sie nur wortlos auf ein Stück Papier geschrieben und sich dann wieder in seine Arbeit vertieft.

Es bekümmerte sie, wie sehr sich ihre Beziehung verschlechtert hatte. Er sah kaum noch auf, wenn sie ihm sein Mittagessen oder frischen Kaffee brachte. Dabei war sie selber schuld. Sie war ihm aus dem Weg gegangen, und es war Tage her, seit sie zum letzten Mal ihre Pause zusammen verbracht hatten, geschweige denn einen gemeinsamen Abend.

»Darf ich das mitnehmen?«, fragte sie und wies auf die leere Tasse, die vor ihm auf dem Tisch stand. Er nickte.

Sie griff danach und wollte sich abwenden, zögerte dann aber. »Ich habe versucht den Professor zu erreichen, aber es geht nur die Mailbox dran. Hast du ihn in letzter Zeit mal gesehen?«

Jacobs Schultern versteiften sich. »Nein.«

Plötzlich kam ihr ein Gedanke. »Hast du ihm gesagt, dass er wegbleiben soll?«

Seine Lider flatterten. »Ja«, gestand er, ohne sie anzusehen.

»Du bist sauer auf ihn«, stellte sie fest. Sie umklammerte das Tablett. »Aber er kann nichts dafür, Jacob. Es war meine Entscheidung. Ich habe ihn darum gebeten.«

»Er hätte Nein sagen können. Nein sagen müssen.«

Sie schüttelte den Kopf. »Er hat mir das Leben gerettet.«

Jacobs Blick bohrte sich in ihren. »Hör endlich auf, dir diesen Quatsch einzureden.«

Erschrocken von seinem harschen Tonfall, zuckte sie zurück. »Ich dachte, du liebst mich.«

»Das tue ich.« Auf einmal schien jeder Kampfgeist von ihm abzufallen. »Das heißt aber nicht, dass ich dich auch mögen muss.«

Rosa starrte ihn an, zu verletzt, um etwas zu erwidern. Das Tablett in ihren Händen bebte. Sie drehte sich um und ging.

»Rosa«, hörte sie Jacobs Stimme in ihrem Rücken. Doch er machte keine Anstalten, ihr nachzukommen.

Sie floh in die Küche und lehnte sich mit dem Rücken gegen die Tür. Ihr Atem ging schnell und flach, und sie zitterte am ganzen Körper. Plötzlich bemerkte sie die Blicke von Lucille und Mac. Sie hielten sich eng umschlungen, und es war offensichtlich, dass sie sich gerade geküsst hatten. Mit einem Mal fühlte sich Rosa so alleine und fehl am Platz wie nie zuvor in ihrem Leben. Sie stellte das Tablett auf die Arbeitsfläche und raffte ihre Sachen zusammen. Im Vorbeilaufen rief sie Tom zu, dass sie sich nicht gut fühle, dann stürzte sie aus dem Café – hinaus ins Freie.

Draußen war es kalt und es regnete. Und obwohl es erst später Nachmittag war, war es so dunkel, dass es genauso gut Abend hätte sein können. Mit gesenktem Kopf lief Rosa durch die Straßen, blind für alles um sie herum. Sie fühlte sich einsam und missverstanden. Jacob hatte sich von ihr abgewendet. Er mochte sie nicht länger. Und selbst Tom, ihr Tom, war dabei, das Interesse an ihrer Freundschaft zu verlieren. Und Lucille und Mac? Die beiden stellten ihr Glück vor ihr zur Schau. Machten sie sich keine Gedanken darüber, dass es ihr dabei schlecht gehen könnte?

Als mit einem Mal ein Wagen mit quietschenden Reifen vor ihr zum Stehen kam, erschrak sie heftig.

»Sind Sie von allen guten Geistern verlassen?«, brüllte der Fahrer aus heruntergelassenem Fenster.

Rosas Herz raste wie wild. Sie stand mitten auf der Straße, die Fußgängerampel auf der anderen Seite war rot. In ihrem Schock brachte sie kein Wort heraus.

Der Fahrer tippte sich wütend mit dem Zeigefinger gegen die Stirn, dann legte er einen Gang ein und fuhr weiter.

»Wo bist du gewesen? Ich habe mir Sorgen gemacht.« Tom sah von seiner Zeitung auf, als Rosa eine Stunde später das Wohnzimmer betrat. Sie war nass bis auf die Haut und durchgefroren. Kalter Regen tropfte von ihren Haarspitzen auf den Boden.

»Ach, wirklich?«, murmelte sie und warf einen vielsagenden Blick auf seine Zeitung.

Tom erhob sich und kam auf sie zu. »Dir ist kalt«, stellte er besorgt fest, als er ihr Zittern bemerkte.

Sie wich einen Schritt zurück. »Es ist kaum auszuhalten.«

»Soll ich dich ins Krankenhaus fahren?«

»Das meinte ich nicht. Du bist kaum auszuhalten.«

Tom blieb wie angewurzelt stehen. Er wirkte gleichermaßen verletzt wie verwirrt. »Warum sagst du so etwas?«

Plötzlich fühlte Rosa kalte Wut in sich. »Schau dich doch an.« Ihr Kopf dröhnte. »Wie du Annie hofierst. Sie sieht vielleicht aus wie Claire, aber sie ist es nicht. Und Mac ist nicht dein Sohn, sondern ihrer.«

»Du weißt nicht, was du da redest.«

Rosa streckte den Rücken durch. »Oh doch. Du glaubst, du könntest dein Glück zurückholen. Dabei ist es mit Claire gestorben.« Schwer atmend sah sie ihn an.

Toms Züge waren wie versteinert. Erst jetzt wurde Rosa bewusst, was sie gesagt hatte. Erschrocken schlug sie sich eine Hand vor den Mund. Verzeih mir, Tom, wollte sie sagen, doch sie brachte kein Wort hervor.

»Geh«, sagte Tom und zeigte mit dem Finger zur Tür. »Ich möchte, dass du meine Wohnung verlässt.«

Eine Sekunde lang war sie gelähmt von der Kälte in seiner Stimme. Dann löste sich die Erstarrung. Sie drehte sich um und stürzte in ihr Zimmer. Hastig packte sie ein paar Sachen zusammen.

Auf der Straße hielt sie ein Taxi an. Als der Fahrer sie fragte, wo sie hinwolle, schaute sie ihn nur verständnislos an. Dann nannte sie ihm das erste Hotel, das ihr in den Sinn kam.

42

Rosas Wut war längst verflogen, als sie das kleine, zweckmäßig eingerichtete Hotelzimmer betrat. Sie fühlte nur noch Verzweiflung und nackte Angst. Eiskalte Schauer jagten durch ihren Körper. Sie stellte ihre Reisetasche auf den Boden und kroch angezogen unter die Bettdecke.

Was war nur aus ihr geworden? Sie sah sich selbst, wie sie diese grauenvollen Dinge zu Tom sagte, doch es gelang ihr nicht, die Person mit sich selbst in Einklang zu bringen.

Ich bin ein Monster, dachte sie und erschauderte unter der nächsten Kältewelle, die ihre Zähne gegeneinanderschlagen ließ.

Das muss aufhören. Der Gedanke war in ihrem Kopf, setzte sich fest, ließ sie nicht mehr los. *Das muss aufhören. Sofort.*

Sie tastete nach ihrer Tasche. Ihre Finger waren so steif, dass es ihr erst beim dritten Anlauf gelang, den Reißverschluss aufzuziehen und ihr Handy herauszunehmen. Mühsam löste sie die Tastensperre und rief das Telefonverzeichnis auf. Wenige Sekunden später ertönte das Freizeichen. Geh ran, dachte sie verzweifelt. Nach dem dritten Ton nahm Jacob ab.

»Rosa?«, fragte er. Seine Stimme klang überrascht.

Ihre Zähne klapperten. Sie holte tief Luft. »Bitte, Jacob,

bring mich zu Professor Leclerc. Er soll … es rückgängig machen.«

Eine halbe Stunde später klopfte es. Rosa hüllte sich in ihre Decke und stolperte zur Tür.

»Mein Gott«, sagte Jacob, als er sie dastehen sah, mit verlorenem Gesichtsausdruck und am ganzen Körper zitternd.

Sie sah zu ihm auf. »B… bringst du mich zu ihm?«

Er nickte, unfähig, etwas zu entgegnen. Sie wollte lächeln, doch stattdessen brach sie in Tränen aus.

Jacob nahm sie in die Arme. »Schscht«, murmelte er in ihr Haar. »Alles wird gut, Rosa. Ich bin jetzt bei dir.«

Sie hob den Kopf. »Dann magst du mich doch noch ein bisschen?«

Er schluckte schwer. »Es tut mir leid, dass ich das zu dir gesagt habe. Natürlich mag ich dich noch.«

Sie schluchzte vor Erleichterung.

»Du bist eiskalt, Rosa. Bist du dir sicher, dass ich dich nicht ins Krankenhaus bringen soll?«

Sie nickte. Er sah sie lange an, dann gab er nach. »Also schön. Aber wenn Ludwig sagt, dass du ins Krankenhaus gehörst, fahren wir sofort dorthin.« Er holte sein Handy hervor. »Ich rufe ihn an.«

Nach ein paar Sekunden ließ er frustriert die Hand sinken. »Ludwig geht nicht ran.« Er überlegte kurz. »Lass uns zu ihm nach Hause fahren. Mit dem Auto sind es nur fünf Minuten von hier.«

Auf dem kurzen Stück zum Wagen gaben Rosas Beine mehrmals unter ihr nach. Als sie auf dem Beifahrersitz saß, holte Jacob eine Wolldecke aus dem Kofferraum und hüllte sie darin ein. Doch die Kälte in ihrem Inneren ließ nicht nach. Sie fuhren los und bogen schließlich in eine von Linden gesäumte Allee, die ihre kahlen Äste in den Nachthimmel streckten. Rosa war so müde, dass es ihr nur mit Mühe gelang, die Augen offen zu halten.

In einer breiten Hausauffahrt stellte Jacob den Motor ab. »Alles dunkel«, stellte er fest. Er sah zu Rosa. »Warte hier auf mich.«

Sie hätte beinahe gelächelt, so absurd war die Vorstellung, sie könnte aufstehen und davonlaufen. Sie beobachtete, wie Jacob an der Eingangstür klingelte. Als sich nichts regte, trat er ein paar Schritte zurück und blickte hoch zu den Fenstern. Dann kam er zurück und setzte sich zu ihr in den Wagen. Erneut wählte er die Nummer des Professors.

»Mailbox«, schimpfte er nach wenigen Sekunden. »Ludwig, hier ist Jacob. Melde dich, wenn du das hörst. Es geht um Rosa. Sie braucht deine Hilfe.« Er legte das Handy vor sich auf die Ablage und studierte ihr Gesicht. »Lass mich dich zu einem Arzt bringen«, bat er. »Dir geht es wirklich schlecht, das sehe ich doch. Ich kann das nicht länger verantworten.«

Rosa schüttelte entschlossen den Kopf. »Ich bin bei einem gewesen, und der konnte mir nicht helfen. Professor Leclerc hat den Eingriff vorgenommen. Er ist der Einzige, der es rückgängig machen kann. Bitte, Jacob, ich habe Angst, dass sie mich im Krankenhaus dabehalten. Wie soll der Professor mir dann noch helfen? Und ich brauche seine Hilfe ... schnell.«

Jacob schloss für einen Moment die Augen. »Okay«, sagte er rau. »Wir fahren erst mal zu mir. Dann sehen wir weiter.«

13

Es war das erste Mal, dass Rosa Jacobs Zuhause betrat, und sie wünschte sich, sie würde es unter anderen Vorzeichen tun. Während er sie durch das Haus führte, eine breite, offene Treppe hinauf und in ein gemütlich eingerichtetes Gästezimmer, registrierte sie um sich herum viel warmes Holz und riesige Glasfronten, die spektakuläre Ausblicke versprachen. Dankbar und erschöpft sank Rosa auf das Bett und kroch unter die Decke.

Jacob setzte sich auf die Kante und sah sie an. »Verrätst du mir, warum du in diesem Hotelzimmer warst?«

Rosa blinzelte. »Wegen Tom.« Sie wandte den Kopf ab. »Ich habe schreckliche Dinge zu ihm gesagt.«

Sie fühlte, wie Jacobs Hand über ihr Haar strich. »Das warst nicht du«, sagte er bestimmt. »Was auch immer du gesagt hast, Rosa. Das warst nicht du.«

»Danke«, flüsterte sie.

Jacob stand langsam auf. »Versuch jetzt etwas zu schlafen.« Er öffnete den Wandschrank und holte zwei nachtblaue Kaschmirdecken heraus. Eine legte er über ihre Bettdecke, mit der anderen machte er es sich in dem Sessel gemütlich, der vor dem Fenster stand.

»Was machst du da?«, murmelte Rosa. Wieder fielen ihr fast die Augen zu.

»Auf dich aufpassen natürlich«, erwiderte Jacob lächelnd. »Was denn sonst.«

In der Nacht fand Rosa wenig Schlaf. Ihr war so kalt, dass Jacob mehrmals aufstand, um ihr Wärmeflaschen und heißen Tee zu bringen. Seine Miene war voller Sorge, als er ihren Rücken stützte und ihr den Becher an die Lippen hielt. »Ich rufe jetzt doch einen Arzt«, sagte er, aber Rosa schüttelte nur den Kopf. »Der kann nichts für mich tun, und das weißt du.«

Am nächsten Morgen versuchte es Jacob erneut bei Professor Leclerc, doch weder auf dem Festnetz noch auf dem Handy konnte er ihn erreichen. Da klingelte es an der Haustür. Rosa blickte Jacob hoffnungsvoll an, aber er schüttelte nur den Kopf. »Das ist jemand anderes«, meinte er und ging hinaus.

Eine Minute später betrat Tom das Gästezimmer, und Rosas Herz wurde schwer. Für einen endlos langen Augenblick sahen sie einander an. Dann war er bei ihr und nahm sie in die Arme.

»Es tut mir so leid«, weinte sie an seiner Brust.

»Ich weiß«, sagte er. »Ich weiß.« Seine Hände strichen über ihren Rücken.

»Dann verzeihst du mir?«

Er lächelte, unendlich traurig. »Verzeihst du mir denn, Rosa? Dass ich dieses Mal nicht für dich da war, als du mich gebraucht hast?« Seine Stimme brach.

»Ach, Tom«, flüsterte sie. »Natürlich.«

Statt einer Antwort küsste er sie auf die Stirn.

Plötzlich stand Jacob neben ihnen. In seinem Gesicht spiegelten sich Hoffnung und Erleichterung. »Ich weiß jetzt, wo wir Ludwig finden!«, rief er.

44

Tom fuhr, Jacob und Rosa saßen auf der Rückbank.

»Ludwig besitzt eine kleine Waldhütte in der Eifel. Er zieht sich ab und an dorthin zurück, wenn er für sich sein will. Seine Verlegerin hat mir gesagt, er habe seine Frau gestern Morgen zu ihrer Schwester nach Ratingen gebracht und sei anschließend dorthin aufgebrochen.«

Rosa fiel es schwer, sich auf Jacobs Worte zu konzentrieren. Sie war so erschöpft. Doch immer wenn sie gerade in den Schlaf glitt, rüttelte er an ihrer Schulter und befahl ihr, wach zu bleiben.

Die Landschaft um sie herum veränderte sich. Sie fuhren an kleinen Dörfern vorbei, dazwischen lagen Wälder, endlos weite Wiesen und Felder, aus denen der Nebel hochstieg.

Tom hatte im Radio einen Klassiksender eingestellt. Doch die Musik übertönte nicht das nervöse Trommel seiner Finger auf dem Lenkrad.

Nachdem sie etwas mehr als eine Stunde gefahren waren, bogen sie in einen unbefestigten Waldweg. Es ruckelte, während die Reifen über den gefrorenen Boden rollten. Vor ihnen tauchte ein Holztor auf.

»Ab hier müssen wir laufen«, erklärte Jacob. »Es ist nicht weit, hat mir Ludwigs Verlegerin gesagt. Die Hütte müsste gleich hinter der nächsten Biegung sein.«

Rosa stieß einen unwilligen Laut aus, als Jacob ihre Wange tätschelte. »Du musst aufstehen«, sagte er sanft. »Gleich sind wir bei Ludwig.« Er löste ihren Gurt und half ihr aus dem Wagen.

»Ich bin so müde«, flüsterte sie.

Kurzerhand nahm Jacob sie auf die Arme.

»Um Himmels willen!«, rief eine vertraute Stimme, als sie die Hütte erreicht hatten.

Wie durch einen dichten Schleier nahm Rosa wahr, wie Jacob sie durch die Tür ins Innere trug und auf einem Sofa ablegte.

Der Professor beugte sich über sie. »Was ist mit ihr?«

»Ihre Temperatur hört nicht auf zu sinken«, sagte Tom. »Bitte, Ludwig, was auch immer du getan hast, du musst es rückgängig machen.«

»Ich weiß nicht, ob ich das kann.« Die Worte des Professors hallten durch den Raum.

»Was heißt das?«

Eine lange Stille setzte ein.

»Dass ich euch nichts versprechen kann«, antwortete er schließlich.

15

»Rosa, wie fühlen Sie sich?« Der Professor hatte sich zu ihr auf das Sofa gesetzt und musterte sie mit der ruhigen, professionellen Miene eines Arztes.

»Mir ist so unglaublich kalt«, flüsterte sie.

»Hören Sie. Ich werde jetzt versuchen, Ihre Erinnerung zurückzuholen. Die Erinnerung an das Glück. Sie werden einschlafen, und wenn Sie aufwachen, werden Sie wieder wissen, wie sich Glück anfühlt. Und mit dem Glück wird die Wärme in Ihren Körper zurückkehren.«

Toms Kiefer verhärtete sich in plötzlicher Furcht. »Was, wenn nichts mehr da ist, Professor? Wenn nur Schmelzwasser zurückbleibt, wo ihr Herz gewesen ist?«

Die nächste Kältewelle brach über Rosa herein. Sie rang nach Luft.

»Wir müssen es versuchen«, erwiderte der Professor.

»Es wird gelingen«, hörte sie Jacob voller Zuversicht sagen. Er strich über ihr Haar. Dann gingen er und Tom zur Seite, damit der Professor Platz hatte.

»Bitte, Rosa, schließen Sie die Augen.«

Der Professor fuhr mit den Fingerspitzen über ihre Lider. »Sie werden jetzt schlafen. Wenn ich es sage.«

Im ersten Moment wusste Rosa nicht, wo sie sich befand. Benommen richtete sie sich auf. Ihr Blick fiel auf nackte Holzwände und auf eine einfache Einrichtung. An einem knorrigen Tisch mit Stühlen, die nicht zueinanderpassten, saßen Tom, Jacob und der Professor und unterhielten sich in gedämpftem Ton.

Da erinnerte sie sich wieder – an ihren Streit mit Tom, die Nacht in Jacobs Haus, die Suche nach dem Professor. Voller Angst blickte sie auf ihre Hände.

Sie zitterten nicht mehr. Rosa befühlte ihre Stirn, die noch kühl, aber nicht mehr eisig war. War der Eingriff gelungen?

Sie wartete auf das Glück, das wie eine warme Quelle durch sie hindurchströmen sollte, doch nichts passierte. Ihr Innerstes blieb dunkel und still. Rosa kniff die Augen zusammen und dachte an den Sommer in Frankreich, in dem sie Tom kennenlernte. An Jacob, wie sie in der Silvesternacht in seinen Armen gelegen hatte. Doch alles, was sie fühlte, war ein großes weites Nichts.

»Sie ist wach«, hörte sie die Stimme des Professors.

Sie wandte den Kopf. Ludwig Leclerc war aufgestanden, ebenso Jacob und Tom. Alle drei sahen mit angespannter Miene zu ihr.

Sie schluckte. Dann schüttelte sie stumm den Kopf.

Die nächste Stunde verging unwirklich wie in einem Traum. Rosa saß mit den drei Männern am Tisch und hörte zu, wie sie aufgeregt durcheinanderredeten. »Sie ist nicht mehr so kalt«, stellte Jacob fest. »Das muss doch etwas zu bedeuten haben. Vielleicht dauert es, bis die Erinnerung zurückkommt.«

Der Professor fuhr sich durch seinen Bart. »Vielleicht«,

meinte er nachdenklich. »Ich habe getan, was ich konnte. Nun bleibt uns nichts anderes übrig, als abzuwarten.«

Zurück in Düsseldorf zog sich Rosa in Jacobs Gästezimmer zurück. Sie war verwirrt von allem, was geschehen war, und sehnte sich nach Ruhe. »Tom muss wieder ins Café. Ich kann auch zu Hause schreiben und so auf dich aufpassen«, hatte Jacob auf der Rückfahrt gemeint, und so waren sie übereingekommen, dass Rosa bei ihm bleiben sollte, bis sich ihr Zustand stabilisiert hatte. Erschöpft sank sie auf das Bett und fiel sofort in einen traumlosen Schlaf. Jacob weckte sie erst, als es Zeit zum Abendessen war. Er führte sie in ein großes, geschmackvoll eingerichtetes Esszimmer, dessen breite Fensterfront auf die Rheinwiesen hinausging. Um diese Zeit lagen sie dunkel und still vor ihnen. Dahinter schimmerte der Fluss.

»Beeindruckend«, fand Rosa und setzte sich auf den Stuhl, den Jacob ihr zurechtrückte. Es gab Tagliatelle mit einer leichten Soße aus Frischkäse und Zitrone.

»Wie geht es dir?«, erkundigte sich Jacob, während er eine Flasche Wasser öffnete und ihr einschenkte. »Hat dir der Schlaf gutgetan?«

»Es ist merkwürdig«, erwiderte sie. »Im Grunde spüre ich keine Veränderung. Ich denke an die Momente, in denen ich glücklich war, und empfinde nichts. Es ist genau wie vorher.« Sie hob ihr Glas an die Lippen. »Aber diese fürchterliche Kälte ist verschwunden. Das ist ein gutes Zeichen, schätze ich.«

Sie lächelte ihn an, doch Jacob reagierte nicht. Er starrte auf ihre Hand, mit der sie das Glas hielt. Wie in Zeitlupe folgte sie seinem Blick und rang nach Luft, als sie das Zittern bemerkte.

16

Rosa und Jacob saßen vor dem Kamin und blickten schweigend in die Flammen. Neben ihnen lag das Thermometer, mit dem Rosa gerade zum dritten Mal ihre Temperatur überprüft hatte. Sie fiel.

Nachdem sich der anfängliche Schock gelegt hatte, fühlte Rosa, wie sich eine tiefe Resignation in ihr ausbreitete, die jede andere Empfindung verdrängte. Der Professor hatte getan, was er konnte, doch es war nicht genug gewesen. Jetzt musste Rosa die Konsequenzen ihrer Entscheidung tragen. Sie hatte es schließlich so gewollt. Hatte vergessen wollen, wie es sich anfühlte, glücklich zu sein, und keinen Gedanken an mögliche Risiken verschwendet. Nun musste sie lernen, die Kälte als das zu akzeptieren, was sie war: ein Teil von ihr. Und sie musste darüber nachdenken, wie sie damit umgehen sollte.

Als der erste Schauer durch ihren Körper jagte, sprang Jacob auf. »Ich sehe mir das nicht länger an, Rosa. Wir fahren ins Krankenhaus.«

Sie betrachtete sein sorgenvolles Gesicht. »Morgen früh«, versprach sie ihm, um Zeit zu gewinnen. »Vielleicht ist es nur vorübergehend. Wenn meine Temperatur bis morgen früh nicht wieder gestiegen ist, fahren wir.«

Er biss sich auf die Lippen. »Okay«, willigte er schließlich ein. »Aber nur, wenn du dich jetzt wieder ausruhst. Komm, ich bringe dich hoch ins Gästezimmer.«

»Liest du mir zum Einschlafen etwas aus einem deiner Bücher vor?«, fragte sie aus einem plötzlichen Impuls heraus.

Seine Stirn glättete sich ein wenig. »Natürlich«, sagte er.

Nachdem Jacob noch eine halbe Stunde lang bei Rosa am Bett gesessen hatte, wollte er gehen, damit sie schlafen konnte. Ihr Herz zog sich vor Enttäuschung zusammen. Sie wollte nicht, dass er sich jetzt schon von ihr verabschiedete. Schnell setzte sie sich auf und streckte eine Hand nach ihm aus.

»Bitte bleib noch«, sagte sie.

Jacob sah sie einen Moment lang an, dann nickte er kaum merklich. Er setzte sich wieder zu ihr auf das Bett und nahm ihre Hand in seine. Behutsam strich er mit dem Daumen über die empfindliche Innenfläche. Rosa erschauderte, doch dieses Mal war es nicht die Kälte, die ihren Körper erzittern ließ.

Jacob fuhr fort, sie zu streicheln. Seine Fingerspitzen liebkosten ihr Handgelenk, erkundeten die Linie ihres Unterarmes und wanderten in qualvoller Langsamkeit weiter bis zu den Trägern ihres Nachthemdes. Als er sie beiseiteschob, drang ein Seufzer über Rosas Lippen, und ihr Atem beschleunigte sich. Jacob berührte ihr Schlüsselbein und strich ihren Hals entlang. So sanft und mit einer solchen Hingabe, dass Rosa schwindelig wurde und die Welt um sie herum sich zu drehen begann.

Plötzlich hatte sie das Gefühl, es keine Sekunde länger auszuhalten. Sie legte ihre Hände um Jacobs Nacken und zog ihn zu sich herunter. Er stützte sich mit den Ellbogen auf, um sie von seinem Gewicht zu entlasten. Sein warmer Atem streichelte ihr Gesicht. »Du bist so schön«, flüsterte er.

Ihre Blicke versenkten sich ineinander. Rosas Herz klopfte jetzt so laut, dass sie sicher war, dass er es hören musste. Ich liebe dich, dachte sie, und es war, als hätte er ihre Gedanken gelesen.

»Ich liebe dich«, sagte er. Er beugte den Kopf, und seine Lippen legten sich auf ihre. Das Gefühl war so überwältigend, dass Rosa die Augen schloss und seinen Kuss mit einer Gier erwiderte, die ihr fremd war.

»Rosa …« Jacobs Stimme klang mit einem Mal erstickt, schmerzverzerrt. Erschrocken öffnete sie die Augen.

Jacobs Haut war totenblass. Ein bläulicher Schimmer ging von ihr aus, wunderschön und grausam zugleich. »Was passiert mit mir?«, keuchte er, und sein Atem kam als weißer Nebel aus seinem Mund.

47

Rosa erwachte mit einem erstickten Schrei. Ihr Puls raste wie verrückt. Sie richtete sich auf, ihr Blick irrte durch das mondlichtbeschienene Zimmer, bis er an dem Sessel am Fenster hängen blieb. Dort saß Jacob unter seiner Decke und schlief. Sein Atem ging ruhig und gleichmäßig.

Das war nur ein Traum, dachte sie. Und gleichzeitig war es so viel mehr. Sie hatte gewusst, dass ihre Temperatur nicht wieder steigen würde. Doch jetzt begriff sie, dass sie Jacob in Gefahr brachte, wenn sie weiter bei ihm blieb.

Nachdem sich ihr Herzschlag beruhigt hatte, stand sie auf und schlich auf Zehenspitzen aus dem Zimmer. Erst im Flur machte sie Licht. Sie brauchte einen Moment, um sich zu orientieren, dann ging sie die Treppe hinunter ins Wohnzimmer.

Das Feuer im Kamin war längst zu einem Haufen Asche heruntergebrannt. Die Uhr auf dem Sims zeigte halb zwei. Sie öffnete Schränke und Schubladen, bis sie Papier und einen Kugelschreiber gefunden hatte. Dann setzte sie sich an den alten Holztisch im Esszimmer und begann den Menschen zu schreiben, die sie liebte.

Sie schrieb an Jacob, Tom, ihre Mutter, ihre Schwester. Auch Lucille und Mac bekamen einen Brief. Rosa verschwieg nichts. Sie erzählte von ihrer großen Liebe zu Sven und wie schwer sein Verlust sie getroffen hatte. Wie ihr Tom, die Arbeit im Café und die Freundschaften, die sie geschlossen hatte, über ihre Trauer hinweggeholfen hatten. Wie ihre Gefühle für Jacob immer stärker wurden und sie neuen Mut gefasst hatte. Bis zu dem Tag, an dem sie Sven erneut begegnet war und das Ausmaß seines Verrats sie in die Knie gezwungen und sie keinen anderen Ausweg mehr hatte sehen können, als das Glück aus ihren Erinnerungen zu löschen. Sie beschrieb die Veränderungen, die nach dem Eingriff in ihr vorgegangen waren. Wie ihr Innerstes immer kälter wurde und sie außerstande war, das Glück ihrer Freunde zu teilen und sich für sie zu freuen. Schlimmer noch, wie sich ihre Gefühle in Eifersucht und Wut verwandelt hatten.

Rosa blickte auf. Ja, die Kälte veränderte sie, veränderte ihre Persönlichkeit und zwang sie dazu, ihr altes Leben hinter sich zu lassen. Denn Jacob, ihre Familie und Freunde sollten sie so in Erinnerung behalten, wie sie war.

Entschlossen beendete sie die Briefe, faltete sie zusammen und trug sie hoch in das Gästezimmer, wo sie sie in ihrer Handtasche verstaute. Dann legte sie sich in das Bett zurück, verschränkte die Hände hinter ihrem Kopf und wartete darauf, dass es Morgen wurde und Jacob sie ins Krankenhaus fuhr.

18

Dr. Bartels war ein sportlich-schlanker Mann Ende fünfzig mit schwarzem, an den Schläfen ergrautem Haar und intelligenten grauen Augen. Der Chefarzt stellte eine Reihe von Fragen, die Jacob für Rosa geduldig beantwortete. Nur von Ludwig Leclerc sagte er nichts. Rosa hatte ihn darum gebeten, denn sie wollte nicht, dass der Professor ihretwegen in Schwierigkeiten geriet.

Nachdem das Aufnahmegespräch beendet war, führte der Arzt sie in ein geräumiges Privatzimmer, das mit seinen stilvoll-eleganten Möbeln eher an ein luxuriöses Hotel erinnerte. Bis auf die blinkenden Geräte neben dem Bett, die ihre Vitalfunktionen kontrollierten sollten.

Rosa verzog keine Miene, als Dr. Bartels die vielen Tests aufzählte, die er durchführen wollte. Sie war sich sicher: Der Einzige, der sie hätte heilen können, war der Professor. Doch seine Bemühungen hatten nur einen kurzen Aufschub erbracht.

Jacob setzte sich neben sie. »Bald bist du wieder gesund.«

Rosa lächelte ihn an. Sie sah den hoffnungsvollen Schimmer in seinen Augen und liebte ihn dafür. Er glaubte an Wunder. Wollte daran glauben, weil alles andere unerträglich war.

Es klopfte an der Tür, und eine Krankenschwester trat ein.

»Frau Simon? Ich bin Schwester Rieke, ich werde mich um Sie kümmern. Wenn Sie so weit sind, würde ich Sie gerne mitnehmen in die Radiologie. Wir machen ein paar kurze Aufnahmen.«

»In fünf Minuten?«, fragte Rosa.

Schwester Rieke nickte.

Nachdem sie die Tür leise hinter sich zugezogen hatte, beugte sich Jacob zu Rosa und gab ihr einen Kuss auf die Wange. Sie zuckte unmerklich zurück, weil sie sich an ihren Traum erinnert fühlte.

»Dann lass ich dich mal alleine«, sagte er. »Ich komme in einer Stunde wieder. Soll ich irgendetwas besorgen? Frisches Obst? Saft? Etwas Süßes vielleicht?«

Sie schüttelte den Kopf. »Ich habe alles, was ich brauche. Danke.«

Er war schon an der Tür, als sie ihn noch einmal rief. »Jacob?«

Er drehte sich zu ihr um. »Ja?«

Sie sah ihn lange an, prägte sich jedes Detail seines Gesichts ein.

»Es ist schön, dass es dich gibt.«

Nachdem Jacob gegangen war, blieb Rosa noch einen Moment lang sitzen. Dann schlüpfte sie in ihren Mantel. Sie zog die Briefe aus ihrer Handtasche, legte sie auf den Nachttisch, sah sich ein letztes Mal um und öffnete die Tür.

49

Vor dem Krankenhaus stieg Rosa in ein Taxi, stellte ihr Handy aus und ließ sich zur nächsten Bankfiliale fahren, um Geld abzuheben. Der junge Mann zählte den Betrag vor ihr ab, und sie steckte die Scheine in ihr Portemonnaie und kehrte zurück zu dem Wagen, der an der Straße auf sie gewartet hatte. »Zum Bahnhof«, sagte sie entschlossen.

In der Bahnhofshalle blieb sie stehen und sah auf die große blaue Tafel, auf der die nächsten Zugverbindungen angeschlagen waren.

Münster, las sie, und erinnerte sich, wie sie dort vor Jahren mit Tom den Weihnachtsmarkt besucht hatte. Kurz entschlossen kaufte sie sich ein Ticket. Münster war so gut wie jedes andere Ziel.

Als sich der ICE in Bewegung setzte, fiel die Anspannung von ihr ab, und sie atmete erleichtert auf. Sie wusste, die Wahrscheinlichkeit ging gegen Null, und trotzdem hatte sie bis zuletzt befürchtet, Jacob könnte auf das Gleis stürmen und sie daran hindern, das Richtige zu tun.

Fröstelnd zog sie den Mantel enger um sich. Bisher war es ihr nur darum gegangen, Abstand zwischen sich und die Menschen zu bringen, die sie verletzen konnte. Erst jetzt erlaubte sie sich, darüber nachzudenken, was sie tun würde, wenn sie in Münster angekommen war, und mit jedem Kilometer, den der Zug zurücklegte, nahm ihre Furcht zu. Ihre Temperatur fiel, die Abstände zwischen den Kälteschauern, die ihren Körper schüttelten, wurden kürzer. Bald würde sie sich nicht mehr unter Kontrolle haben.

Ihre Haut war eiskalt und mit Gänsehaut überzogen, als sie das Hotelzimmer betrat, das sie noch im Zug gebucht hatte. Mühevoll warf sie einen Blick in den Spiegel, der über dem Schreibtisch an der Wand hing. Ihr Gesicht war blass, die Lippen bläulich verfärbt. Ihre Augen schillerten in der Farbe von Eis.

Ich erfriere.

Der Gedanke war da, in ihrem Kopf, und plötzlich wusste sie, dass es die Wahrheit war. Sie würde sich nicht in jemand anderen verwandeln. Sie würde nicht aufhören, sie zu sein – sie würde aufhören zu leben.

Zu ihrer Überraschung verspürte sie keine Angst. Nur unendliche Müdigkeit und ein tiefes Bedauern. Hatte sie Jacob gesagt, dass sie ihn liebte? Sie erinnerte sich nicht mehr. Rosa ließ sich auf das schmale Bett sinken und zog ihr Handy hervor. Dabei übermannte sie ein Kälteschauer, der länger und intensiver war als alles, was sie bisher erlebt hatte. Als er zu Ende war, rasselte ihr Atem, und es gelang ihr kaum, das Smartphone einzuschalten und Jacobs Nummer zu wählen.

»Rosa?«

Beim Klang seiner Stimme erfasste sie eine Welle der Dankbarkeit. Sie schmiegte ihre Wange an das schwarze Plastik.

»Jacob«, flüsterte sie.

»Rosa! Wo bist du?«

Sie hörte die unterschiedlichen Emotionen in seinem Tonfall. Erleichterung. Angst. Sorge. »Ich habe deinen Brief gelesen, mein Liebling. Du musst mich nicht schützen. Nicht vor dir. Ich will für dich da sein. Immer. Bitte, sag mir, wo du bist. Ich schicke dir Hilfe.«

Rosa lächelte. Wie wunderbar Jacob doch war. Auch wenn sie keinen Sinn darin sah, konzentrierte sie sich und nannte ihm den Namen ihres Hotels.

»Leg nicht auf«, antwortete er wie aus weiter Ferne. »Erst wenn ich bei dir bin, hörst du?«

»Ich liebe dich, Jacob«, murmelte sie. Dann schloss sie die Augen.

50

Als Rosa wieder zu sich kam, lag sie im Krankenhaus in einem weiß gestrichenen Einzelzimmer. Jacob war bei ihr und hielt ihre Hand.

Als sich ihre Blicke trafen, lächelte er sie an, aber sein Lächeln war von einer solchen Traurigkeit, dass es ihr das Herz zerriss. Er hatte bis zuletzt an ein Wunder geglaubt, doch nun schien er jede Zuversicht verloren zu haben. Sie vermutete, dass er mit einem Arzt gesprochen hatte. Rosa streckte die andere Hand nach ihm aus, und er hielt sie fest und legte sie an seine Wange. Sie fühlte keine Schmerzen, ja nicht einmal mehr Kälte, doch ihr Herz schlug immer langsamer, und sie wusste, dass ihr nicht mehr viel Zeit blieb.

»Jacob«, flüsterte sie. Ihr Kopf war träge, als wäre er mit Watte gefüllt, doch sie musste sich zusammenreißen. Sie musste ihm noch etwas Wichtiges sagen. Nicht in einem Brief, sondern mit ihren eigenen Worten. »Als Sven ging«, begann sie, »glaubte ich, nie wieder froh zu werden. Doch dann kamst du und hast mich verzaubert. Mit deiner Freundlichkeit, deinem Lächeln, deiner Begeisterung, deiner Leidenschaft. Und plötzlich habe ich gemerkt, dass ich wieder lieben kann. Dass ich dich liebe. Von ganzem Herzen.« Sie holte tief Luft. »Verzeih mir«, bat sie, »dass ich nicht mehr Vertrauen in uns hatte. Wir wären glücklich geworden, das weiß ich jetzt.« Sie blinzelte die Tränen weg, die ihr in die Augen stiegen. »Wenn ich könnte, Jacob, würde ich die Zeit zurückdrehen. Bis zu dem Tag vor fünfzehn Jahren, als wir uns zum ersten Mal begegnet sind. Du würdest im Café sitzen, an deinem Platz am Kamin. Und dieses Mal würde ich dich sehen. Glaub mir, Jacob, ich würde dich sehen.« Ihre Stimme brach.

Sie hörte, wie Jacob tief einatmete.

»Ja«, sagte er leise. »Das würdest du. Ich weiß.« Er beugte sich zu ihr, bis ihre Nasenspitzen sich berührten. Unendlich zärtlich nahm er ihr Gesicht in seine Hände. Für eine Sekunde kam ihr der Albtraum in den Sinn, doch als seine Lippen die ihren berührten, verschwand die Erinnerung.

Stattdessen glühte tief in ihrem Inneren ein Funke auf. Auf einmal sah Rosa all die glücklichen Momente mit Jacob vor sich. Wie sie ihn kennengelernt hatte, wie sie vor Verlegenheit hatte flüchten wollen und dann doch geblieben war. Sie sah sich, wie sie in Toms Wohnung mit Jacob über sein Buch diskutierte. Wenn ich ihn jetzt in diesem Augenblick fotografieren könnte … Die nächste Szene erschien in ihrem Kopf. Der Abend der Lesung. Das hier ist für dich. Später im Wagen hatte Jacob ihr seine Liebe gestanden. Der Funke in ihrem Inneren wurde größer, verwandelte sich in einen Ball aus Licht und Wärme, der sich ausdehnte, bis er jeden Zentimeter ihres Körpers erfüllte. Silvester. Sie schaute zu, wie sich Jacobs Arme um sie schlossen, wie sie gemeinsam das alte Jahr verabschiedeten. Ich freue mich auf das nächste …

Rosa wurde schwindelig von all den Glücksgefühlen, die plötzlich durch ihren Körper strömten. Sie spürte, wie ihr Herz anschwoll, wie es den Panzer sprengte, der es so lange umschlossen gehalten hatte.

»Rosa! Deine Haut …«, stotterte Jacob. »Sie ist … warm.«

Ihre Emotionen überwältigten sie. Statt einer Antwort schlang sie ihre Arme um seinen Hals, zog ihn an sich und küsste ihn mit einer solchen Intensität, dass die Luft um sie herum zu flirren begann.

Epilog

Drei Wochen später

Aus dem Inneren des Café Claire schlugen Rosa Wärme und der einladende Duft von Kaffee und frisch gebackenem Schokoladenkuchen entgegen. Wie schön es war, wieder zu Hause zu sein!

Die Zeit im Krankenhaus war Rosa endlos lang erschienen. Zwar war Jacob jeden Tag vorbeigekommen, und auch Tom, ihre Mutter und ihre Schwester hatten sie besucht, doch das Café, ihre Freunde und das Backen fehlten ihr sehr. Glücklich darüber, Tom hinter der Theke stehen zu sehen, schritt sie auf ihn zu. Er hatte sie noch nicht bemerkt, dafür kam jemand anderes über das Parkett auf sie zugeschlittert.

»Mo!«, rief Rosa lachend und nahm den kleinen Dackel auf den Arm. »So aktiv habe ich dich ja noch nie erlebt. Sag, wo ist denn dein Herrchen? Hat er dich bei Tom gelassen?«

Rosa schaute sich suchend um, konnte Ferdinand aber nirgendwo entdecken. Überhaupt wunderte sie sich, dass um die Nachmittagszeit kaum Gäste im Café waren, darunter kein vertrautes Gesicht.

»Fee! Wie schön, dass du da bist!«, unterbrach Tom ihre Gedanken und kam zu ihr. Rosa setzte Mo auf dem Fußboden ab und umarmte ihren besten Freund.

»Du glaubst nicht, wie froh ich bin, hier zu sein, Tom! Aber wo sind denn die anderen alle?« Sie versuchte gar nicht erst, die Enttäuschung in ihrer Stimme zu verbergen. Sie hatte sich so darauf gefreut, Mac und Lucille wiederzusehen und all die Stammgäste, die ihr in den letzten Monaten so ans Herz gewachsen waren.

Tom zuckte mit den Schultern. »Mac und Lucille mussten kurz weg. Und der Rest … keine Ahnung. Aber jetzt setz dich erst mal«, wechselte er rasch das Thema. »Ich hole uns einen Saft, und dann unterhalten wir uns. Es ist so toll, dass du weiter im Café arbeiten wirst. Ich habe sogar schon den Vertrag aufgesetzt, du musst nur noch unterschreiben.«

Während er fröhlich weiterplauderte, führte er sie zu der Sitzecke am Kamin, in der Jacob normalerweise arbeitete. Ihn würde Rosa erst am Abend treffen, da er einen wichtigen Termin mit seinem Verleger hatte.

Etwas verloren ließ sich Rosa in den Sessel fallen und sah Tom hinterher, als er zurück zur Kaffeebar ging. Weil sie nicht wusste, was sie machen sollte, holte sie ihr Smartphone hervor, doch niemand hatte geschrieben oder angerufen. Rosa seufzte traurig. Irgendwie hatte sie sich den Tag ihrer Heimkehr anders vorgestellt.

Kaum hatte sie den Gedanken zu Ende geführt, als plötzlich laute Musik erschallte. Es war »Just The Way You Are« von Bruno Mars, eines ihrer Lieblingslieder. Verwirrt hob sie den Kopf und erblickte Tom, der im Takt der Musik auf sie zutanzte. Auf seinem Gesicht lag ein breites Grinsen, seine Lippen sangen lautlos mit. Mit einer eleganten Bewegung stellte er das Tablett mit den Getränken vor ihr ab und verbeugte sich.

Rosa riss die Augen auf. Was um alles in der Welt tat er da? Ein wenig verschämt sah sie zu den anderen Gästen, doch weder das Paar am Nachbartisch noch die beiden alten Damen am Fenster schienen sich über die Performance ihres

Freundes zu wundern. Im Gegenteil – sie schienen erfreut über die Einlage und begannen, rhythmisch in die Hände zu klatschen.

Perplex lenkte Rosa ihre Aufmerksamkeit wieder auf Tom. Er warf ihr eine Kusshand zu und drehte sich zur Seite weg. Sofort wurde sein Platz von Mac und Lucille eingenommen, die wie aus dem Nichts vor ihr aufgetaucht waren und nun wie zwei Musicaldarsteller herumwirbelten. Rosa blieb vor Staunen die Luft weg. Jetzt verstand sie, warum Tom so ausweichend reagiert hatte. Von wegen die zwei mussten kurz weg … Anscheinend hatten sie sich in der Küche versteckt, um Rosa mit ihrem Auftritt zu überraschen. Und die Überraschung war ihnen gelungen! Rosas Mundwinkel hoben sich zu einem glücklichen Lächeln, und gespannt rutschte sie bis zur Kante ihres Sessels vor, um ja nichts von ihrer Darbietung zu verpassen.

Passend zum Songtext spielten Mac und Lucille eine kurze Szene: Ein Mann machte seiner Freundin ein Kompliment zu ihrer Schönheit, woraufhin sie verlegen reagierte, weil sie ihm kein Wort glaubte. Rosa musste kichern, als Lucille übertrieben verschämt die Wimpern niederschlug.

Dann setzte der Refrain ein, und plötzlich war Tom wieder da, diesmal in Begleitung von Annie und Carl! Sie reihten sich neben Mac und Lucille ein, und alle fünf grinsten Rosa an, während sie sich zu der Choreografie bewegten, die sie offensichtlich zusammen einstudiert hatten. Sie deuteten auf Rosas Gesicht, auf ihren lächelnden Mund und hoben dann die Arme zum Himmel, um zu zeigen, wie hoffnungslos sie ihrem Zauber verfallen waren.

Rosa war sprachlos. Wie viel Mühe sich ihre Freunde gaben! Und sie hatte tatsächlich geglaubt, sie hätten den Tag ihrer Entlassung vergessen …

Sie war immer noch ganz gerührt, als ihre Mutter und ihre Schwester in ihrem Blickfeld erschienen. Mit angehaltenem Atem beobachtete sie, wie die beiden Frauen ihr durch ihre Pantomime zu verstehen gaben, dass sie sie genau so liebten, wie sie war. Tief bewegt schluchzte Rosa auf. Doch ihr blieb keine Zeit, sich zu fassen. Denn schon setzte erneut der Refrain ein, und aus der Tür hinter der Theke strömten all die Stammgäste, die sie vermisst hatte, in den Innenraum des Cafés und nahmen hinter Rosas Familie und ihren Freunden Aufstellung.

Rosa wusste nicht mehr, wohin mit ihren Emotionen. Sie faltete die Hände vor ihrem Mund und knabberte an ihrem Fingerknöchel. Da waren Ferdinand mit Mo und seiner Frau Agnes, die alte Frau Sievert mit ihrer Enkelin, Nicole Weidner vom Blumengeschäft nebenan, Claudia und ihr Freund, Vera mit ihrer Familie und die Seniorengruppe, die jeden Samstag zum Frühstück kam. Die einen bewegten sich selbstsicher zur Musik, die anderen holprig, aber alle mit demselben Leuchten im Gesicht.

Auf einmal erklangen aus einer Ecke zwei Cellos. Es war das erste Mal, dass Rosa die Musikstudentinnen spielen hörte, und erneut schluchzte sie auf, so gerührt war sie von der Vorführung.

Mit rasendem Puls saß sie am Kamin und schaute wie gebannt auf die Menschen vor ihr. Dabei schüttelte sie immer wieder abwechselnd den Kopf und legte eine Hand auf ihr Herz, weil sie nicht begreifen konnte, was sich vor ihren Augen abspielte.

Plötzlich löste sich eine Gestalt aus der Menge und trat einen Schritt vor. Es war der Professor. Rosas Bauch zog sich vor schlechtem Gewissen zusammen. Sie wollte sich gar nicht ausmalen, welche Schrecken er ihretwegen ausgestanden haben musste. Doch Rosa las keine Bitterkeit in seiner Miene. Alles, was sie sah, war eine grenzenlose Erleichterung, dass sie gesund und wohlbehalten zurückgekehrt war. Im stillen Einverständnis nickten sie einander zu.

Dann veränderte sich der Rhythmus des Liedes. Die Instrumente verklangen, bildeten nur noch den Hintergrund für die samtene Stimme des Sängers. Wie auf ein geheimes Kommando hin teilte sich die Menge und bildete einen Gang.

Ein erwartungsvolles Prickeln lag in der Luft. Rosas Herzschlag geriet ins Stolpern. Sie richtete sich in ihrem Sessel auf und straffte die Schultern.

Und da war er. Jacob. Der Mann, den sie liebte. Er stand am Ende des Ganges und sah sie an.

Die Musik verstummte, und die Zeit stand still.

Langsam schritt Jacob auf sie zu. Jetzt hielt auch Rosa nichts mehr auf ihrem Platz. Sie erhob sich und ging mit weichen Knien auf ihn zu. Als sie sich in der Mitte des Ganges gegenüberstanden, ergriff Jacob ihre Hand, und es war so, als würde das ganze Café den Atem anhalten.

»Fünfzehn Jahre lang«, sagte er leise, »hast du mein Leben schöner gemacht. Einfach weil du da warst, Rosa, und ich dich lieben durfte.« Er räusperte sich. »Und wahrscheinlich brauche ich weitere fünfzehn Jahre, bis ich mich an den Gedanken gewöhnt habe, dass du mich ebenfalls liebst.« Er schluckte und holte tief Luft. »Was ich eigentlich sagen will: Willkommen zu Hause, mein Liebling.«

Rosa sah ihm in die Augen. Pures Glück floss durch ihre Adern. Sie stellte sich auf die Zehenspitzen und küsste ihn auf die Lippen. »Ja«, flüsterte sie, »ich bin zu Hause. Endlich.«

Danksagung

Einen Roman zu schreiben ist eine sehr einsame Beschäftigung. Umso wichtiger ist es, Menschen um sich zu haben, die einen inspirieren, die einem Mut machen und für einen da sind. Bei diesen Menschen möchte ich mich im Folgenden bedanken.

Ich danke meiner Familie für ihre Geduld und ihre Unterstützung.

Meinen Erstlesern – meiner besten Freundin Anne, meiner Mutter und Andreas danke ich für ihre Aufmunterung und ihre hilfreichen Kommentare. Die eine oder andere Szene würde es ohne euch so nicht geben.

Danke, Björn, Claudia, Damian, Nicole und Vera – ihr seid die tollsten Kollegen, die man sich vorstellen kann. Mit euch wird jeder Tag ein bisschen schöner.

Mein besonderer Dank gilt Olga Sabristova, der Inhaberin der Privatrösterei »Die Kaffee« in Düsseldorf Pempelfort. Während der Arbeit an meinem Roman habe ich Stunden dort verbracht und mich von der Atmosphäre und den Gästen verzaubern lassen. Vielen Dank, liebe Olga, für Ihre Zeit, die spannenden Café-Geschichten und dass Sie mir den Brauch des Caffè sospeso nähergebracht haben. Durch die Begegnung mit Ihnen ist das Café Claire zu einem viel lebendigeren Ort geworden.

Danken möchte ich außerdem der wunderbaren Virginia (»Jeanny«) Horstmann, deren Foodblog »Zucker, Zimt und Liebe« seit »Zartbitterherzen« zu meinen Lieblingswebseiten gehört. Ihr Kakaokuchen mit Cheesecakefüllung und Ganache ist einfach nur köstlich! Vielen Dank, dass ich dieses traumhafte Rezept in meinem Roman verwenden darf.

Von Herzen Dankeschön sagen möchte ich schließlich meiner Lektorin Isabell Spanier vom Piper Verlag und meiner Agentin Gerlinde Moorkamp von der Literarischen Agentur Silke Weniger. Eine angenehmere und kompetentere Zusammenarbeit kann sich keine Autorin wünschen. Vielen Dank Ihnen beiden, für alles!

Aus Rosas Rezeptsammlung

Rosas Mandarinen-Schmandkuchen

(für ein ganz besonderes Romanerlebnis)

Für den Teig/die Streusel:

840 g	Mehl
350 g	Zucker
300 g	weiche Butter
3	Eier (Größe M)
1 Pck.	Backpulver
2 Pck.	Vanillezucker
½ TL	Vanilleextrakt

Für die Creme:

7 Dosen à 175 g	Mandarinen, abgetropft
7 Becher à 200 g	Schmand
150 g	Zucker
2 Pck.	Vanillepuddingpulver

Außerdem:

etwas weiche Butter zum Einfetten der Form

1. Den Backofen vorheizen (Umluft 175 Grad). Ein tiefes Backblech (Fettpfanne) mit Backpapier auslegen und die Seiten mit Butter fetten.

2. Alle Zutaten für den Teig/die Streusel in eine Schüssel geben und mit dem Handmixer verrühren. Die Hälfte des Teiges auf das Backblech geben und mit den Händen zu einem flachen Boden andrücken, anschließend mit der Teigrolle glatt rollen. Wer keine Teigrolle hat, nimmt einfach ein Glas.

3. Für die Creme Schmand, Zucker und Vanillepuddingpulver mit dem Handmixer verrühren. Anschließend die Mandarinen mit dem Handmixer so unterrühren, dass die Früchte leicht zerpflückt werden. Die fertige Creme auf den Teigboden gießen. Zum Schluss den restlichen Teig als Streusel auf den Belag bröseln.

4. Das Blech in den Backofen schieben und ca. eine Stunde backen. Danach gut auskühlen lassen.

Blechkuchen à la Claire

mit Äpfeln und extragroßen
knusprigen Butterstreuseln

(zaubert jedem Gast ein Lächeln in das Gesicht)

Für den Teig:

150 g	weiche Butter
180 g	Zucker
1 TL	Vanilleextrakt
1 Prise	Salz
½ TL	Zimt
5	Eier (Größe M)
300 g	Mehl
3 TL	Backpulver

Für den Belag:

2 kg	Äpfel (z. B. Boskoop oder Elstar)

Für die extragroßen Streusel:

300 g	weiche Butter
300 g	Zucker
550 g	Mehl

1. Den Backofen vorheizen (175 Grad Ober-/Unterhitze). Das Backblech mit Backpapier auslegen.

2. Für den Teig zuerst Butter, Zucker, Vanilleextrakt, Salz und Zimt mit dem Handmixer verrühren. Anschließend die Eier einzeln zugeben und unterrühren. Mehl und Backpulver mischen, sieben und unter den Teig heben. Die Masse anschließend auf dem Backblech verteilen.

3. Die Äpfel schälen, entkernen, in dicke Spalten schneiden und den Teig dicht damit belegen. Der Boden darf nicht mehr zu sehen sein.

4. Für die Streusel Butter, Zucker und Mehl locker verkneten und beiseitestellen.

5. Das Blech mit dem Teig und den Äpfeln in den Backofen schieben und auf mittlerer Schiene ca. 20 Minuten backen. Anschließend die Streusel in großen Bröseln auf den Äpfeln verteilen und noch einmal 30 Minuten backen.

Nach dem Backen den Kuchen herausnehmen und abkühlen lassen.

Rosas Schokoladentarte

(das beste Rezept gegen Liebeskummer)

Für den Teig:

200 g	Butter
200 g	Zartbitterschokolade (ca. 50 % Kakaoanteil)
4	Eier (Größe M)
½ TL	Vanilleextrakt
1 Prise	Salz
120 g	Puderzucker
100 g	Zartbitterschokolade, gehackt (ca. 50 % Kakaoanteil)
½ TL	Backpulver
2 EL	Kakaopulver
2 EL	Speisestärke

Außerdem:

etwas weiche Butter zum Einfetten der Form

Puderzucker zum Bestäuben

1. Den Backofen vorheizen (175 Grad Ober-/Unterhitze). Die Springform oder Tarteform mit etwas weicher Butter fetten.

2. Butter und Schokolade in einen kleinen Topf geben und im Wasserbad unter ständigem Rühren schmelzen. Beiseitestellen und abkühlen lassen.

3. Eier, Vanilleextrakt, Salz und Puderzucker mit dem Handmixer ca. 4 Minuten lang schaumig schlagen. Anschließend die geschmolzene Schokoladen-Butter-Masse langsam einfließen lassen und dabei auf niedriger Stufe kurz weiterrühren. Gehackte Schokolade unterrühren. Backpulver, Kakaopulver und Speisestärke mischen und mit einem Löffel unter den Teig heben.

4. Den Teig in die Form geben. Danach in den Ofen schieben und für ca. 25 Minuten backen. Anschließend den Kuchen herausnehmen und abkühlen lassen. Vor dem Servieren mit Puderzucker bestäuben.

Rosas American Cookies

mit weißer Schokolade und Macadamianüssen

(Kekse für die Freundschaft)

Für die Keksmasse:

280 g	Mehl
1 TL	Natron
½ TL	Speisestärke
1 Prise	Salz
200 g	Butter
50 g	weißer Zucker
150 g	brauner Zucker
1 TL	Vanilleextrakt
2	Eier (Größe M)
150 g	weiße Schokolade, gehackt
125 g	Macadamianüsse, gehackt

1. Den Backofen vorheizen (160 Grad Umluft). Das Backblech mit Backpapier auslegen.

2. Mehl, Natron, Speisestärke und Salz in einer Schüssel vermischen.

3. Die Butter schmelzen und mit den beiden Zuckersorten und dem Vanilleextrakt mit dem Handmixer schaumig schlagen. Die Eier einzeln dazugeben und verrühren. Anschließend die Mehlmasse unterrühren.

4. Die weiße Schokolade und Macadamianüsse hacken (gesalzene Nüsse vorher abspülen) und unter den Teig heben.

5. Jeweils einen gehäuften Esslöffel Teig auf das Backblech geben. Viel Platz lassen, da die Cookies stark zerlaufen (sechs Cookies pro Blech).

6. Die Kekse ca. zehn Minuten backen, bis der Rand zart gebräunt ist, die Cookies im Inneren aber noch weich sind. Anschließend die Kekse ca. 5 Minuten auf dem Backblech abkühlen lassen und sie danach ganz vorsichtig auf ein Rost legen und vollständig erkalten lassen.

Kakaokuchen

mit Cheesecakefüllung und Ganache

(von Rosas Lieblings-Foodblog »Zucker, Zimt und Liebe«. Dieser Kakaokuchen hat einen Käsekuchen versteckt und ist einer der meistnachgebackenen Kuchen des Blogs.)

Für 1 Gugelhupfform (ca. 2 l Inhalt)

Für den Teig:

275 g	Mehl
1 gehäufter TL	Backpulver
30 g	ungesüßtes Kakaopulver
250 g	Butter
200 g	Zartbitter- oder Halbbitterschokolade, gehackt
350 ml	Vollmilch
300 g	Zucker
2	Eier (Größe M)

Für die Cheesecakefüllung:

200 g	zimmerwarmer Doppelrahm-Frischkäse
60 g	Zucker
1	Eigelb (Größe M)

Für die Ganache:

125 g	Zartbitterschokolade, gehackt
125 ml	Sahne

Außerdem:

Butter und Mehl für die Form

1. Den Ofen auf 160 °C Ober- und Unterhitze vorheizen. Die Gugelhupfform gründlich fetten und mit Mehl ausstäuben.

2. Für den Teig Mehl, Backpulver und Kakao mischen.

3. Butter und Schokolade in einem Topf bei niedriger Temperatur langsam schmelzen, dabei ab und an umrühren. Anschließend abkühlen lassen.

4. Milch und Zucker verquirlen. Zusammen mit den Eiern zur Schokoladenmasse geben und alles gut mit einem Schneebesen mischen. Die Mehlmischung zugeben und nur kurz unterheben.

5. Für die Cheesecakefüllung Frischkäse, Zucker und Eigelb rasch mit einem Schneebesen (nicht mit dem Mixer) cremig rühren.

6. Die Hälfte des Schokoladenteiges in die vorbereitete Gugelhupfform füllen und die Cheesecakemasse mittig daraufgeben. Die zweite Hälfte Schokoladenteig darübergeben. Dann mit einer Gabel einmal grob durch den Teig swirlen. Die Oberfläche glatt streichen und den Kuchen 60–70 Minuten im Ofen backen.

7. Den Gugelhupf abkühlen lassen und stürzen, dann für mindestens 5–6 Stunden in den Kühlschrank stellen, bis die Käsekuchenfüllung fest ist.

8. Für die Ganache die Schokolade in eine Schüssel geben. Die Sahne in einem Topf erhitzen, bis leichter Dampf aufsteigt, dann über die Schokolade gießen und 5 Minuten warten. Dann alles gleichmäßig verrühren und die Ganache 20–30 Minuten bei Zimmertemperatur andicken lassen. Den Kuchen damit verzieren.

Zubereitung ca. 40 Min.
Backen 60–70 Min.
Kühlen mind. 5–6 Std.